文坛往事

朴素真挚的笔墨构筑的文坛信史

周明 著

中国大百科全书出版社

图书在版编目（CIP）数据

文坛往事 / 周明著. -- 北京 : 中国大百科全书出版社，2022.5
ISBN 978-7-5202-1119-2

Ⅰ. ①文… Ⅱ. ①周… Ⅲ. ①散文集—中国—当代 Ⅳ. ①I267

中国版本图书馆CIP数据核字(2022)第068314号

文坛往事
周明 著

出版人 刘国辉
策划编辑 李默耘
责任编辑 程 园
责任印制 李宝丰
出版发行 中国大百科全书出版社
地址 北京阜成门北大街 17 号
邮编 100037
网址 http://www.ecph.com.cn
电话 010-88390739
印刷 文畅阁印刷有限公司
开本 710 毫米 ×1000 毫米 1/16
字数 270 千字
印张 20.75
版次 2022 年 5 月第 1 版
印次 2022 年 5 月第 1 次印刷
书号 ISBN 978-7-5202-1119-2
定价 58.00 元

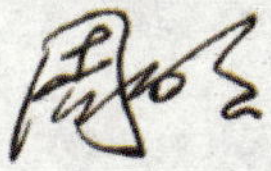

在茅盾先生书房

20 世纪 80 年代的
冰心先生

在巴金老人身边

夏衍主持报告文学
评奖事宜

诗人臧克家

在北京大学朗润园
拜访季羡林教授

在 1983 年全国科学大会上
前排左起：黄宗英、陈景润、
徐迟、秦牧
后排左起：王南宁、周明

我从黄河归来，
向光未然讲述
雪落黄河的
壮丽景色

向诗人艾青请教

诗人贺敬之、柯岩夫妇

中国台湾作家柏杨与夫人
张香华回大陆探亲

我和黄宗英登上西藏雪域高峰

聚会古城西安
第一排左起：周明、白桦、邓友梅、程树榛、石英
第二排左起：阎纲、雷抒雁、佚名
第三排左起：王宗仁、佚名、崔道怡

与作家王蒙在一起

周明、崔道怡、舒乙、王蒙、张锲、高占祥等人合影

2009 年，在西北大学合影
左起：陈忠实、阎纲、雷抒雁、周明、张同吾、佚名

乡愁是一碗面，与贾平凹同席

以下为周明与冰心、臧克家、张光年、徐迟、罗兰等作家的通信

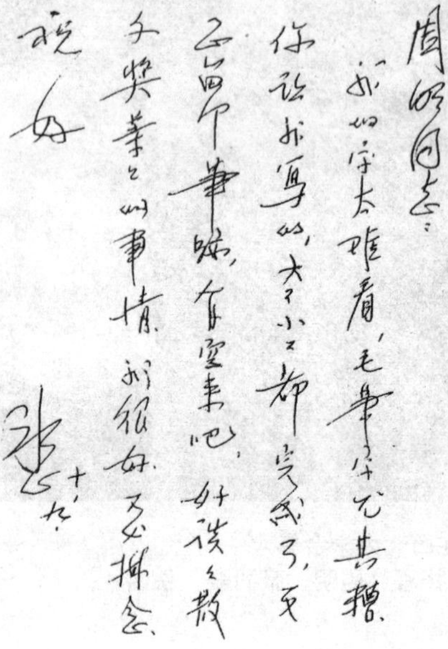
周明同志：
我的字太难看，毛笔字尤其糟，
你让我写的，大大小小都完成了，至
于四个笔账，有空来吧，好谈谈教
千奖葉葉以事情，我很好，不必挂念。
祝
好
张 十·九

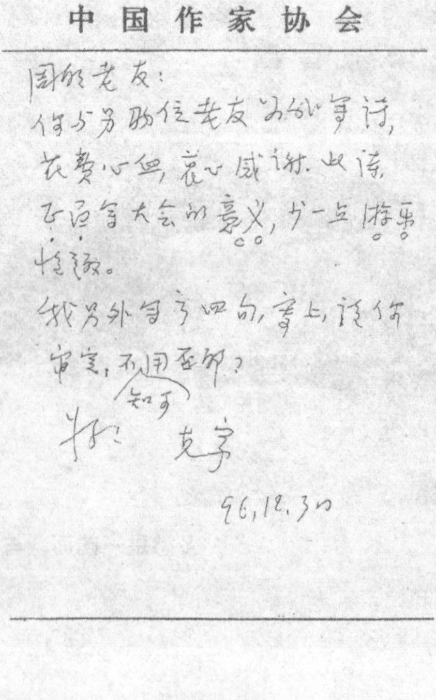
中国作家协会

周明老友：
你为另两位老友写的贺诗，
花费心血，衷心感谢。此诗
不足当大会的意义，少一点隆重
性质。
我另外写了四句，寄上，请你
审定，不用还知了？（知可）
握手 克家
96.12.30

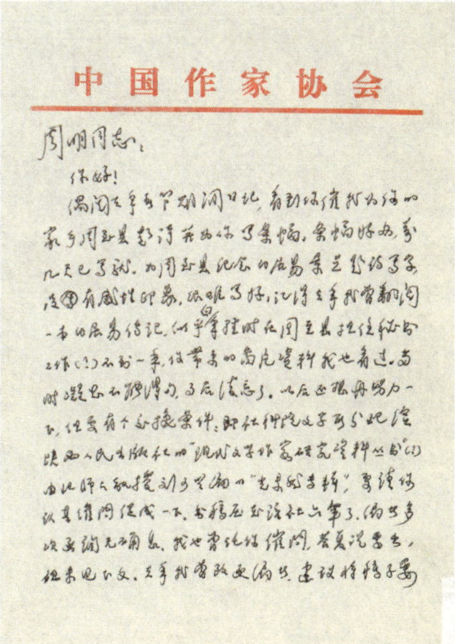
中国作家协会

周明同志：

你好！

……

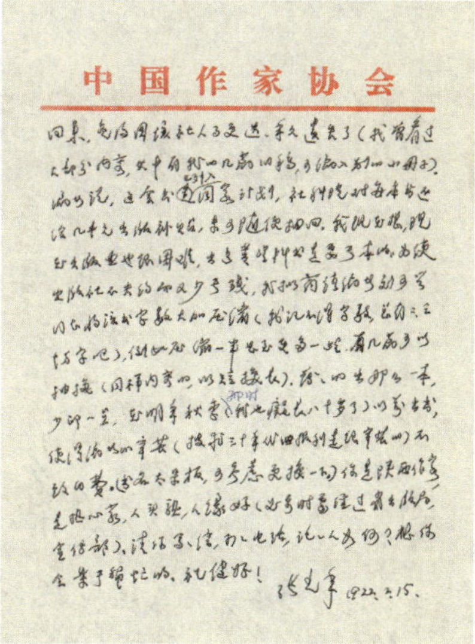
中国作家协会

……

张光年 1992.2.15.

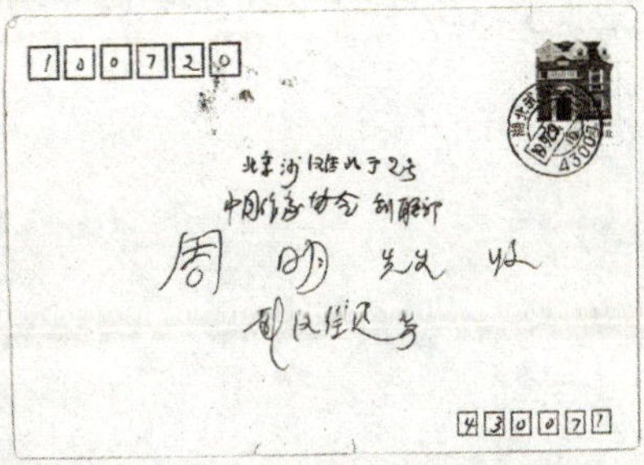
100720

北京沙滩北街2号

中国作家协会 创联部

周明 先生 收

武汉徐迟寄

430071

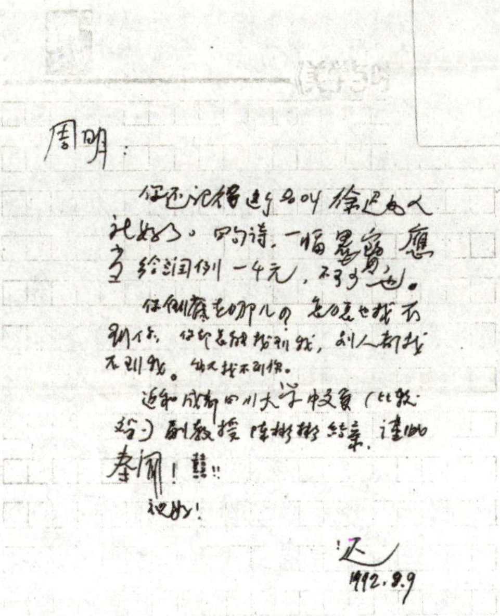
周明：

你还记得过去名叫徐迟的人吧，好了。四句诗，一幅墨宝，应支给润例一千元，不可少也。

你倒底在哪儿？怎么总也找不到你，你总能找到我，别人都找不到我。偏偏找不到你。

近和成都四川大学校友（比较文学）副教授陈彬彬结婚，请此奉闻！囍!!

祝好！

迟

1992.8.9

周馆长
刘主任：今天这2006年12月14日真是个难忘的好日子，能有缘在此楼待你们，使我也见识到现代文学馆是如此有致而又优秀；可惜时间不允许我与你们多相聚一两次，不但有些需要请益的事来不及谈起，即连一些我多年累积的照片剪贴附有局部散文待述篇记录的资料也没时间问问你们是否需要。

尤其感到歉疚的是只顾匆匆应对，未及深思你们希望多要些书的好意，直到你们告辞之后，才静下心来理解到你们此行的难得与可以想见的准备工作及行程的紧凑，无奈，只得今天再设法补送一些书，包括《周南诗篆》3.4.5辑各五本、《诗人之国》五本、《绿色小屋》5本、《彩雨色季》上，此外，我要拜托你们帮我带《岁月流沙》《飘零的春天》及《新绘日记》各一套，共五本，给舍妹蕻方，她把自己存的我的作品都给出版社送去做样书了，使我很替她划不来。那些书往往是一去不回头的，后来我听说大陆的出版社习惯作家送样书给出版社，是找人家要钱的，现在我只得再补寄一些给蕻方，麻烦你们不知是否太过重了？我猜想你们此行一定负担沉重，如果太不方便，也请不要客气，挑选要给蕻方的放在旅馆柜台，我派人去取回即可。

其实我真正的意愿是你们能抽时间再光临一次，看看我的照片资料（都是有关我到大陆或其他地方访问的照片记事（不只是照片集，上面多附都附有记事小品））也许你们可以帮我决定有没有必要以之给现代文学馆）。

《绿色小屋》是以天津为背景的一部包括家庭教育、爱情与婚姻的浪漫故事，在台湾畅销四十版，先请王[illegible]因女孩子不像男人那么只重理性，不在乎感情。（我的十诗和[illegible]不一样）

祝
愉快，

[illegible]
2006.12.15

目　录

目 录

目　录

目　录

周明人与文的性格和风格（代序）

石　英

欲了解周明先生散文作品的素质、风格及其优长，就不能不略知他的经历、性格与非同一般的生活面。他籍属陕西关中地区一个人文风习丰厚的县份，地域文化对他的熏陶是显而易见的。再加上大学生活期间文学艺术素质的养成，使得他在大学毕业后顺利地进入京城工作。40多年来，他先后在《人民文学》、中国作协创联部和中国现代文学馆供职，担负了编辑工作和文学界组织工作的重任，发现和编选了许多至今仍脍炙人口的顶尖作品。他在工作中自然接触了京城和全国各地的文学家和艺术家，乃至一些社会活动家，其中不乏如茅盾、巴金、冰心、艾青、臧克家这样的文学泰斗和杰出前辈。这些工作和创作实践不仅历练了他的创作，而且大大开阔了他的视野，提升了他的鉴赏品位，更独特的是，练达了他作为一位文学创作的组织者和出色活动家的素质与才干。

当然也可以这样说，性格中灵活、智慧、热诚待人的突出特点是他作为一位活动家的必备条件；而长期从事京城编辑工作和组织工作的条件和经验，又促使他形成独具优长的特点。这一点，亦可谓是周明终生受用不尽的财富。

然而，作为一位作家，最本质的财富仍是他的作品。周明深谙此道，这些年来，他创作出版了20余部散文和报告文学等体裁的作品，并以其鲜明的风格为人关注。在此过程中作家付出的辛劳、倾注的心血是内行人能理解的，不过这里还有一个重要问题，即善于发现自己，发现自身的所长和所短，尽量扬己之长，不说可收事半功倍之效，亦可使可写之事烂熟于心，所表之意丰盈灵动，所施之笔墨游刃有余。可喜的是，周明在有意和不经意之间发现了此点，而且将其推向了一种和谐自如的境界。这种发现本身就是一种智慧，善于把握自身则是一种特具的能力。

这些年来，周明或因公务，或专为采访，与诸多名师、社会名流对坐恳谈，亲切问候文学耆宿于病榻之侧，乃至辗转海峡那边，寻访世纪著名人物。其情意融融、其沧桑感怀、其弦外之音，莫不使人读之恍如亲历，与作者感同身受，欣悦时不禁自笑，悲切时几欲唏嘘。几年前我读他的纪实散文《冰心与五个孩子》，至今难忘。文中写了冰心与当时北京崇文区五孤儿兄妹之间的深情，已达一种非同寻常的境界。那种婉曲跌宕，那种朴质细微，那种真实而又富有诗意，可以说是达到了人性的极致，人生的至境。其实，关于五个孤儿的故事，我在那个时期读过非止三五篇，但像此篇如此独具的况味，如此感人至深者，还是非常少的。我想主要原因在于当事人一方是冰心老人，这位具有玉洁般爱心、胸襟丰富宽容的女作家，对孤儿五兄妹的关切与挚爱自是非常。事情本身固然感人，加上周明以深切的笔触，不加虚饰的白描，极成功地状写出这一“人情流”的始末，形成了令人难忘的艺术效果。在这里，也不能不归之于作者的敏于捕捉，将个人的理解无声地融入字里行间，虽不大肆渲染，然则更胜一筹。

周明的关注点还向更广阔的空间扩展，目光投射到中华民族历史的变迁、政治风云的跌宕等，这些主要是通过一些有代表性的当事人极典型地反映出来。在因公赴台期间，有感于一位辛亥革命的老人、著名诗人和书法家于右任先生的种种事迹，他写了一篇立意深广、感人肺腑的散文《望我故乡，望我大陆》。在文中，作者不能不吟诵这位老人痛断肝肠的哀歌：“葬我于高山之上兮，望我故乡；故乡不可见兮，永不能忘。葬我于高山之上兮，望我大陆；大陆不可见兮，只有痛哭……”周明与本诗作者同为陕西人，而于右任是中华人民共和国成立前被蒋介石集团裹胁无奈去台的。诗中表现出的这种人生的至痛，对两岸不能沟通、国家不能统一的至憾，周明显然产生了深深的共鸣。他在文中写道：“当今天下之利，自然是国家、民族之利，即实现祖国和平统一；当今万世之名，自然是为祖国统一做出贡献，流芳青史，名扬万代。”这就是于右任先生生前谆谆嘱告的箴言的基本内涵，毫无疑义，任何由个人表达的山河之恋、金瓯之痛，既是个人的，也是民族的，只有将个人的命运与民族的振兴相映，其作品、其人生方能有奇崛之伟力。

如上所述，周明的散文不仅有充分的可读性和文学性，还具有不可多得的史料价值，不可否认的是，它们皆以其视点、题材和与之相适应的笔致构成了周明散文园地的强烈风格，但他的散文作品绝不仅限于此。仅从他近年来创作出版的散文集《山河永恋》和《雪落黄河》，便不难看出他在散文领域中的不断探索和艺术表现上的可贵拓展。在这些对人生的美好倾诉、对祖国山河的真诚吟咏的数以百计的动人篇章中，作者无不以和谐的心态，平静的语调，善意祥和、流畅自然的笔触，向我们展示出一幅幅明丽的情景，一个个或一组组灵动的人物。无论是状写大自然的和谐、人文景观的内涵、人与人之间关系的相融，还是人物命运中的悲喜忧戚，都呈现出作者为人的格调和为文的风格。他总是以积极而友善的心态观照人生，去实践生活的真谛。他很看重柏杨的那句话：“人，如果没有爱心，只不过是只破锣！”但他在表达积极人生的主张时，往往不是剑拔弩张以状其势，而仍然是诉诸和谐自如的笔调，使其流泻出来，有时甚至就是以他平畅亲切的叙述方式闪露而出，让人在字里行间去体会。也许正因如此，周明很注重散文中的细节凸现，让细节来加强他的那种叙述方式。我以为，从一定意义上说，细节不仅对于小说，对散文甚至诗歌都是最出彩的“眼睛”。极端点说，没有细节也就没有文学。

这里还要强调一下周明散文的叙事风格，他一般都是娓娓道来，简洁而畅晓，偶尔也夹叙夹议，加以点化。他的“散文味”是融在表面的自然叙述之中的，读多了就会清晰无误地感知到。但须仔细品味，否则粗略滑过，便难以识其佳处，这是一种个性，一种功夫，成熟了便成为风格。

概括而言，这就是周明为人性格与为文风格的融合。

记忆，驶进往事的海洋

1981 年 3 月 27 日清晨 5 时 55 分，一颗伟大的心脏停止了跳动。崇高的灵魂去了，中国文坛陨落了一颗巨星。

啊，一代大师、中国新文学运动的先驱者茅盾先生逝世了！

当日上午，我立即赶到北京医院，先生已经合上眼，静静地、静静地躺在那儿，像是疲倦了在作片刻的小憩。我轻轻地走近他的身旁，像平日见到先生一样，唤声“沈老”。可先生却默默地、默默地躺在那儿，无声无语。我这才意识到先生已经离开我们了！他再也不会回答我们什么并且给我们以教诲了。我的心啊多么悲痛！我痛苦得几乎要哭出声来。此时，我强打起精神，想再多看先生几眼，无奈，来和先生告别的人愈来愈多，我只好含泪跨出医院大门……我们的车子行驶在宽阔平坦的长安街上，我看见街道两旁林荫道上的杨树、柳树、丁香树都发芽吐绿，残冬已过，春回大地，人们将又在这播种的季节，精神抖擞地开始一年中辛勤的劳动。然而我们的茅盾先生，一个文学园地辛勤的耕耘者，却不料竟在这个时刻辞世了。而留在他书桌上的，是一部他多年来呕心沥血、兢兢业业所撰写的长篇回忆录《我走过的路》的未能完成的手稿——他原本计划从童年写到 1949 年中华人民共和国成立前夕，估计 60 万字左右。可如今只是写到了 1934 年的阶段，30 来万字，终未完稿。

这是多么大的憾事！这是多么重大而无法弥补的损失！

汽车仍然在长安街上疾速地行驶着。车窗外，人来人往，车水马龙，然而我的眼睛却不知为什么，渐渐模糊起来。此时闪现在我眼前的只有一个清瘦的、正直的、我所尊敬的老翁的影像，这就是茅盾先生！

于是，记忆，驶进往事的海洋……

我认识茅盾先生虽是在20世纪60年代初，然而接触较多、逐渐熟悉起来却是在1976年以后，那时我因工作关系，常常求教于先生。当然，我是作为一个文学刊物的编辑，一个后生晚辈，怀着崇敬的心情去接触先生的。而先生所给予我的教益，将是我终生难以忘怀的。

我记得，在"文革"之后，《人民文学》几经波折才得以复刊，当1976年1月20日复刊号出版后，当天我即奉编辑部之命，带了五本刊物，给沈老送去。他一见高兴极啦！立即仔细翻阅着刊物，兴奋地说："唔，我还是《人民文学》第一任主编呢。"

接着他便兴致勃勃地向我讲述了1949年七八月间他在北京筹办《人民文学》的情况。他见复刊号《人民文学》的封面上用了毛主席的题字，问我这是主席什么时候写的？我回答他："1962年4月写的。这次经毛主席批准，第一次公开用。"他说创刊时他就请过毛主席题词和题写封面字，结果主席只是题了词——即"希望有更多好作品出世"。而封面字，主席提议由郭沫若或沈老写，他便请郭老写了。他说，为此主席还有一封信给他哩。

我一听，就不揣冒昧地向他提出："那封信，还在吗？能不能给我看看？"他笑了，慈祥地说，在。说着，他便起身走进卧室，不大一会儿，手里拿着一个大信封走出来。我接过一看，是一封主席的亲笔信。

信的内容是：

雁冰兄：

示悉。写了一句话（即"希望有更多好作品出世"题词——

笔者注），作为题词，未知可用否？封面宜由兄写，或请沫若兄写，不宜要我写。

毛泽东

九月二十三日

到了年底，12 月 31 日的上午，沈老又不辞辛劳地来到东城海运仓总参一所的礼堂，出席了《人民文学》召开的在京文学工作者座谈会。这时他已是 81 岁高龄的老翁了，虽然看上去身体尚健康，但步履艰难多了。总参第一招待所的礼堂是在二楼，又没有电梯。我去家里邀请他时，他询问了上楼不上楼，他说，他腿脚不听指挥了，怕上楼梯。我说我们可以多几个人搀扶您上楼。事后也是这么办的。可当我们扶他到达二楼礼堂门口时，他已是气喘吁吁了。我后悔那天的会不该在楼上开，可已晚了。而沈老呢，他站了会儿，定了定心，却微笑着说："还好。"

当他走进会场时，全场热烈鼓掌欢迎。欢迎他，一位前辈革命文学大师；欢迎他，一位意志坚强的老战士。他即席讲了话，说："今天我很兴奋，也很愉快。我完全同意郭沫若同志的书面发言和几位同志的讲话。刚才主持会议的张光年同志要我以作家协会主席的身份来讲几句话。作家协会主席是曾经担任过，中央也没有命令撤销过。'四人帮'却不承认我们。连文联也不承认。不承认我们，我们也不承认他们的反革命决定。所以今天，我还是要以作家协会主席的身份来讲几句话。"他激动地说，"第一次文代大会，是 1949 年开的，在那个会上毛主席讲了话，周总理也讲了话。我记得在那个会上选出了文联主席和副主席，主席是郭老，两个副主席，一个是周扬同志，一个就是我。后来我们就一直没动过，直到'四人帮'上台……现在各方面都在关心文联和各个协会是不是应该恢复了，这件事情，不光是恢复一些机构的问题，而是标志着党的文艺事业重新向前迈进。这对文艺工作的发展，对贯彻‘百花齐放、百家争鸣’的方针是有利的，对于广大专业文艺工作者互相交流经验，也是有利的。对于我们如何辅导广大业余文艺工作者也是有利的……还有，要恢复刊物。《人民文学》很早就恢复了……《文艺报》还没有恢复。应该恢复……”

他的讲话不断被掌声打断，顿时会场的气氛活跃和热烈起来。他说出了大家的心里话啊！

从茅盾先生的讲话以及我平素接触他的言谈中，我深有感触，他旗帜鲜明，爱憎分明。因此当1978年元旦，我去向他祝贺新年，顺便表示希望他能为我题写一幅字时，他欣然答应了。过了不几天，他亲自在电话中通知我下午三点去取字。我高兴地去了，他把已经写好卷好的条幅展开来，让我看。他说，这是一首1977年的旧作，现在写出来。条幅内容是：

卒子过河来对方，一横一纵亦猖狂。非缘勇敢不回步，本性难移是老娘。潜伏内庭窥帅座，跳窜外地煽风忙。春雷粉碎春婆梦，叛逆曾无好下场。

江青自称过河卒子，打油一首，揭其阴私。七七年二月旧作。

茅盾

一九七八年元月于北京

我高兴地说：“沈老，谢谢您。我将把它裱起来作为纪念。”他笑了，说：“那怎么行。裱，要裱书法家的字。”我说：“您的字很有风格，我喜欢。您又是我们的老前辈，我裱起来好作为纪念。”他又笑了，说：“那随你吧。”他还是比较喜欢这首诗的。据我所知，他之后也将这首诗写给过别的同志。

如今，当我面对这幅珍贵的遗墨时，我是多么怀念我们尊敬的茅盾先生啊！

此后，他又力所能及地参加了一系列会议：1978 年 5 月 27 日—6 月 5 日的中国文联全委扩大会、1979 年 10 月 30 日举行的全国文代会等。他为党的文艺事业的繁荣和发展付出了巨大的力量，做出了巨大的贡献。

除了参加一些必要的重要会议和活动，近几年来，茅盾先生主要是集中精力撰写他的长篇回忆录。这对一位年事已高且体弱多病的老人来说，是非常艰巨、繁重的任务。况且他一向的治学态度是认真、严谨，一丝不苟：我在读了他陆续发表在《新文学史料》上的回忆录后，对于他的强大记忆力十分吃惊！我想，一位 80 多岁的老人了，怎么会有那么好的记忆力，仿佛往事历历在目，有条不紊。为此我曾经问过沈老："几十年前的事您怎么能够记得那么清楚呢？"他慈祥地微笑说："你还年轻，体会不到。人老了，愈是过去的事愈记得清楚；愈近的事，昨天的、前天的或许一时未必记得起来；当然，还是要依靠查资料呢。韦韬、小曼，还有上海、北京许多朋友帮了我不少忙啊。"

其实，这几年，沈老的身体情况越来越差，精力不济，然而工作却在不断加重，他长期患有老年性气管炎和肺气肿，肠胃功能也衰退了，不能吸收营养。一日三餐吃的都是面条，食量也少得可怜。另外，他左眼失明，右眼视力只有 0.3。可他为了抓紧有限的时间，奋力完成回忆录，只要不病倒，几乎是每天坚持伏案写作，有时上午 7 点写到 9 点或 10 点，有时是下午 3 点写到 5 点左右，总之，每天总要写那么两三个钟头，还要翻阅资料。他严谨的治学态度使他养成一种习惯：一切经过思考，一切自己动手。他写东西往往构思的时间较长，想好了才动笔，没想好，绝不轻易落笔。近年来他因为身体状况不佳，常常是只能写上十分钟或半个小时就必须停下，躺在床上休息一段时间。然而躺在床上他也仍然在构思。有时卧病在床，稍好些也坚持写作。

本来，由于他的视力减退，左眼又失明了，曾有同志劝他进行口述，旁人帮助记录整理，他拒绝了。我有几次约请他写文章，交稿时间又太紧迫，就好意地说："沈老，您说，我们帮助您记录整理吧。"他摇摇头，说："文章怎么能由别人代笔呢？几十年习惯了，写文章，总得自己写呀。"有一次，我约他写一篇东西，时间较紧，他答应想想，第二天写。我实在不忍心，第二天又去了，还是想说服他允许我们为他记录整理。我一走进他的书房，只见他用放大镜照着铺在桌面上的稿纸，写一行，照一行，然后再接下去。我的心猛然一抽搐，难受极了。我几乎流下眼泪。啊，他是如此艰难地工作啊！

就这样，他每天除了顽强地坚持写作回忆录之外，还要接待国内外的采访者，还要为其他一些报刊写些临时性的文章，还要应约题字、写序，等等。除非是体力不支，一般他总是尽力而为。近年来，我们惊喜地发现，许多地方的刊物名字和报纸副刊名字是茅盾先生秀丽的手书，甚至有些极为偏僻的县城的小报也是他的题字。这并不奇怪，茅盾先生就是这样一个人！他可以说是一位当代最了不起的大文豪、一代大师了，但他的为人却和蔼可亲，平易近人，而且是平等待人！——因此他无论地区远近、刊物大小，大凡有求必应——对于一个大人物来说，做到这一点并不容易。他的这种品德和情操，是多么值得我们仿效啊！

在中国现代作家中，茅盾先生是最早接触马克思主义，也是最早参加中国共产党的。他以文学为武器，为党的事业，为共产主义的理想而努力奋斗一生，做出了卓越的贡献。尽管后来失掉组织关系，但他依然坚持在党的领导下工作。他对党有着深厚的感情、深刻的信念，因而他在生命垂危的时刻，留下了两项崇高的遗愿：一是致信中国作家协会，献出 25 万元稿费，用以繁荣祖国的文学事业；一是致信党中央，要求追认他为光荣的中国共产党党员，并且自豪地宣称：

如蒙追认，这将是我一生的最大荣耀！——这感情，这言语，这理想与信念，是多么真挚，多么感人！

3 月 31 日，党中央决定：恢复茅盾同志的中国共产党党籍，党龄从 1921 年算起。

这是一项英明的决定。人们为之欢欣鼓舞！但是又感到有点小小的遗憾。我想，这个喜讯若先生在生前能够听到的话，那对他将是多么大的鼓舞和激励啊！他会感到莫大的荣耀和幸福。谁知，我的这种想法，并不符合先生的遗愿。事实究竟是怎样的呢？

茅盾先生去世后，我为刊物挑选先生的遗作和照片，同时也为慰问先生的亲属，几次到先生家里，也顺便向先生的儿子韦韬同志谈及这种心情，韦韬同志告诉我一些细节情况，我这才恍然大悟！

原来在 3 月 14 日，先生在医院的病床上，大概是有不测感觉，提出想坐起来写两封信，他说这是他长久的心愿。韦韬同志便委婉地告诉他："你现在坐不起来了，没有力气。你口述，我记录好了。"当儿子笔录完毕，先生点了点头，硬是挣扎着要起身，韦韬就用手扶持着，助父亲一臂之力，使得他勉强握起笔，郑重地在致党中央和致中国作家协会的两封信上颤抖地分别签署上了沈雁冰、茅盾五个大字，但是他嘱咐儿子要在他死后递交。他还喃喃细语说："我死了，反正什么也不知道了，那时如蒙追认，将是我一生的荣耀。"

那么为什么先生要求将这两封信一定在他死后递交中央呢？据韦韬同志介绍，去年夏天，先生住院时，曾有老朋友在探视期间向他提及此事，认为他应该提出申请入党，当时他表示："我是在党的早期困难时期加入党并同党一起渡过难关的，现在我们的党胜利了，我就不必提这个问题了，去和党分享荣誉。"后来，还是韦韬同志向他介绍，现在党由于林彪、"四人帮"的严重破坏，许多年轻人不愿意入党，产生信仰危机，茅盾先生听后镇定地说："唔，如果是这样，我现在倒是要考虑入党的事。"从此，他又萌发了这一坚定的信念，直至生命危急时刻，他坚定而鲜明地表达了自己终生的理想和信念，从心底呼唤出生命的最强音：伟大的党，光荣的党，“我的心向着你”！

这是多么诚挚的感情！多么感人肺腑的心声！说实在的，当我知悉这一情况后，当天夜里，辗转反侧，激动不已，我失眠了。我觉得，先生更加令人崇敬、令人热爱了。

此刻，一个清瘦的、正直的、我所尊敬的老战士的影像，仿佛愈来愈清晰、愈真切、愈高大……

我们的汽车依然风驰电掣般地疾驶在宽阔、平坦的长安街上。没有风，没有雨，更没有落雪，然而我却仿佛感到了一股寒风、一阵寒流突然袭来，我的心紧缩了一下，不由得发自内心地痛苦地自语道：

“啊！崇高的灵魂去了。安息吧，敬爱的茅盾先生。”

1981 年 4 月 12 日，参加茅盾同志追悼会归来，匆成。北京

乌镇的风采

踏上乌镇的土地，虽说是头一次，然而这里的一切都令我倍感亲切，思绪绵绵。因为，它是茅盾的故乡。

乌镇是一个水网交叉、地处水陆要冲、历史悠久的江南水乡集镇。今天，它依然保持着古朴的风貌。茅盾生于斯长于斯，在这儿度过了他难忘的童年和少年时期。乡土的熏陶、家庭的影响、父母的严格教育，滋养和哺育了一代文豪；故乡的漫漫历史、风土人情、社会生活又为他的创作提供了丰富的素材。如今，人们可以在这里寻觅到他起步的足迹、思想的源头。乌镇的河流、乌镇的火轮船、乌镇的桑树、乌镇的养蚕，以及古老街市的店铺和主人，几乎都是茅盾那些脍炙人口的农村题材作品中所描写的典型环境和典型人物。

乌镇水乡养育了茅盾，茅盾将水乡乌镇推向了世界，以至乌镇成为人们熟悉的地方，向往的地方。

这次来，我们之中就有俄罗斯、斯洛伐克、日本和韩国的几位专事研究茅盾的外国学者，有老有少，他们多年前都慕名到过乌镇，进行过考察、研究活动。此次，他们在北京出席了纪念茅盾一百周年诞辰国际学术研讨会之后，又一次热情地来到乌镇，探访更多的有关茅盾的感性知识。满头银发的斯洛伐克学者高利克先生曾将茅盾的作品翻译介绍给他们国家的读者。他曾几次访问过茅盾。1959 年他首次来乌镇，茅盾先生在和他的谈话中说："你要翻译我的作品，最好去乌镇看看江南水乡。"果然，1959 年的乌镇之行，使高利克有了实地感受，他的译作出版后很受他的国家的读者喜爱。日本东京大学博士、从事茅盾研究的青年学者铃木将久，居然在几年前带了一本中国地图，孤身一人跨山越水找到浙江，抵达乌镇，悄悄地看、悄悄地记，悄声来、悄声去，获得了许多实地的感受。我问他这次来有何感想，他说，来一次有一次的收获。乌镇是一本读不完的书，尤其对于茅盾研究者——无论是中国还是外国的学者。

笔者同茅盾先生当初由于工作关系，常有接触，常去拜见，先生对我之教诲，终生难忘。因此当有人在为20世纪小说大师排列座位时，不知是有意还是无意，竟在大师名单中疏漏了茅盾，令我也令文学界大为震惊，历史就是历史，不可能随意改变。茅盾对于中国现代文学的杰出贡献，茅盾作为中国现代长篇小说的奠基人，都是无可争辩的历史事实，也是毋庸置疑的。

令人欣慰的是，在乌镇观前街的"茅盾故居"，1985年重修后保存完好，参观者络绎不绝。桐乡市和乌镇都成立了茅盾研究会，并办有像样的会刊，发表会员研究茅盾的新成果。许多参观者留有宝贵的感言。甲戌之春，著名作家金庸先生来访乌镇时为"茅盾故居"热情题词："一代文豪写子夜，万千青年诵春蚕——先父与沈公青年时有同窗之谊，今瞻沈公故居不胜仰慕，后学小子金庸谨上。"还有许多中国人、外国人，文学家、艺术家留有不少珍贵的墨宝。细细看来，令人深深感动。

1996年7月，杭州旅次

冰心的幽默

已是严冬三九天。此时，窗外雪花飘飘，寒风凛凛，好冷的天气！然而我一想起冰心老人，心中总会升腾起一种温暖之情，几十年来的交往，几十个春夏秋冬，几多风风雨雨，老人总是给予我无微不至的关心，给予我严格的教诲；给了我爱，给了我温暖，给了我前进的鼓舞力量。我们成为“忘年交”。这些是说不完道不尽的。

这篇短文，我只想记述一些冰心老人的幽默，幽默其实是智慧的表现。有时你和她接触，同她交谈，她总有一些轻松的随意和幽默，表现出她的平易和智慧。

“姜，自然是老的辣嘛”

冰心年轻时代的作品突出的一点是：母爱，人类爱。她以这种人类崇高的爱情哺育了神州大地几代人。可到了晚年呢，尤其是近一二十年她所写的文章，却一改“旧调”，格外尖锐、辛辣！多是触及时弊、抨击丑恶现象的文章，而且击中要害。她一向倡导真善美，反对假恶丑，爱憎分明。近年她的不少这类文章或作品已引起社会各界重视。平日或者生日，也时常有领导同志来看望她，她总是不错过这种良好机会，向他们诉说民情，反映情况，或直言政见，与他们肝胆相照。她其实是忧国忧民，为国为民，我因此同她开玩笑说：“您老现在的文章怎么愈来愈尖锐！”她笑笑，风趣地说：“是吗？姜，自然是老的辣嘛！”

“要是你再不来，就只有瞻仰遗容了”

我常常去西郊看望冰心老人，或向她约稿，或向她讨教，或陪友人造访，或麻烦她给人家题词题字，或送书送什么刊物去……总之经常去，然而有时工作一忙，就好久没去，加之老人住地远在北京西郊，去一趟也真不易。如果我好长时间未去，不定哪天就会接到她亲自打来的电话，以不无责备的口吻说：“你怎么好久不来？就那么忙？要是你再不来，就只有瞻仰遗容了。”这种时候，我便乖乖地作检讨，并且答应说：我今天就来！我也真的马上便奔去，有时单位司机不在，没有汽车，我便蹬上自行车，长途跋涉说什么也得赶紧去，去看望我心目中最为敬重的老人家、我的恩师。

“要拜寿，就应当磕头嘛”

冰心老人是世纪同龄人。她1900年10月5日诞生于福建福州市，祖籍福建长乐。这真是福建的骄傲！中华民族的光荣！每年10月5日，我和我在文艺界的朋友们必然前往冰心府上给老人家拜寿。每次，我们不是献上花篮，便是送上寿礼。花篮，一定要由几十朵（按她的寿辰时龄）盛开的红玫瑰组成。同冰心老人亲如姐弟的巴金先生便是每年送这样的花篮，鲜艳无比，意味深长。可最近几年，我们单送这些礼物已经过不了“关”了，老人家风趣地说：“要拜寿，就应当磕头嘛。”我说，那你得给红包，她哈哈大笑。

笑归笑，头可是得磕，还得认真磕。因为每每旁边总有淘气的吴青在“监磕”，能不认真磕吗？

今年的10月5日，我和泰昌是下午去的，客人已经陆续离开，老人家已回她的卧室休息。但见我和泰昌到来，她又精神振奋，笑吟吟地说："又是两个磕头的来了。"我和泰昌真的恭恭敬敬地给 92 岁高龄的老人拜了寿，磕了头。她直嘿嘿地笑，说："好了，好了，起来吧！"

我们起身后，她笑着说："今天邓友梅来也磕了头。冯骥才也来磕了头——可大冯跪在地下还比我坐着高。他真个儿高。"

吴青在旁调侃说："我娘一般不许人家给她磕头，可你们几个是例外，因为你们是她的'干儿子'，她待你们几个真好！我都有些嫉妒了。"

好个吴青，一语道破。

"你好像我肚子里的蛔虫"

我从参加刊物编辑工作后的青年时代起，便有幸认识和接触冰心先生。那时她就是《人民文学》杂志的编委，而我只是一个小编辑。常有来往，不是向她约稿，便是陪她采访。屈指算来，已有二三十年了。"文革"期间及 1969 年下放在湖北咸宁"五七"干校，我们一直在一起，经历了几十年的风风雨雨，特别是在那"急风暴雨"式的"文革"中，我对冰心先生的为人为文，对她无私无畏、铁骨铮铮的精神十分感动，非常钦佩。久而久之，我便滋生了写她的念头。写她其实也是向她学习，是丰富自己、提高自己的过程。我的散文集《记冰心》出版后，前辈作家，也是我"忘年交"的师友郭风先生予以首肯，并在上海《文汇报》上发表了热情的评论文章。我斗胆送给了冰心先生一本，没想到她很快看了，并且打电话约我去谈谈。我去了，她首先对我这个后生晚辈予以鼓励，她说："你好像我肚子里的蛔虫，许多事我都忘记了，你却写出来了。"接着她翻着书一页一页指给我看——都是她用笔画上记号，折叠起页码，说哪段、哪件事如何如何，哪些细节有出入，一一指正，要我改过。我极为感动和感激！这本样书我向她索要了回来，让它留在我身边，是个珍贵的纪念呢！

后来，她生病住院，有天我去看望她时，和她谈起一些往事，只见病房角落坐着一位中年斯文的女同志，不断在笔记本上记着我们的谈话。看来我们的谈话引起了她的兴趣。我问冰心先生她是谁？先生说是一位研究人员，专门研究那个谢冰心的。我说你真幽默，她开心地笑了，并且指着我对那位同志说："他叫周明，是我在《人民文学》的小同事，也是我'肚子里的蛔虫'，他记着好多事，你可以找他好好谈谈。"

这位女同志便是冰心研究专家卓如——一位很有学识的正派的学者。她也是福建人。

"如果我真的死了，就没有人哭了"

20世纪80年代后，曾有无数从海外归来的作家、学者、朋友，有来自美国、英国的，有来自日本、法国的，有来自东南亚几个国家的……都希望拜望、见见冰心老人。有的说，老人年纪大了，不便太多打扰，耗费她的精力和时间，只求见个面，照张相，有的要录一段音，带回去。

开始冰心老人对此并没在意，可终究其中有的人不免泄露了"天机"。为什么呢？因为他们在海外的报纸上看到有消息说：著名作家谢冰心在"文革"中被迫害致死。所以80年代后，人们才慢慢知晓，冰心还活着！冰心还健在！因此如能有幸见她老人家一面，合个影，录个音带回去，还可以解亲人、朋友们的悬念。

据说，冰心当年在日本东京教过的许多学生一听说冰心老师不幸逝世，男男女女都号啕大哭，并发表了不少悼念文章。在中国台湾的冰心老友、作家梁实秋泣不成声，呜咽着写了一篇《痛悼亡友冰心》的文章。

闻此，冰心满心感激。过了好久，有次我同她聊天谈起梁实秋先生时，她忽然想起了这件事，提起梁实秋先生写过的一篇悼念文章，她不无幽默地说："你看，我已经死了好几回了。朋友们、学生们该哭的都已经哭干了眼泪。如果我真的死了，就没有人哭了。"

"坐以待'币'"

去年夏天，有几位美国来的华人学者，托我的朋友李欲晓找到我，说希望能拜访冰心老人，因为他们之中有一对夫妇还是来自冰心在美国留学时的母校——威尔斯利女子学院。我向老人作了报告，征得她的同意后便在一个晴朗夏日的上午到了她的家。那几位美籍华人朋友见到冰心十分激动，又是合影，又是请签名，他们还给冰心女士带来了一头精致的有机玻璃牛。冰心老人满心欢喜地说："你们给我牵来了一头这么漂亮的洋牛，我很喜欢。"

那几位客人热情地嘘寒问暖，问长问短，问她最近在做些什么，在写什么大作。冰心老人却笑着风趣地说："写什么大作？我只是写些回忆性文章或者有感而发的文章，主要是在家里，坐以待'币'哟！"

客人们为之一愣，显然不解。她嘿嘿笑了，解释说："你们是不是听误会了？中国有句成语叫'坐以待毙'，我说的是坐以待'币'，人民币的'币'。我是说我坐在家里写稿等待人家寄稿费，寄人民币来呢！"

一时间满堂哄笑。

客人们不出得欢叫起来："哇！您老这么幽默啊！"

“我们家快成冰窖了”

去年夏天，我要去西安参加家乡一个散文笔会，问冰心老人西安有事要办没有？她不无感慨地说：

“到现在西安我还没去过呢！不过那里有我的亲戚，是愚弟一家。对了，他们家的孩子叫谢冰，钢琴弹得很好！”

说着，她自个儿忽然笑了，说：“你瞧，我们家快成冰窖了！”我明白了她的意思，便有意问她：“还有哪几块‘冰’？”

她笑吟吟地说：“冰心、吴冰（老人家的大女儿，现为北京外国语大学教授）、李冰（吴冰的二儿子），还有刚才说的西安的谢冰。这么多块冰，不成冰窖了？”

“老百姓住房还那么紧张”

冰心是文学大师，是20世纪初便开始从事创作活动的硕果仅存的文学界元老和泰斗，是我们国家的国宝，这一点毫无异议。自然，对她的生活条件理应予以特殊安排。几十年来，她作为吴文藻教授的“家属”，一直屈居中央民族学院和平楼一套狭小的居室，实在有碍于生活和创作。可她和吴先生及其一家人，从来是严于律己，不向国家伸手，不向组织叫苦，还说“知足常乐”。中央有关部门发现了这一情况，感到她的住房条件太差，起居困难，影响生活，便由高层决定像地质学家李四光那样，给她单独建造一栋楼房，以便安居乐业。有位国家领导人来和她谈，告诉她准备实施这一计划，没想到她一口谢绝。她当然很感动，也很感谢领导的这番好意，但她说：“别这样，看看周围的老百姓住房还那么紧张，我怎么能这样特殊呢！”她仅仅提出，只要在这栋楼上给她适当增加几间房，能让女儿吴青和女婿陈恕住下就行了。因为吴青夫妇需要和她住在一起，照料她的日常事务和生活。其实吴青、陈恕也都是出类拔萃的大学教授呢！

后来，领导只好遵从她的意见，只是增加了一个小的单元房，老人家为此已经十足满意了。

“那么，我今天当面消‘毒’”

那年，在全国财贸先进工作者会议期间，我曾陪同冰心老人采访全国劳模、北京市百货大楼优秀售货员张秉贵。有天，国务院副总理姚依林听说冰心到会采访，便到我们的住地北京西苑饭店来看望冰心。言谈间，姚依林同志怀着尊敬的心情说，他年轻时代就读过冰心的《寄小读者》，印象很深，到现在还能想起其中一些章节……不料，冰心风趣地说：“那么，说明你早就中了冰心的‘流毒’，我今天当面消‘毒’。”一句话，说得姚依林同志和在场的人都开怀大笑。

“我就是重女轻男”

读者都熟悉，冰心先生抗战时期在重庆曾以“男士”笔名出版了一本纪实性的散文集《关于女人》。那里记叙的全部是她所熟悉和赞美的女性形象，她一贯提倡女性解放，女性要自强自立，充分确立女性的社会地位，发挥女性的社会作用，因而在文学界，她特别关心和钟爱有才气、有追求、有成就的女作家，尤其是青年女作家。她和一批中青年女作家成了“忘年交”，有着深厚的友谊。对于茹志鹃、黄宗英、丁宁、柯岩、谌容、张洁、陈祖芬、张抗抗、叶文玲、铁凝、王安忆、陆星儿、李玲修、斯妤，对于更年轻的张莉莉、黑孩、素素、萌娘、韩晓征等，她都给予格外的关注，倾其心血帮助、扶持她们，使女作家们真正支撑起文坛的“半边天”。

凡是女作家去，她都格外高兴。每每合影时，她总要将女作家拉在身边，靠拢她。她经常让女士坐下，令男士站着，我就多次受到这般待遇。

她说：“我就是重女轻男，女的出息起来不比男人差。”曾有一位中年朋友，因家中已有一女，企盼再有一男儿，可妻子偏偏又生一女孩，弄得这位朋友一时情绪不佳。其实小女孩儿长得十分可爱！冰心得知，便开导这位朋友，告诉他女孩怎么怎么好，并欣然为其题字：有女便是福。这位朋友茅塞顿开，从此笑容满面，逢人便夸女儿好。现在他视女儿为掌上明珠，喜欢得不得了！和贤惠的妻子一起精心培育这棵幼苗。

“打死我也不能说”

我至今不能忘记“文革”那场噩梦。

记得是在那腥风血雨的 1968 年的某一天，造反派和红卫兵批斗谢冰心时，竟无知地责问：

“你一解放就从日本跑回国，肯定是国民党派遣回来当特务的！你要老实交代！……”

那种非人的对待和侮辱性的语言我不想再做重复。

然而冰心面对屈辱一言不发，只是沉默不语。可造反派和红卫兵却急于扩大战果，穷追不舍。这种不老实交代问题的态度当然不可忍，于是便噼里啪啦一阵无情的武斗。

冰心老人仍沉默不语。

又是一阵拳打脚踢。

她怒了，她急了，才从怒火中挤出一句话——仅仅一句话：

“打，打死我也不能说！”

可以想见她所受之痛苦。

为什么她说“打死我也不能说”？原来这句话是周恩来总理交代她的。她始终牢记在心，铭刻在怀。

1949年中华人民共和国成立的消息传到日本，正在东京的冰心和吴文藻夫妇和他们的三个孩子听到喜讯无不欢欣鼓舞。从此他们便十分关注新中国的发展情况。冰心夫妇也常和同在东京共事的谢南光、吴半农聚会，交换国内情况。由于受新中国新气象的鼓舞，冰心夫妇暗自下定回国的决心。正巧这时，美国耶鲁大学邀请他们夫妇去美国任教，他们觉得这是一个意外的良机，便以赴美应聘为名，并以“需要先到香港做些准备工作”为理由，从东京经横滨抵达香港，然后由香港秘密乘船到广州，而后回到北京。在北京，周恩来总理亲切接见了冰心和吴文藻先生。谈话中涉及海外一些情况，对于当时的新中国来说是非常重要的，因此周总理叮嘱他们：“今天的交谈，你们不要说出去，打死也不能说。”这也有保护冰心夫妇的意思。

那次谈话后，周总理亲自交代有关部门妥善安排冰心夫妇的工作，让他们在祖国安心工作和生活，发挥各自的力量。

至今，当我回忆起这段难忘的往事时，我对冰心老人愈加肃然起敬，这是多么了不起的气节！

“美国不兴叫干女儿”

还是在“文革”时期，夏日炎炎的一个中午，太阳当顶，人们汗流浃背、气喘吁吁，却大约有成百人，站在北京郊区红星公社的田野里，正在热火朝天地批斗一批“文艺黑线”人物。

胸前挂着牌子，低着头弯着腰的所谓“黑帮分子”是张天翼、严文井、谢冰心、郭小川、李季、刘白羽、黄秋耘等人。

当时张天翼体弱有病，站了一会儿就支撑不住，举手要求坐下，造反派不允。只见可怜的老作家大颗大颗汗珠从额头上滚滚而下。

批斗冰心时，突然有人抛出一颗“炸弹”，说冰心当年到美国留学一事是司徒雷登给办的。为什么那个帝国主义分子肯帮冰心去美国留学？因为冰心是司徒雷登的干女儿！

他们不问青红皂白就是一阵拳打脚踢，要她低头认罪。

冰心反而抬起头，环顾四周后，沉着地回答说：

“我去美国留学是经过严格考试录取的，不是司徒雷登的关系。司徒雷登只不过当时是燕京大学的校长。再说美国不兴叫干女儿，我也从来不是他的什么干女儿。”

1992年孟春，北京沙滩

隔海相望的友情

梁实秋先生 1987 年 11 月 3 日在中国台湾病逝的消息，震惊了大陆文坛。这不仅由于梁先生是一位有影响的作家，更由于他的那颗始终不渝的“北京心”。他原拟次年偕夫人韩菁清一道回大陆，经北京，探亲访友。他离开故园北京将近 40 年了。40 年，是一段多么漫长的岁月！然而北京时常在他的梦中，北京时刻在他的心中。北京有他的亲人，有他的骨肉同胞，有他的同窗好友，有他青年时代的许许多多的朋友。他深深地思念北京。

在北京，我曾有幸接触过梁先生的长女梁文茜，她是北京一位出色的律师。1949 年后，海峡两岸信息隔断，父女天各一方，思念情深，痛苦异常。后来，1971 年夏天，父女二人终于在美国会面。那是一个感人的情景。梁文茜给父亲捎去了北京东城内务部街梁先生故居四合院里枣树上的大红枣。先生爱不释手，老泪纵横。事后，梁实秋先生将这颗红枣带回台湾，浸泡于玻璃杯中，供奉案头，足见其思乡之情深！我还见到梁先生在他台湾寓中的照片，照片上的他，昂首站在一幅北京故居图画之前，遥望着远方。他在遥望着哪里呢？——自然是北京。他多么想早早地返回故都，再好好地看看北京，看看那座他日思夜梦的故园四合院，看看许许多多他苦苦思念的老朋友。

然而，这一切都不可能、不可能了，因此，他的突然去世，不仅使他台北的亲友们，也使远在北京的亲友们十分悲痛，十分惋惜。

冰心便是这痛惜者中的一位。这位当时已是87岁高龄的老人，由于失去老朋友，竟在短短的一个月之内连续写了两篇悼念文字。一篇是《悼念梁实秋先生》，发表在《人民日报》；一篇是《忆实秋》，刊登在上海《文汇报》。看得出，两篇文章冰心均是和泪而作。

冰心老人第二篇文章脱稿时，我正好去看望她，因而我成了这篇文章的第一个读者。我被这两位文学前辈的友情深深感动。或许是冰心老人刚刚完成这篇悼念文字，许多往事涌上心头，她这才给我详尽讲述了她和梁实秋先生的相遇、相交到相知的漫长的故事……

原来梁实秋是吴文藻在清华大学的同班同学。

1923年，在赴美留学的途中，梁实秋与冰心在杰克逊总统号的甲板上不期而遇，介绍人是作家许地山。当时，两人寒暄一阵之后，梁实秋问冰心：

“您到美国修习什么？”

冰心答曰：“文学。”

“您修习什么？”她反问。

梁实秋答：“文学批评。”

就在这之前，冰心的新诗《繁星》《春水》在北京《晨报副刊》发表后，风靡一时。梁实秋在《创造周报》第12期（1923年）上刚好写过一篇文章《〈繁星〉与〈春水〉》。那时两人尚未谋面，不想如今碰巧在船上相遇。在海船上摇晃了十几天，许地山、顾一樵、梁实秋、谢冰心几个都不晕船，便兴致勃勃地在船上办了一份文学壁报叫《海啸》，张贴在客舱入口处，招来了不少旅客观看，后来他们选了14篇作品，送给国内的《小说月报》，作为一个《海啸》专辑发表。其中有冰心的诗三首：《乡愁》《惆怅》《纸船》。

到美国后，冰心入了威尔斯利女子学院。一年之后梁实秋转到哈佛大学。因为同在波士顿地区，相距一个多小时火车的路程，他们常常见面。每月一次的“湖社”讨论会期间，他们还常常一起泛舟于美丽的诺伦毕加湖。后来，波士顿一带的中国留学生在当地的美术剧院演出了《琵琶记》，剧本是顾一樵改写的，由梁实秋译成英文，用英语排演。梁实秋饰蔡中郎，谢文秋饰赵五娘，顾一樵演宰相，冰心演宰相之女。演出在当地还颇为轰动。后来许地山从英国给顾一樵写信说："实秋真有福，先在舞台上做了娇婿。"冰心也调侃梁实秋说："朱门一入深似海，从此秋郎是路人。"说到此，冰心老人说："这些青年时代留学生之间彼此戏谑的话，我本是从来不说的，如今许地山和梁实秋都已先后作古，我自己也老了，回忆起来，觉得这都是一种令人回味的幽默。"

冰心老人说，梁实秋很重感情，很恋家。在杰克逊总统号轮船上时，他就对冰心说："我在上海上船以前，同我的女朋友话别时，曾大哭了一场。"这个女朋友就是他后来的夫人程季淑女士。

1926 年梁实秋与冰心先后回国。冰心同吴文藻先生结婚后，就住在任教的母校——燕京大学校园内。梁实秋回国后在北京编《自由评论》，冰心替他写过"一句话"的诗，也译过海伦 · 斯诺夫人的长诗《古老的北京》。这些诗作她都没有留底稿，还是细心的梁实秋好多年后检出底稿寄还给她。

冰心还清楚地记得，1929 年她和吴文藻结婚不久，有天梁实秋和闻一多到了他们的燕南园的新居，楼上楼下走了一遭，环视一番之后，忽然两人同时站起，笑着说："我们出去一会儿就来。"不料，他们回来时，手里拿着一包香烟，嬉笑说："你们屋子内外一切布置都不错，就是缺少待客的烟和茶。"因为冰心夫妇都不抽烟，招待他们喝的又是白开水。冰心说，亏得了他们的提醒，此后我们随时都在茶几上准备了待客的烟和茶。

不久后，梁实秋夫妇去了上海。梁实秋在光华大学、中国公学两处兼课。大约在 1930 年，梁实秋应青岛大学之邀请去了青岛，一住四年。梁实秋知道冰心从小随从在海军服役的父亲在烟台海边长大，喜欢海，和海洋有不解之缘，便几次三番地写信约冰心去青岛。信中告诉冰心，他怎样陪同太太带着孩子到海边捉螃蟹、掘沙土、捡水母、听灯塔呜呜叫、看海船冒烟在天边逝去……用这些话吸引她到青岛去。冰心也真的动了心，打算去，可惜后来因病未能成行。倒是吴文藻由于去山东邹平开会之便，到梁实秋处盘桓了几天。

他们过从甚密，接触比较频繁，乃是在20世纪40年代初的大后方。当时冰心一家借住在重庆郊外的歌乐山；梁实秋因为夫人程季淑病居北平，就在北碚和吴景超、龚业雅夫妇同住一所建在半山上的小屋。歌乐山在重庆附近算是风景秀美的地方，冰心的居处也是在一个小小的山头上。房子，可以说是座洋房，不过墙是泥抹的，窗户很小很小，里面黑乎乎的，光线不好，也很潮湿，倒是门外的几十棵松树增添了风光。

如果要造访梁实秋，必须爬上几十层的台阶。为方便送信的邮差，梁实秋在山下立一块牌子，名曰：雅舍。这雅舍的惠名，他一直用到了台湾。那时，梁实秋由于一个人在重庆，怀念夫人，独居无聊，便拼命写文章。这个时期他发表的文章最多，大多数刊登在清华同学刘英士编的《时代评论》上。

1940年，有次冰心去看梁实秋时为雅舍题词：

> 一个人应当像一朵花，不论男人或女人。花有色、香、味，人有人、情、趣，三者缺一便不能做人家的一个好朋友。我的朋友之中，男人中只有实秋最像一朵花……

抗战胜利后，冰心和吴文藻到了日本。梁实秋先是回北平，后于1949年6月去了台湾，先是在编译馆任职，后任台湾师大教授。这期间他们也常互相通信。冰心在她日本高岛屋的寓所里，还挂着梁实秋送她的一幅字。

1951 年，吴文藻和冰心回到祖国，定居北京。与梁实秋之间，虽然不像在海外时通信那么方便了，然而，他们依旧相互关注着。直到 1966 年那场风云突变的“文革”风暴袭来，一切才骤然隔绝了。远在台湾的梁实秋，于 1969 年的一天，突然从老友顾一樵先生处得悉：冰心和老舍在“文革”中先后自尽；又从《作品》(台湾) 杂志上谢冰莹的文章中看到：“冰心和她的丈夫吴文藻双双服毒自杀了”，一时间，梁实秋悲恸不已，提笔写下了《忆冰心》《忆老舍》的血泪文字，以悼念故友。

后来这篇文章辗转到了冰心手里，她看了后自然十分感动，曾立刻写了一封信，托人从美国转给梁实秋。信中，冰心说，那是谣言。感谢友人的念旧。她希望梁实秋回来看看，看看他们两人的实际生活，看看他自己的儿女和冰心的儿女们工作和生活的情况。她告诉他，北京大变样了！他爱吃的东西，依然可以吃到；他玩过的或没玩过的地方，都更美更好了。总之，百闻不如一见，眼见为实。大家都是 80 多岁的人了，回来畅谈畅游一下，如何？最后冰心还深情地说：“我们和你的儿女们都在等你！”

呜呼哀哉！结果等来的不是离开家园 40 年的风雨故人，而是梁实秋先生不幸逝世的噩耗，且正是先生决定归来之时，这更使人感到痛心和遗憾。

这是一个令人难忘的悲痛的日子——1987 年 11 月 3 日，一代文豪梁实秋因心脏病发作，在台北逝世，享年 85 岁。梁实秋先生在大陆时，曾任北京大学、清华大学及西南联大等校教授；1949 年到台湾后，曾任台湾师范大学文学院院长，并创立台湾英语教学中心和英语研究所。

梁实秋著译甚丰，他的散文代表作《雅舍小品》风行海峡两岸，颇受读者喜爱。他还翻译了《莎士比亚全集》，并著有《英国文学史》《梁实秋自选集》等。

冰心得知梁实秋不幸逝世的消息后，十分难过。消息是梁先生在北京的女儿梁文茜当日告知冰心的。冰心感慨万端，她说："梁实秋先生是著名作家和翻译家，是文藻的同班同学，也是我们的好朋友。他原籍浙江，出生在北京，对北京很有感情。我们希望他回来，听说他也想回来，就在他要做出归计之前，突然逝世了，我听了很难过，也为他感到遗憾。"

这的确是件令人难过和遗憾的事。

然而据说梁先生生前留有遗言：如若此生他真的不能再返故里，希望夫人韩菁清替他去北京看看，看看他的儿女们，看看他的老朋友，看看那座四合院……

果然，在梁先生逝世不久，他的爱妻韩菁清带着先生的遗愿，飞到了北京。她替梁先生看了一切他希望看的。在北京的两位梁先生的挚友——谢冰心女士和老舍夫人胡絜青女士是她此行重点要拜望的。

韩菁清女士系港台影歌双栖明星。她 1931 年 10 月出生于江西庐山，7 岁时随父迁居上海。1946 年荣获上海"歌星皇后"桂冠。1949 年初移居中国香港。20 世纪 50 年代曾在香港出版散文《韩菁清小品集》。她曾自己编剧并主演《大众情人》《一代歌后》《我的爱人就是你》等影片，获"金马奖"优秀演员奖；灌制有《一曲寄情意》《多谢你的黄玫瑰》等唱片。1975 年 5 月 9 日与梁实秋结为伉俪。由于她是影歌明星，加之又比梁实秋年轻近 30 岁，这一忘年之恋曾轰动台湾。他们山盟海誓，坚定不移。一个说："我爱你已胜过爱我自己。"（韩菁清）一个说："为了爱，我不顾一切。"（梁实秋）他们的爱情是一部感人至深的美丽的故事。

那天，韩菁清女士拜访冰心时我在座。陪同她来的是梁实秋先生在大陆的女儿梁文茜。韩菁清一再热情表达了梁实秋对老朋友冰心的思念。平日，梁实秋向她讲述了许多关于冰心、老舍和他之间有趣的故事。她说，梁实秋说自己最早写评论冰心的文章时，曾误认为《繁星》和《春水》的作者“不是一个热情奔放的诗人，而是一个冷峻的说理的人”。初识冰心的人，都觉得她不是一个容易令人亲近的人，冷冰冰的好像要拒人于千里之外。但是接触多了，渐渐熟悉了，就会觉得“她不是恃才傲物的人，不过对人有几分矜持，至于她的胸襟之高超，感觉之敏锐，性情之细腻，均非一般人所可企及”。

梁实秋说这就是他最初对冰心的一个认识过程。当然往后就愈是认识到一个了不起的真正的冰心。梁实秋还告诉韩菁清说，冰心的名篇《寄小读者》大部分是在医院病床上写出来的。因为冰心到美国不久便吐血，有时上气不接下气的，健康情形一直不好。然而正是一种毅力和精神支配着她，使她在病中写出这样有影响的作品！

冰心听了韩菁清这些话之后，说：“哪里，哪里。我和实秋阔别几十年，我在祖国的北京，他在宝岛台湾，隔海相望，虽说不得相见，可彼此心里都有对方。我也常常想念他，想起我们的以往。实秋身体一直很好，不像我那么多病。想不到他‘走’到了我的前头。最使我难过的，就是他竟然会在决定回来看看的前一天突然去世，这真太使人遗憾了！”

韩菁清将两件礼物郑重赠送冰心老人。一件是一盒精装的美国花旗西洋参——她说这是梁实秋生前常服用的；一件是她本人的几盒代表作——声乐磁带。

冰心回赠她自己的几本新著，并亲笔签名。韩菁清说：“这是最宝贵的礼物，我要带回台湾，和实秋的书珍藏在一起。”

握手分别时，冰心深情地说：“实秋是我一生知己，一生知己……”

1993 年正月初四凌晨脱稿

冰心与五个孩子

在人类生活中，有一种最真挚、最深沉、最崇高、最圣洁的情感，每一个人从出生便切身领受的情感，一辈子也不会淡忘的情感，那就是母爱。作家表现人间的爱恨恩仇，其中最能动人心弦的，就是抒写母爱。而作家中抒写母爱最切实、最优美的，就是冰心。冰心笔下的母爱，不仅是血缘亲情之爱，而且包含着以母亲之心关怀子民众生的爱。她不仅用笔抒写，而且身体力行。她说，有了爱，就有了一切。在实际生活中，冰心把她博大的母爱，洒遍人间。冰心与五个孩子的故事，便是一个突出的例证。那是我今生久久难以忘怀的、发生在四十多年前的一段动人的故事……

20 世纪中期以来，每到传统的节日春节，家家户户男女老幼团聚一起，欢欢喜喜过新年时，冰心老人家里总会有一群大大小小的孩子给老人来拜年。

每当冰心老人身体不适或生病住院时，总会有一群大大小小的孩子捧着鲜花到医院看望老人。

这一群大大小小的孩子是谁呢？

为什么他们和冰心老人亲如一家人？

他们就是当年北京颇有名声的“五个孤儿”。

三十多年前，由于作家冰心采访过“五个孤儿”，写过一篇颇具影响的报告文学《咱们的五个孩子》，从此孩子们和冰心奶奶结下了不解之缘，凝成了深厚的亲情。

1961年6月和1962年12月，北京崇文门外东唐洗泊街一家五个孩子——周同山、周同庆、周同来、周同贺、周同义兄妹，不幸失去了父母。他们的父亲是当时崇文区第一煤厂的工人，母亲是街道纸盒厂的工人，都是由于长期生活条件不佳和积劳成疾因病去世的。时年，他们最大的孩子周同山才十五岁，正在念初中；最小的同义只有三岁；二女儿同庆十岁，正在上小学；男孩同来八岁，刚刚踏进校门；还有一个女孩同贺，仅六岁，什么事也还不懂。这么小的几个孩子突然失去父母亲，一时无依无靠，往后的日子怎么过呢？

结果是，孩子们失去了父母亲，却有千万个亲人走过来。街坊邻居、社会各界都向孤儿们伸出了友谊之手、援助之手！退休工人马大爷，每天等几个孩子上学去了，替他们操心着家里的火炉子，照看着留在家里的小同义；李玉琴大娘热心帮助孩子熬粥、炒菜；衣服、被子破了，潘淑兰阿姨帮着同庆缝补，而且教孩子怎么穿针引线；同院的田淑英大婶更是不分白天黑夜、刮风下雨，天天几趟出入同山家。学校老师同样无微不至地照料孩子。街道办事处还特地派了一位女干部迈琴关照孩子们的生活和学习，并且代表办事处宣布：国家供养他们读书，每月还有生活补助。报纸、电台发表和播发了这则消息后，社会各界援助孤儿们的人更多了！有的人从外地汇来款，寄来衣物，还有出差路过北京的旅客千方百计地到了他们身边——东唐洗泊街5号——关心他们，帮助他们，给他们安慰，并留下生活费。

年幼的孩子们在失去父母后，还没有来得及想想今后的生活该怎么办，就有党和政府、街坊邻居、老师和同学替他们做了妥善的安排，细致地照顾他们，让他们生活在无忧无虑的欢乐幸福中。

我们的社会就是这样，一人有困难，万人相助；五个孩子失去了父母，千万个亲人站到了他们身边，关心他们，帮助他们健康地成长。这便使得孤儿不孤。

作家冰心知悉此事后，十分同情和关心五个孤儿的遭遇，她答应为《人民文学》写篇报告文学，报道此事。于是1964年春天，便由我陪同她进行采访。当时冰心已年逾花甲，而且家住北京西郊，可她仍然将采访的日程安排得很满。五个孩子的家在城内东区崇文门外一带，从西郊来，路程很远，当然我们用车接送冰心，但那也是“东奔西跑”哇！

冰心采访十分深入细致，严肃认真。大约前后半个月的时间里，她几乎天天进城来，今天访问邻居大婶大嫂，明天访问街道干部，又要关心几个孩子的学习和冷暖。她先后采访了几十人之多！临了，因为我们始终没有见到当时已上幼儿园的最小的孩子同义，冰心便说一定要去幼儿园看看小同义！

我们去了，到了幼儿园后，小同义正在床上睡得香甜。老师问要不要把他喊醒？冰心说：“不用，不用，让他安安静静地睡吧！”冰心轻轻地走到床前俯身亲吻了一下小同义，我们便告辞了。

冰心采访，不是刻板地有闻必录，而是仔细倾听对方的诉说，她是用心在感受、在交流，所以只在极关键处在笔记本上记下几行字，帮助自己记忆，而我作为她的助手，就要记录得详细一点了。

后来她在写作这篇报告文学时，为了引发回忆，曾参考了我的笔记本。为这件事，不料想，在急风暴雨的“文革”时，竟有知情的造反派在批斗冰心时，说她“臭架子大”，采访时自己不记笔记，让编辑记。实际上他们哪里懂得，冰心的采访是用心感受的过程。

不久后，冰心经过酝酿思考，写出了报道五个孤儿事迹的报告文学《咱们的五个孩子》，发表在《人民文学》1964年6月号。作为责任编辑，我在陪同冰心的采访过程中，学习了不少东西。这篇报告文学一经发表，引起社会上的广泛反响。首先是中央人民广播电台和中国国际广播电台播发了它，又有许多国内及国外报刊转载，海内外热情的读者给冰心写来大量的信，既表示了对孤儿们的深深同情，又赞美我们的社会主义制度的优越性。有的外国朋友说，这件事要是发生在他们国家，这五个孤儿只能是流浪街头，生死未卜。

冰心对他们的关爱，冰心的报告文学作品及大量读者的来信，大大地鼓舞了五个孩子！他们不再感到孤独，感到生活窘迫，而是和千千万万新中国的儿童一样过着温暖幸福的生活。在阳光雨露下，五个孤儿在茁壮成长。

由于采写这篇报告文学的因缘，此后漫漫几十年岁月里，冰心始终关怀着、挂念着、帮助着这几个可爱的孤儿。她有时把他们接到自己家里过年过节，有时给孩子们送去学习用的作业本和文具，有时还指导孩子们做功课……她给予了五个孩子人间最宝贵的爱，给予了孩子们家庭般的温暖，从而鼓舞了孩子们努力学习、奋发向上。

“文革”中冰心被打倒。有天中午，我正在文联食堂用餐，十几岁的小同庆突然闯到我的跟前说：“叔叔，你怎么样？我很想谢奶奶！我想见谢奶奶！”我又惊又喜，奇怪她这么小年纪的人怎么敢如此冒着风险来找我要见冰心！那时文联大楼楼里楼外铺天盖地地贴满大字报，打倒“反动作家”谢冰心的大字报比比皆是！别的不认识，谢冰心几个字孩子还是认得的，可她竟然闯进来了！

看到小同庆那真诚的眼神和企盼的目光，我为之动心，决意冒一次风险让孩子见见冰心。因为正是午饭时间，冰心他们也在食堂吃饭，只是他们大都被挤在墙角的几张饭桌上，不能和群众同吃同欢乐。我要同庆先坐下，等一等。于是我站起身扫视一下食堂，正巧，冰心和张天翼、郭小川、李季几个人在一张桌上闷头吃饭呢。这时饭堂的人正逐渐稀少，许多造反派来得早走得早，正是好时机。发现目标后，我便牵着同庆的小手走了过去，我含泪对冰心说：“同庆要见你。”冰心愣了一下，不知孩子要见她做什么，那时常常有莫名其妙的人可以随便批斗“黑帮”，不想，一见到沉默不语的冰心，小同庆眼泪汪汪地哭了，呜咽着说：“谢奶奶，我想你……”

冰心环视一下四周，悄声问道：“孩子，你怎么敢冒这个风险？”

“谢奶奶，我不怕。”同庆拉着冰心的手说，“您不是坏人，您也别怕。您是好人，好人！……”

孩子的一句话，一句普普通通的真心话，深深地打动了冰心，她不由得落了泪，长时间紧紧地握着小同庆的手，说不出话来，一股暖流涌向心间。

等到“四人帮”被粉碎后，冰心已是七十多岁的老人了。她复出后，许多老朋友都恢复了往来。可当年那五个孤儿小朋友呢？他们现在在哪里？情况又如何？冰心一直念念不忘，牵挂在心。而五个孤儿同样也在惦念着他们热爱的谢奶奶，也在寻找谢奶奶。

终于有一天，在一个阳光灿烂的春日里，冰心和已经长大了的“五个孤儿”劫后重逢，喜泪满面！孩子们对冰心奶奶有说不完的话，道不尽的情。冰心呢，一会儿摸摸这个的头，一会儿看看那个穿着的衣服，问他们在哪个学校念书，工作的情况如何，生活得怎样……

这时，客厅里充满了阳光，欢声笑语，喜气盈盈。从此，已经长大成人的“五个孤儿”又能够同他们可亲可爱的谢奶奶常常团聚在一起了。逢年过节他们总要到谢奶奶家去看望、去玩耍，春节总要给谢奶奶拜年，这几乎已经形成惯例。若是遇到冰心奶奶病了，几个孩子更是牵挂在心，轮流着去医院探望。

当年十五岁的老大周同山，已担任北京供电局副局长多年，在这个重要的岗位上，他兢兢业业、吃苦耐劳、勇于开拓、忠于职守，做出了突出贡献。同庆在市委办公厅的岗位上勤勤恳恳、认真负责地辛勤工作。老三同来从部队转业到市农场局，担负了领导工作，在新的战线做出了可喜的新贡献。聪明好学的同贺毕业于北京第二外国语学院，曾和爱人一起去法国做过商务工作，现在又在国内新的岗位勤奋努力地做事业。那个最小的同义是供电局车队工程车的一个快乐的小司机，整日奔驰在首都的大街小巷，为人们输送光明。

时光流逝了四十多个春秋，如今，“五个孤儿”都已先后成家立业，他们的下一代也已陆续诞生。他们已是一个十六口人的幸福大家庭了。

从前，还只是同山兄妹五个人的时候，每年春节，我们都是相约在同一个日子，初二、初三或初四，一起去北京西郊给冰心老人拜年。后来五兄妹陆续结婚成家，有了孩子，添丁加口，人多了，我们便不可能再是六个人一同前往了。所以后来便逐渐改变为兵分两路、三路先后前往。

有一年春节，我们同冰心家人约定初二、初三两天上午我和同山兄妹分两批去给老人家拜年。初三上午，我和老大周同山一家四口准时到达。

坐定后，冰心老人高兴地说：“昨天，同庆他们姐弟的四家人全都来了。今天，是‘局长大人’（指担任供电局副局长的周同山）驾到，见到你们都这么争气地成长起来，我是多么高兴呀！你们没有辜负大家的期望，你们还要好好努力，为国家多做贡献。”

说着，她转眼又对着我，努努嘴对同山幽默地说：“喏，咱们的结识、交往，周明可是桥梁哪！”

同山他们点点头，都会心地笑了。

冰心忽然回忆说：“那是1964年吧，周明陪我找到你们，采访你们的事儿。当时，我们访问的日程安排得很紧，一天去好几处，那真是马不停蹄哦。采访快结束时，我们想起还没见到小同义呢！那时他最小喽，才三岁吧，昨天他来，也带来了新结婚的爱人呢，多快哪！”

说到此，稍微停顿了一下后，她又兴奋地接着说：“当时我和周明找到东厅幼儿园，小同义正在睡觉呢。我们没有叫醒他。老师好意，轻轻地掀起被头，把睡得正甜的同义的小脸露出来给我们看的时候，他忽然睁起一双大眼睛，向我们微笑，那惹人喜欢的小酒窝，长久地留在了我的记忆里……”

冰心说着，忽然又问周同山：“你们兄妹就同义有迷人的酒窝吧？”

周同山和他的爱人小宋咯咯咯地笑。同山对于老人如此惊人的记忆力感到意外。他直点头说：“是，是这样，就小义一个有酒窝。您还记得这么清楚！”

冰心说：“那可不！我怎么会忘记呢？你们虽然不幸失去了父母，却得到那么多亲人的关怀，那么多认识和不认识的人们的帮助！这件事，很使我动心哪！”

这时，她小小的客厅里充满欢声笑语。那摆设在阳光灿烂的窗台和书柜上的几株盛开的水仙花，散发出阵阵浓郁的清香，充盈在整个客厅里，充溢在我们的心头。

由于“孤儿不孤”的事迹当年引起作家冰心的关注，写了《咱们的五个孩子》，结果这篇报告文学作品的发表，又引起更多人对五个孩子的关心帮助。

此后，周恩来总理和邓颖超同志也十分关心五个孩子的成长。在1964年8月的一天，邓颖超曾派车把周同山兄妹接到人民大会堂，参加一项与外国小朋友的联欢活动。那是五个孩子第一次走进金碧辉煌的人民大会堂哪！孩子们高兴得又唱又跳，老三同来直在红地毯上翻跟头。最小的同义直嚷要邓妈妈抱，邓颖超抱起小同义，亲热地问：“幼儿园好吗？都吃什么好吃的？”邓颖超一一询问同山兄妹学习、生活的情况，鼓励他们努力向上。

联欢会将要结束时，邓颖超高兴地告诉五个孩子说：“毛主席很关心你们。总理也关心你们！你们要好好学习，积极向上……”

五兄妹受到极大鼓舞！还有什么比这更温暖的呢！

周恩来总理去世后，邓颖超同志依然关心着孤儿们的成长。1984年的中秋节，邓颖超同志做出安排，要我和“五个孤儿”及其孩子们去中南海同她共度中秋佳节。这是一个令人难忘的节日。

那天，天气格外晴朗。中南海碧波荡漾。当我和身着节日盛装的孩子们走进中南海，穿过花树绿荫，沿着那郁郁葱葱花树丛间的小路，走上庄严、宏伟的西花厅的台阶时，邓大姐和秘书赵炜同志，已等候在门口。我们先是在西花厅前合影，而后进屋坐下。西花厅里充满节日的气氛，茶几上摆设了鲜果和精美的月饼。我环顾四周，发现在西墙壁上悬挂有一帧周总理的大幅画像。顿时，我感到总理那炯炯的目光仿佛在注视着我们，关怀着孩子们。

邓大姐让我们大家先尝尝月饼。她说："今天是中秋节，咱们这一家人先过团圆节吧！"

这时，"五个孤儿"的孩子们一拥而上，高兴地喊："奶奶好！奶奶节日好！"并向邓奶奶献上鲜花。邓大姐也兴奋地说："你们好！你们好！孩子们节日好！"

邓大姐指着茶几上的月饼说："这是我特意嘱咐给你们做的，都快尝尝。昨天，天气不好，我可担心了，真怕下雨淋着你们。今天早晨我特意听了天气预报，这才放心。我听说你们早就要求来看我，我也很想你们哟！因为我工作忙，直到今天才见到你们。你们的学习、工作、生活情况怎么样哪？"

老大周同山代表大家向邓颖超同志汇报了他们成长的情况，邓大姐听了后十分高兴，感到十分欣慰，勉励孩子们继续努力学习，努力工作。

邓大姐说："这些年，因工作忙的关系，我对你们关心不够，帮助不多，但你们是有出息、有志气、努力学习、努力工作的好孩子。要知道你们是跨世纪的接班人哪！希望寄托在你们身上……"

对于"五个孤儿"和他们的孩子来说，这是一个多么幸福难忘的中秋节！

恰恰冰心和邓颖超又是情深谊长的好朋友。冰心听到这次会见的情况后，也格外高兴！

母爱固然源自给予人们血肉之躯的亲生母亲，但当生身之人已经逝去，世间仍然存在不是亲生胜似亲生的母爱之情。这种博大的母爱之情，是由芸芸众生组成的，也是由富有慈母之爱心的作家冰心表达的。“五个孤儿”四十多年的经历，便是深深感受到这种母爱的生动体现。

“五个孤儿”和他们的孩子们是幸运而幸福的。他们也都是有志气、有抱负的有志青年，各自在自己的事业上都已做出优秀的成绩和贡献。相信在今后的漫漫岁月里，同山、同庆、同来、同贺和同义会有更大的发展和成就，他们的孩子们也会有更美好的青春年华。

1998 年初夏追记

初见巴金

在北方，一个晴朗的日子里，我同《文艺报》两位朋友，特地访问了来北京开会的巴金同志，在北京饭店二楼的一间幽静的卧室——这是巴金同志来京开会临时住用的，房间里的陈设也很简单。虽然我们是第一次见面，但巴金同志的热诚接待，反倒使我们不安起来。当我们表明来意后，巴金同志表示愿意好好谈谈。从哪儿谈起呢？我们之中一个是专来为巴金画像的；而我和阎纲同志平素话也不少，这时候，却偏偏说不出来了。也许巴金同志看出了我们的窘相，还是他先热情地谈了起来。他用地道的四川话，充满热情和信心地谈着这次宣传会议的感想和收获……

“您最近正在写些什么？”听着听着，我不由得插了一句。

“把在朝鲜的一些印象，写了些短篇小说和特写。前一时期又陪国际友人回了一趟成都。十几年没回四川喽，家乡的变化可真大啊！回上海后，二月又闹了些病。”

“病好了吗？”我们关切地问。

“好些了，行政工作忙一些，所以断断续续译了些高尔基的回忆录。”

“最近《家》拍成电影上演了，听说您在写续篇？”

“嗯，要写个《群》，是《家》《春》《秋》的续篇。大概还要写成三部，不过环境就不一定是四川喽，因为是写觉慧出来了的事。”

“您打算什么时候动手写？”这是我们也是读者最关心的事。

“关于《群》，二十年前写过一点，但现在要另外写，已经写的那些就不要了。除了这，我倒还想写个长篇和中篇。”

“我们希望能早点看到《群》!”

巴金同志笑了:“只要没有其他事的打扰，我一定要早点写出来。”

我们的话题很快就转到关于培养青年作者的问题上来了。巴金同志说他经常收到一些青年作者的来信，要求培养帮助。他认为作家带徒弟的办法是带不出几个青年作家的，“因为各人的文字、风格不同，你帮青年看稿，只能删改一些错别字，而不能加上你的一些东西”。有人认为改文章能培养好青年作家，巴金同志认为:“事实上改文章是培养不出青年作家的，比如他有些什么东西你不了解，而你的东西硬给他加上也不好。主要还应该是自己花工夫研究。培养青年作家应该是组织上给创造条件——比如给些书，给些资料，帮助下去生活……能跟几个作家拉熟关系，要熟到无所不谈。”

接着他又谦虚地说道:“跟作家交朋友只能是互相启发，互相帮助，不一定他的东西都对！我们过去跟鲁迅先生经常在一起研究读哪些书，写什么，怎么写等问题。可是鲁迅先生的东西却是永远学不完的。”我们的谈话愈来愈自然，忽而谈创作，忽而谈文艺批评，忽而又谈到“百花齐放、百家争鸣”——关于这个问题，巴金同志认为“百花齐放、百家争鸣”还是要有领导。报刊编辑部应该有它明确的方针，并且坚持它的方针，编辑有权不登坏稿子。

当我们看到这样一位具有很大影响而又朝气蓬勃的前辈作家时，不免关心起关于他更多的东西:他的创作生活、家庭生活、年龄等。而这些巴金同志都一一热诚地回答了我们。最有趣的是，当他在朗朗的笑声中说他现在刚刚 54 岁的时候，他笑了，笑得那么真切爽朗。他告诉我们:“这岁数在中国算老了，其实我的心情不老，在外国说来也并不算老。有人说我是老作家，不能算的！”

我们也应声微微地笑了，接着又问："今后除了写长篇以外，还打算做些什么？"

"我想集中力量写东西以外，有时间多看些书，从别人的书里可以学到很多东西的……"

嘭、嘭，有人敲门。

"请进！"

原来是刘白羽和章靳以同志。看来，靳以是陪着刘白羽同志来看巴金同志的。因为巴金同志下午就要回上海了，我们只好告别。当我们离开房间时，巴金同志仍然热情地挥着手说："再见！再见！"

短短的谈话，给我们留下了难忘的印象。我们希望再见到巴金同志。

1957年仲夏夜，记于北京贡院

巴金老人的吁请

中国现代文学馆由于巴金1981年的倡议，1985年中国作协宣告建立。办公地点暂设在北京西郊万寿寺西院。这个西院系晚清时慈禧去颐和园途中的“中转站”。她从故宫出来，在这儿休息，再转乘龙舟去颐和园。休息的时间有长有短，久而久之，这里便成了她的行宫，故称“京西小故宫”。这其实是一座庭院深深、花木葱茏、环境幽雅的好地方。但毕竟是文物单位，不能随意装修，不能打破它固有的格局，自然就不适应文学馆的设施要求了。

作为倡议者和名誉馆长，又是中国作家协会主席的德高望重的巴金先生，于1993年提笔上书江泽民总书记，提议建立新馆。他在信中列举了文学馆面临的无数困难之后，恳切地说：“……我为中国现代文学馆目前遇到的困境感到不安，归结起来最迫切的是建立馆舍的问题，希望能提到议事日程上来并获得批准。”他说：“倘若我能够在北京看到这样一所资料馆，这将是我晚年的莫大的幸福，我愿意尽最大的努力促成它的实现，这工作比写5本、10本《创作回忆录》更有意义。”他称这件事是他“一生最后一件工作，绝不是为我自己。我愿意把我最后的精力贡献给中国现代文学馆，它是表现中国人民美好心灵的丰富矿藏”。此后，他便用自己的行动支持建馆工作。不久后巴老便做了如下三项大事：

第一，他从自己的稿费中拿出15万元作为文学馆的开办基金；

第二，他所有的旧作，不再收稿费，都转赠给文学馆；

第三，将他的藏书，属于中国现代文学部分的，都捐赠给文学馆。

1993 年 4 月 9 日，江泽民总书记对巴金先生的吁请给予支持，同意建立现代文学馆新馆，并作了重要批示。他说：“……世界不论哪个文明国家，总是要拿点钱出来支持文艺工作的。务望予以继续支持。”邹家华副总理也对国家计委作了具体指示。由此新馆工程在国家计委正式立项。

而在这之前，为了中国现代文学馆的建立，巴金牵肠挂肚，奔走呼号，不止一次向国家领导人呼吁和提议此事。实际上早在 1979 年，巴金就已开始萌生建立中国现代文学馆的念头。1993 年初，年近九十的巴金终于提笔写了上述那封求援信。接着，九十三岁的冰心也给副总理邹家华写信，还郑重其事地用了荣宝斋的信纸，并且是病中头一回用毛笔写信。

从此，巴金全力以赴地支持文学馆的工作，并不断地为文学馆捐款。除了已经捐出的 15 万元作为建馆基金外，后来他又陆续捐出自己的再版稿费。1985 年 3 月，文学馆举行开馆典礼，多年未到北京的巴金亲临会场。那天，在会议室，他坐下后，一言还未发，便开始掏兜儿，掏出一个旧报纸包，里面装有 5 万块钱，是头一天出版社才给他的一笔稿费，里面还有钢镚呢！他又捐了 5 万元！巴老的举动，感人至深。他在前后十来年里，还带头捐了几批藏书和资料近万册（件）呢！而册册、件件都是他亲自精心挑选的上佳的珍品。其中，仅是同代人的签名本，就有四五柜，珍贵版本的现代文学出版物更是不计其数。看着那些发黄的书页和扉页上的大师手迹，怎能不令人激动、敬佩和感谢巴金老人！

冰心是巴金倡议建立现代文学馆的有力支持者。她说：“中国现代文学馆是我的老朋友巴金先生倡议的，我是他的热情的支持者，我已把我的大部分藏书和文稿捐给了现代文学馆。文学馆很需要一个新馆来收藏‘五四’运动以来所有我国现代作家的创作成果。这是我们国家和民族的重要文化窗口，需要国家的支持和社会广泛的帮助。”她称“文学馆就是作家的家。作家一切心爱的东西文学馆都应收藏”。因此在巴金捐了大批东西后不久，冰心也捐出了自己的六大类收藏，其中有57幅贵重的字画。除了家中墙上挂着的三幅字画（吴作人的画，梁启超和赵朴初的书法）以外，其他毫无保留。同时她告诉我们，她还有遗赠，已写进了遗嘱，并且还幽默地说：“将来，你们一听到我死，马上就来，肯定有很多是给你们的。”

果然，当1999年2月28日冰心老人逝世后，家人打开她的遗嘱时，其中就有一条：她的藏书除了子女们需要保留的少量外，“都捐给现代文学馆”，“我身后要有稿费寄来，都捐给现代文学馆”。这又是多么令人深深感动的事！

为了不断丰富现代文学馆的收藏，巴金先生又于1994年4月8日委托其弟弟李济生送给文学馆五种珍贵文学期刊和手稿，其中有梵赛蒂的两封亲笔信。起初我们并不了解梵赛蒂为何许人，自然也就不知道这两封信的意义。后来才明白这两封信的重大价值。

幸好，日本学者山口守是研究巴金的专家，对此有过深入研究。根据山口守的介绍，我们方才了解到20世纪20年代那一幕人间悲剧。那是1920年4月15日，美国马萨诸塞州发生一起五人强盗团伙抢劫杀人事件，一家制鞋公司的会计与警卫遭枪杀，1.5万美元遭抢劫，事发20天之后，制鞋工萨柯与鱼贩子梵赛蒂作为人犯被逮捕。这两个人都是贫苦的意大利移民，都是无政府主义的信徒，尤其梵赛蒂，是位积极的社会活动家，还指导过罢工运动。而审判没有任何具体物证，是在彻头彻尾的臆测与偏见下进行的。1921年7月14日，陪审团做出第一杀人罪的有罪判决，两人被判处死刑。二人不服，上告、申诉，却无济于事，竟在狱中度过了七年。1927年4月9日波士顿高等法院宣布：“7月10日开始的一周内将他们送上电椅执行死刑。”由于坚信二人无罪，抗议审判不公的群众运动在美国国内外掀起高潮，致使死刑两次延期。但二人最终却于8月23日凌晨在森严的戒备中被执行死刑。五十年后，1977年7月19日，马萨诸塞州州长正式宣布，当年的判决完全错误，并为萨柯与梵赛蒂平反昭雪。

当时，正当1927年营救运动一浪高过一浪之际，2月19日，巴金恰巧到达巴黎。这时候的巴金情绪很低落，精神上也很苦闷，“那无言的墙壁似乎也出现了痛苦的颜色，使人知道他心里有无穷的隐痛”。有一天，他忽然读到梵赛蒂自传中一段话，很受启示和震动，心境豁然开朗。梵赛蒂说：“我希望每个家庭都有住宅，每张口都有面包，每个心灵都受到教育，每个人的智慧都有机会发展。”在了解梵赛蒂之后，巴金参加了拯救萨柯、梵赛蒂的一种叫“一千种声音”的活动，大意是鼓励各国、各族人民用自己的语言表达心声。大约在1927年5月17日梵赛蒂还在死刑牢狱时，巴金给梵氏写了第一封信，梵赛蒂6月9日回了信。约在7月11日巴金又写了第二封信，梵赛蒂在7月23日竟又回了信——而在一个月之后的8月23日梵赛蒂就屈死了。然而他在信中并未怎样谈及自身的遭遇，而是面对不幸却依然关心他人的命运，关心自己的理想。这使巴金深受感动。可以说梵赛蒂以他的巨大的精神力量，指引了青年巴金前进。面对这样的手迹，面对梵赛蒂，即使今天，梵赛蒂的精神岂不依然有着非凡的启示意义和鼓舞力量！

在巴金先生捐赠给现代文学馆的众多的宝贵书籍、刊物和资料中，还有一件弥足珍贵的《北京笺谱》。这是鲁迅、西谛（郑振铎）合编印制的。现在这件珍贵的藏品也在文学馆展厅中展出，读者可以看到。所谓笺谱，即一批印有绘画的信笺。据杨义教授考证，这部《北京笺谱》的出版过程大致是：在1933年2月5日，鲁迅先生致函郑振铎云：“去年冬季回北平，在琉璃厂得了一点笺纸，觉得画家与刻印之法，已比《文美斋笺谱》时代更佳，譬如陈师曾、齐白石所作诸笺，其刻印法已在日本木刻专家之上，但此事恐不久也将销沉了……因思倘有人自备佳纸，向各纸铺择优（对于各派）各印数十至一百幅，纸为书叶形，采色亦须更加浓厚，上加序目，订成一书，或先约同人，或成后售之好事，实不独为文房清玩，亦中国木刻史上之一大纪念耳。”同年 12 月，鲁迅、西谛合编的这种笺谱分六册，线装一函，自费印行。初版印 100 部，由鲁迅、西谛亲笔签名编号，赠送友人。后面还有西谛万余字的“后记”，由王统照行书抄写，择良工刻印附录。这其中的第 94 套，便是鲁迅和西谛亲笔签名送给巴金的。你说这件藏品该有多么贵重！

巴金老人对于现代文学馆几乎倾其晚年的全部心力！他多次说，建成文学馆是他今生最后一件工作，最后一个梦想。他曾写过一篇《甜蜜的梦》，说他“近两年经常在想一件事——创办一所现代文学资料馆，甚至在梦里我也站在文学馆的门前看见人们有说有笑地出出进进，醒来时我还把梦境当作现实，一个人在床上微笑呢！”他倡议建立现代文学馆，是因为他想“让大家看看我们这些搞文学的人干了些什么事情”。当然更深层的考虑是，“有了文学馆，可以给我国现代文学的发展作一个总结”。以后“要研究中国现代文学不必再去东京、纽约、伦敦了，就到北京来吧”。他曾说：“我们有一个多么丰富的文学宝库，那就是多少作家留下来的杰作，它们支持我们，教育我们，鼓励我们，使自己变得更善良，更纯洁，对别人更有用。”他对于新文学还深情地说：“我们的新文学是表现我国人民心灵美的丰富宝藏，是塑造青年灵魂的工厂，是培养革命战士的学校，我们的新文学是撒播火种的文学，我从它得到温暖，也把火传给别人。”我想，这两段精辟的话，应是巴金先生构想、倡议建立现代文学馆的初衷。因此，这两段话如今便镌刻在新馆大门口一块樱花红的巨石上。当人们将要走进现代文学馆时，首先看到的是这两段话的石刻。只见常常有人伫立其间，轻声吟诵出来，掷地有声！

1995年春天，当现代文学馆新馆的初步设计方案出来后，趁着中国作协在上海召开主席团会议的机会，舒乙同志在会上向巴金做了说明和汇报，老人十分高兴，因为文学馆总算有个眉目了。因此巴金在会议的开幕词中再次强调说："我愿意把我最后的精力贡献给现代文学馆的建设和发展。我盼望在我有生之年，能亲眼看到中国现代文学馆新楼的建成。"他说："我以前说过，建立文学馆，把'五四'以来的文学成就、中国人民的心灵美都展示出来，是件好事。"近几年来在筹备和建设新馆期间，中国作协的领导，在现代文学馆负责工作的舒乙、吴福辉和我，都曾多次到上海、到杭州向巴金汇报工作，他都是倾心听取汇报，关心具体事项。几乎每次，巴老都是动情地说："你们辛苦了，谢谢了，拜托了！我盼望现代文学馆早日建成。"

当1999年中华人民共和国成立50周年大庆的前夕中国现代文学馆竣工落成后，中国作协副主席、党组书记翟泰丰，中国作协书记处书记吉狄马加专程到沪向巴金汇报时，还特地带了新馆的照片和录像请巴老看。当时半倚在病床上的巴金十分兴奋，他仔细地端详着每一张照片，并全神贯注地观看录像带，看得出老人心情十分激动。他紧紧地捏住其中一些照片，左看右看，看了又看，久久不肯放手，眼睛湿润了。照片中的文学馆大门上刻制有巴老的手印，门前巨石上镌刻着巴老的话，园林中竖有巴老的雕像，展馆一侧有巴老题写的馆名。巴金与文学馆，文学馆与巴金，息息相关，密不可分。没有巴金的倡议、呼吁和请求，哪有今天的现代文学馆！

然而，此刻泪眼模糊的巴金老人却激动而谦逊地说："谢谢你们，谢谢大家。"

堪称"聚宝楼"

中国现代文学馆将是一座珍藏历史，珍藏文坛记忆，展示中国现当代文学辉煌成果的文学殿堂。其馆藏非常丰富，珍品异常之多，堪称中国现当代文学的"聚宝楼"。馆内现收藏有作家手稿、作家签名书、照片、书信、字画、录音录像及相关的图书、报纸、期刊资料等，截至目前已超过30万件。单是作家手稿，就有闻一多先生遇难前一个多月所写的歌舞剧本《九歌》，老舍先生那家喻户晓、影响深远的《四世同堂》，冰心先生用娟秀的钢笔字书写的名篇《春水》，巴金先生那本做了重要修改、留下珍贵墨迹的开明书店第四版的《家》，夏衍的散文《甲子谈鼠》，臧克家的《有的人》，杨沫的《青春之歌》，梁斌的《红旗谱》，吴强的电影剧本《红日》，张光年的《向阳日记》，刘白羽的《风风雨雨太平洋》，张洁的《沉重的翅膀》，谌容的《人到中年》等。一些载入中国现当代文学史册的名家名著的手稿，弥足珍贵。这些著作版本，既是文学作品，也是文坛稀世瑰宝。

馆内还有许多以作家个人命名的作家文库。所谓文库，实际上是有关一些重要作家的小型个人博物馆。现在已有50多个文库，如巴金文库、冰心文库、俞平伯文库、唐弢文库、夏衍文库、萧乾文库、萧三文库、周扬文库、张天翼文库、丁玲文库、陈白尘文库、张光年文库、周而复文库、胡风文库、萧军文库、端木蕻良文库、姚雪垠文库、叶君健文库、杨沫文库、邓友梅文库等。其中港澳台及海外华文作家的文库有李辉英文库、林海音文库、卜少夫文库等。文学馆还将根据作家本人捐赠书籍、资料情况陆续设立更多作家文库。现在，许多作家或作家遗属听闻现代文学馆新馆落成，纷纷捐赠手稿、藏书或文物、资料。对于这些作家和家属，我们致以深深的谢意和敬意。

新馆还有几大景观，格外引起观众的兴趣。一是正门大厅内放置有两个数千位海内外作家签名的巨型艺术花瓶。这对高达三米、重约一吨的巨型艺术花瓶是由中国现代文学馆与青岛华夏文化艺术传播中心共同策划、组织创作的，历时两年。由于其工艺的独创性、复杂性和不可复制性，被瓷艺界专家称为孤品。它将作为永久的人文景观放置于中国现代文学馆大厅，成为20世纪中国文学的一大见证与历史永存。花瓶系由法兰西艺术研究院院士、新加坡籍著名华人作家、艺术家陈瑞献先生担任美术设计和绘画，作家杨志鹏总体策划和出资，由我国瓷都景德镇烧制成功。二是在大堂和展厅之间的过厅，有两幅巨型油画，各长18米，高2.8米，分别画着几十个中国现代文学名著中受难者和反抗者的形象，作者系著名画家叶武林与阎振铎。画作通过艺术形象，再现中国现代文学的一些重要作家作品，使得百年文学史伴随着20世纪中国历史的风云变幻，交相辉映。同时也真实地表现出中国的文学家与祖国同呼吸共患难及为民族的解放无私奉献的精神。

如今，新馆大厅内这“巨瓶”，这“巨画”，恰似春兰秋菊，相得益彰，大放异彩。

谁来剪彩？

对于中国现代文学馆，巴金、冰心及萧乾几位老人企盼早日建成，曾相约建成后共同剪彩。巴金说他有一次做梦梦到文学馆已建成，他正站在大门口迎接八方来客呢！他多次表示：“新馆盖好后，我争取到北京去剪彩。”

就在萧乾逝世前的九十岁生日时，巴金在致萧乾的贺信中还说：“我现在唯一关心的是中国现代文学馆，我多么盼望，新馆开馆的那一天，你能陪我一道剪彩。新的世纪就在眼前，让我们共同迎接它。”

而冰心也在给萧乾的贺信中说:“……现在我们两人都在医院里，不知你有没有信心和我拉着手一起进入新世纪。”然而令我们悲伤和惋惜的是，萧乾、冰心两位巴金的老友均不幸先后辞世。而只有巴金老人亲眼看到了新馆的建成，圆了这个“甜蜜的梦”。但是巴金也因病住院，未能亲往北京剪彩，这自然是件十分遗憾的事。但新馆的建成终归是对巴金老人极大的安慰，对冰心、萧乾在天之灵也是极大的安慰。

现在，中国现代文学馆新馆以崭新的面貌屹立在首都北郊的原野上。高高悬挂在大门上、江泽民同志题写馆名的大幅铜牌熠熠闪光。文学大师叶圣陶、冰心、巴金也题写了馆名，分别镌刻在主楼的三个方位，大大增强了新馆的文化氛围和纪念意义。

亲爱的朋友，当你走进中国现代文学馆时，就如同步入文学之林，在这里，你可以尽情感受文学的濡染，领略文学的魅力，一睹文学大家的风采……

2005 年 6 月

桑干河畔的记忆

倏忽间，前辈作家丁玲离开我们已经25年了。然而她杰出的著作，她的思想精神，却长留人间，鼓舞着、激励着我们一代又一代人。

最近几年，我曾几次有机会回到桑干河畔的河北涿鹿县温泉屯村。那里是丁玲同志创作长篇小说《太阳照在桑干河上》的生活根据地，也是我在20世纪60年代初下放锻炼的地方。如今，当我站在桑干河畔温泉屯村口“丁玲纪念馆”前的大槐树下时，我思绪万千，许多往日的记忆一幕幕闪现眼前。20世纪40年代，丁玲曾在张家口地区的涿鹿县一带参加土地改革，较长时间生活在温泉屯村，她对这里的山山水水、人文历史十分熟悉，也有着深厚的感情。《太阳照在桑干河上》中许多环境背景和人物原型，大都取材于这个村和这一带地区。

《太阳照在桑干河上》作为中华人民共和国第一部反映农村土地改革的长篇小说，1951年荣获“斯大林文学奖”。丁玲将其奖金捐赠给了新中国妇女儿童发展事业。1954年春天，她和陈明同志在秘书张凤珠的陪同下，又回到温泉屯村，看到村里的变化，人们精神面貌的焕发，十分欣慰。她想，农民的生活有了改善，还需要有丰富的文化生活，于是又用《太阳照在桑干河上》的一部分稿费，为温泉屯村建立了文化站，购置了黑板、乐器和书籍报刊等，活跃了农村文化生活。

同是20世纪60年代，曾经有干部下放农村锻炼的制度，我们那时都很年轻，在下放干部之列。我和作家宗璞、闻山、郑文光恰好下放到温泉屯村。那时，河北张家口地区的涿鹿、怀来两县正是中国作协和中国文联干部下放的基地，许多诗人、作家都在此经受过农村生活的锻炼。每人时限一年，和农民同吃同住同劳动。当时我们在村里常常听到人们念叨起丁玲，亲切地称她为“老丁”，说她住在村里时，常常走东家、访西家，和大伙拉家常，嘘寒问暖，贴心得很！“听说她还在大上海待过哩，又到过延安，是个有名的大作家呢！可一点不摆架子，和俺老百姓打成一片，对待乡亲们可真亲。”

60年代，我作为《人民文学》的编辑，曾去“北大荒”农垦总局组稿，有天我在佳木斯的农垦局招待所有幸见到丁玲和陈明夫妇，他们那时在汤原农场生活和劳动，她在农场一边劳动，一边向农工们普及文化，带动了农场的年轻人学知识、学技术的热潮。她和密山、汤原的农工们、战友们在风风雨雨和共同劳动中结下了深厚的情谊。无论怎样的处境，她始终保持着和人民群众的血肉联系。她说：“在北大荒，我有新的成长，我更为稳定。多谢老百姓呀，我永远不能忘记他们。”她曾强调作家“到群众中去落户”，提倡作家要深入生活，她以自己的创作实践身体力行。当然，时代在发展，如何深入生活，可以有多种多样的方式方法，但生活是创作的源泉，应该是毫无疑义的。

此刻，我想起，1985年的春天，《人民文学》杂志社曾在首都剧场举办系列文学讲座，阳春三月的一天，我们邀请丁玲同志做了一次演讲。面对一千多位热心的读者听众，丁玲以自己亲身创作的经历，告诉读者朋友们：写作，要向社会学习。她说：“常常有人问我，你当作家经常读什么书，受什么书的影响，受哪位作家的影响？我想了想，我就读了一本书，读了社会这一本书……我写东西不是从书本上来的，不是从想象中来的，都是从我眼睛里见着的，社会里经过的……总之，不要脱离生活，要经常深入到实际中去，到群众中去！”

对于她精彩的讲演，听众报以热烈的掌声。她仍是十分强调写作要深入生活，要到群众中去。

丁玲，作为一位杰出的现代作家，她深深地扎根于人民群众之中。她丰厚的著作为群众所喜闻乐见，她的文品、人品受到读者的崇敬，因此她晚年病重期间，以及1986年3月4日不幸逝世后，读者和人民群众对她的关切和爱戴之情，令人深为感动。这也是我难以忘怀的一段记忆。

她生命的最后时刻是在北京协和医院。

当时，我因在中国作协创联部工作，负有联络作家的任务，得悉丁玲同志报病危，头天晚上就陪同中国作协领导同志去了医院，当时她已经在急救室。几天前的2月27日上午，我也曾和创联部的孙德全等几位同志去医院探望，她正处于昏迷状态。当时已报病危，医生正在全力抢救。

那天，在病房，我和陈明同志交谈间，一位护士走过来，请陈明去接电话，归来后陈明告诉我说是叶（圣陶）老打来的，询问丁玲今天的病情。我知道当时已92岁高龄的叶老也正在北京医院住院，老人却还关心着他人。陈明同志说，叶老三天两头来电话关心丁玲的病情。这使我想起了丁玲与叶圣陶的一段文坛佳话。

那是1927年，正在北京的23岁的丁玲，写下了她最初的小说《梦珂》，投稿给郑振铎、叶圣陶主编的《小说月报》，被叶圣陶从来稿中发现并采用了。由此丁玲走上了文学道路。发现一篇作品就是发现一个新人！因而丁玲一直感恩叶老。也因此对于丁玲的病情，叶老格外焦虑，格外关怀。

探望的人络绎不绝，有作家、艺术家，以及科学界、文化界和部队的许多她的朋友和战友，还有素不相识的热心读者。

当时，丁玲病重住院的消息传到桑干河，传到北大荒后，她的乡亲们纷纷派出代表千里迢迢、风尘仆仆地赶到北京，赶往医院，真诚地向她表示亲人般的慰问。他们伫立在由于做过手术已经不便讲话的病人面前，陈明同志大声向丁玲介绍后，她嘴角微微嚅动，想说什么却已经不能够出声了，她的眼角露出了泪痕。在场的我们也深深感动，不觉潸然泪下。

然而病魔却终于过早地夺去了丁玲的生命。而她还有满腹文章要写呢！

2011 年初春二月于北京

百年柔石

71 年前（1931 年）2 月 7 日晚，柔石和胡也频、冯铿等五位青年中共党员作家被国民党反动派秘密杀害于上海龙华。

柔石是在上海参加一次党内秘密会议时不幸被捕的。他年仅 29 岁，入党还不到一年，却以年轻的生命换取了正义。作为当时活跃于文坛的一位青年作家，他的创作和译作已经十分丰富。除已发表的 55 万字的创作和 63 万字的译作外，他还有 22 万字未发表的作品手稿，可谓才华横溢、硕果累累。鲁迅先生获悉柔石遇害的消息，深感震惊和悲痛，含泪作了《柔石小传》和《为了忘却的记念》等纪念烈士的文章。

在《为了忘却的记念》中，鲁迅先生沉痛地叹息："我失掉了很好的朋友，中国失掉了很好的青年。"并且意味深长地说，"……但我知道，即使不是我，将来总会有记起他们，再说他们的时候。……"

果如鲁迅先生所料，当 2002 年柔石百年诞辰的金秋 9 月，人们自然地记起他们，再谈他们。在这位宁海人民的优秀儿子的百年诞辰之际，他的故乡浙江宁海县，开展了一系列隆重而热烈的纪念活动。当然，在柔石牺牲后的半个多世纪里，他的不朽作品已经不断地得以出版发行，有的还被译成多国文字，在海内外产生了广泛的影响。他的反映那个时代知识分子苦闷、理想和追求的中篇小说《二月》，20 世纪 60 年代还被著名导演谢铁骊改编拍摄成轰动一时的电影《早春二月》。虽然当时有人认为《早春二月》歌颂了人道主义，赞扬了小资产阶级情调，美化了逃兵等，但它却受到了广大观众的欢迎和喜爱。孙道临和谢芳在电影中所扮演的人物形象，至今给人们留下深刻而美好的印象。

这次为了参加柔石百年诞辰纪念活动，谢铁骊、谢芳、黄素影和王文娟也以七八十岁的高龄，不辞辛苦地奔赴浙江宁海。他们都深有感触地说，虽然几十年前导过柔石的作品，演过柔石作品中的人物，然而这次踏上柔石故乡的土地，才更深地理解了《二月》和《二月》中的人物，感到受益匪浅，格外亲切和激动。他们所到之处，时常有热心的观众会发现谢导和“陶岚”，便围拢过来问长问短，合影留念，可见电影《早春二月》影响之深远！

宁海城内保留有柔石故居，已修葺一新，参观的人络绎不绝。我们在这座富有江南建筑风格的院落里，看到了柔石当年读过的书刊、用过的书桌和书柜，以及部分珍贵的手稿，仿佛看到了他创作的历程。睹物思人，我们对这样一位年轻的革命家、文学家更加崇敬！在柔石短暂而光辉的一生中，他除了从事写作，还与鲁迅先生编辑了《语丝》，参加了“左联”的筹备工作。1930 年“左联”成立后，柔石被选为执行委员，后改任常务委员，同时参与“左联”极有影响的机关刊物《萌芽》的编辑工作。无疑，柔石既是一位成就斐然的文学家，又是活跃的社会活动家。

今天，我们纪念他，就是为了学习他。学习他那种坚贞不渝的信念，学习他关注国家民族命运的热情，学习他勤奋创作的精神……

柔石和他的杰出著作将会永远被人们记起，被人们再谈……

2002 年

一任风和雨

五年前我曾到过常州，参观过这座江南名城的几家先进企业，游览过这儿的名胜古迹，访问过一些模范人物。常州，给我留下了难忘的印象。然而最使我难忘的，是那座坐落在西城庙沿河的瞿秋白故居。拜谒瞿秋白故居，是我久有的夙愿。

那天，天气阴沉，蒙蒙细雨中，长山同志带我去走访故居。虽然故居的房屋依旧，却有十来户人家迁入，成了一座大杂院。踏进这座破旧不堪的院落，我依然怀着崇仰之情依次进行了参观，少年秋白的卧室、书房、玩耍的地方，无不引人产生兴味。秋白开始是读私塾，后来进冠英小学，1909 年考入常州府中学堂。因身体虚弱和经济拮据，上学时断时续，但他的家教好。父亲涂得一手好山水画；母亲古文底子强，又写得一手好字。这些都对少年秋白不无影响。小小年纪的秋白就熟读《中庸》《大学》《古文观止》等，自然，真正的理解都在长大成熟之后。

瞿秋白出身于没落的书香之家。由于生活所迫，母亲在 41 岁时吞服药酒自杀。这对 17 岁的秋白是一个严重打击。后来他在《饿乡纪程》中写道:“我母亲已经为‘穷’所驱逐出宇窗之外，我父亲也只是这‘穷’字的遗物。”这出人间悲剧的发生，使秋白感受到了那个人吃人的旧社会的腐败与残酷。

于是，在母亲去世的当年，瞿秋白便毅然辞去在无锡的小学任教的工作，远走高飞，到武汉去了。此后便投奔了革命。

这次匆匆的走访，使我加深了对瞿秋白同志的了解。恰巧，五年前，我和匡满结伴而行，访问过福建长汀，在秋白同志英勇就义的罗汉岭下久久沉思，心情极不平静。回到北京后，当年（1980年）6月18日，我又有幸在人民大会堂参加了纪念瞿秋白同志就义45周年的座谈会。在这个庄严的集会上，许多前辈革命家在发言中指出，秋白同志是我们党的一位才识卓越的领导人，他不仅挑起过革命实际工作的重担，而且在马克思主义理论建设和无产阶级文化事业的建设上，做了大量开拓性、奠基性的工作，对中国革命做出了重大的贡献。

一个真正的、忠诚的共产主义战士的形象又呈现在我们面前。这是多么令人欣慰的事。听到这样的评价，令人感动不已、百感交集……时光又流逝了五个春秋，五年后的1985年6月18日是瞿秋白同志就义50周年纪念日。中央决定在首都、常州和福建长汀分别举行纪念活动。这是意义深远的事。就在纪念活动的前夕，1985年4月初，正是江南桃红柳绿、春意盎然的美好季节，我又一次来到常州。

啊！变了，一切都变了！常州出现了崭新的面貌。新建的楼房林立，且样式、色彩新颖别致；新开设的商店、公司比比皆是，一片繁荣景象。驰名中外的常州特产金狮牌自行车、手扶拖拉机、莲花牌灯芯绒等，产量大增，质量更佳，赢得了信誉和用户的热爱。常州城到处欢歌笑语，生机勃勃。这一切都显示了更大的活力和效益。常州，古老而年轻的常州，又迈出了它前进的步伐，腾飞起来。

尤其令人高兴的是，秋白故居翻修一新。几年前这里的“住户”全都搬走了，瞿氏宗祠恢复了原来的面貌。故居内，每间屋子的陈设，都照原样。这次仍然是长山同志引路，还有斯君。我们见此情景，一种亲切感油然而生，也感到欣慰——历史又恢复了它本来的面貌。谁能不为之高兴呢！

不知怎的，此刻，当我和长山、斯君徜徉在秋白故居门前时，我的绵绵思绪，却突然间又飞向遥远的南国，飞向那群山连绵、郁郁葱葱的汀江河畔。我仿佛又看见了罗汉岭，听见了罗汉岭下，一位英勇的共产党人面对敌人的屠刀，高唱《国际歌》的悲壮的声音。

那是谁呀？那就是瞿秋白。瞿秋白，从他的故乡常州直到福建长汀，他走过了一条多么曲折、漫长的道路，一条充满荆棘、充满刀光剑影、布满血与火的漫漫征途。按理，才刚刚36岁的才识卓越的瞿秋白，在人生的道路上、革命的征途上，正是大展雄图的时候，却不料落入敌人魔掌，英勇就义。

那是1934年10月，中央红军主力撤离中央苏区，开始万里长征。红军撤退后，留在苏区的有瞿秋白、何叔衡、陈潭秋等负责同志。这时秋白同志患有严重的肺病，到了1935年初，经中央批准由江西苏区转道福建、广东到香港，再去上海就医。

当时，国民党趁红军主力北上之机，调集了几十万大军对中央苏区根据地进行“围剿”，形势危急。不过，当时红军从江西、福建到广东有一条非常安全的交通线，也有比较可靠的武装护送。这次秋白同志转移，随行的还有一名孕妇和另一名妇女，途中拖拖拉拉，延误了时机。2月24日拂晓，在长汀水口，刚渡过汀江，他们就被敌人发觉了，陷入了敌人的重围。秋白同志不幸被捕。随行的两名妇女也同时被俘。

瞿秋白同志学过医，懂点医道。他假称自己是医生，化名林琪祥。敌人严刑逼供，他没有暴露身份，倒是蒙过了敌人。谁知一个多月之后，一个后来被俘的人叛变自首，并供出瞿秋白已经被俘，引起了敌人严密注意。他们将瞿秋白等同志押解至长汀国民党三十六师师部审讯。这时，蒋介石也从南京发来密电，称：“据可靠情报，共匪头子瞿秋白在俘虏群众中，需严密清查。”敌人加紧了清查，严刑逼供。不幸，与秋白同行的两名妇女也供出了林琪祥即瞿秋白。敌人软硬兼施，秋白寸步不让。无奈，敌人又利用另一名无耻的叛徒出面指认，秋白同志不得不承认了自己的身份。他坦然地说："既然这样，我就不用'冒混'了，也用不着这位'好汉'（指叛徒）拿脑壳做保了。瞿秋白就是我，十多天前我写的笔供，就算是作了一篇小说。"瞿秋白被关进了铁牢。

在狱中，秋白同志不但丝毫未做有损党和革命之事，而且还在监狱做了许多工作，与敌人周旋、斗争。他始终保持乐观主义精神。他告诉敌人："我还是一个半拉子文人，我要写东西，请给我笔墨纸张。"因此，他白天多写诗作词刻印章，夜间则埋头写作。他在咏梅词《卜算子》中写道：

花落知春残，
一任风和雨。
信是明年春再来，
应有香如故。

这首词被送到了当时的国民党三十六师师长宋希濂的手里。宋希濂为瞿秋白的才华和信念惊叹不已。他曾经单独审讯过瞿秋白，弄得狼狈不堪，不欢而散。从此以后，宋希濂再也没有直接出面找瞿秋白进行审问式的谈话。

为了向群众宣传，瞿秋白同志在狱中和一位时常给他医病的酷爱文学的军医陈克非交上了朋友，他们常常利用诊疗的机会交谈。有一天，师部为了上报情况，请了照相师给瞿秋白拍了照。陈军医便悄悄让照相师多洗了一张，自己藏起来。过了几天，他去给瞿秋白检查身体，见房间无外人，便悄声说："瞿先生，论处境你我身在两个营垒，但我十分敬重你的品格和才学。以我估计，你不会待久了，我们的相处将是短暂的。因而前几天拍照时，没有征得你的同意，我多洗印了一张，想请你签字、题词，留个永久纪念。"秋白同志回答说："签字、题词可以，但你想过后果没有？”陈军医诚恳地说：“想过。我想这事只有你我知道，也纯属个人间的情谊，够不上‘通匪’之罪。况且我与宋师长是同乡，交情颇深，关系不大。”瞿秋白点头同意了。他伏案提笔，略微沉思了一会儿，便在照片上一挥而就：

“如果人有灵魂的话，
何必要这个躯壳！
但是，如果没有的话，
这个躯壳又有什么用处？”
这并不是格言，也不是哲理，
而是另外有些意思的话。

瞿秋白

一九三五年五月摄于汀州狱中

这位陈军医践行自己的诺言，他一直把这张照片珍藏到1949年之后，以至如今成为一件十分宝贵的瞿秋白烈士的遗物了。这张照片及题词已在报刊公开发表。南京国民党特务头子还曾派遣中统局训练科长前往汀州狱中对瞿秋白劝降。这位科长在磨破嘴皮的游说中再三告诫瞿秋白：识时务者为俊杰。瞿秋白沉思良久，厉声说：“我不是顾顺章，我是瞿秋白，我情愿做一个不识时务的笨拙的人，不愿做个出卖灵魂的识时务者。”

烈士最后的日子终于不可避免地到来了。1935年6月16日，蒋介石亲笔密电宋希濂：“瞿匪秋白即在闽就地枪决，照相验呈。”17日上午，国民党三十六师参谋长向瞿秋白转达了“委员长”的命令，并说：“决定明天上午执行，让我提前转达给你。”

此时，正是午餐时间。瞿秋白面不改色、临危不惧，置生死于度外。他长长地饮了一口酒，愤愤地说：“我早等着这一天了！这样做才符合蒋介石其人的作为！我提议，为你们提前给我送行，干杯！”

第二天是个晴朗的日子。清晨起来，瞿秋白换上了新洗的衣服，泡上一杯浓茶，点支烟，又捧起唐诗吟诵起来，并提笔抄录集句，他写道：

一九三五年六月十七日晚，梦行小径中，夕阳明灭，寒流幽咽，如置仙境。翌日，读唐人诗，忽见“夕阳明灭乱山中”句，因集得《偶成》一首：

夕阳明灭乱山中，（韦应物）
落叶寒泉听不穷。（郎士元）
已忍伶俜十年事，（杜甫）
心持半偈万缘空。（郎士元）

正书至此，军法处处长传令催促起程，瞿秋白于是疾笔草书：

方欲提笔录出，而毕命之令已下，甚可念也。秋白曾有句：“眼底云烟过尽时，正我逍遥处。”此非词谶，乃狱中言志耳。

——秋白绝笔

何等令人敬佩的凛然正气！

何等令人动情的正气歌！

敌人将秋白同志押至罗汉岭上的中山公园。一桌酒肴已摆在园中的八角亭里。秋白迈步走向八角亭，依照安排，先是拍照——他背手挺胸，面带笑容，以大无畏的精神蔑视敌人。照相毕，他坐定自斟自饮，怡然自得。痛饮多杯后，放声歌曰：

人之公余稍憩，为小快乐；

夜间安眠，为大快乐；

辞世长逝，为真快乐也！

秋白饮毕，吃毕，旁若无人地漫步走出中山公园，走向刑场，边走边吟边歌，潇洒自如。时而高唱《国际歌》《红军歌》，时而高呼口号：共产主义万岁！中国共产党万岁！中国革命胜利万岁！远处围观的群众，无不泪眼汪汪，投来尊敬的目光。瞿秋白宁愿向刽子手的屠刀走去，不愿屈服。他走到罗汉岭下一块草坪上，便从容地盘膝而坐，对刽子手微笑点头说："此地正好，开枪吧！"

就这样，瞿秋白慷慨就义了！噩耗传来，延安、上海、广州、武汉等地的革命者和人民群众无不感到巨大的悲痛！鲁迅、茅盾更是悲恸至极，为瞿秋白的被杀害而义愤填膺。为了纪念秋白同志，鲁迅先生还特地搜集、编辑了他的文集《海上述林》。先生在编校、出版这本书时说："我把他的作品出版，是一个纪念，也是一个抗议，一个示威！……人给杀掉了，作品是不能给杀掉的，也是杀不掉的！"瞿秋白，将永生在人间。正如周恩来总理后来在一封信中所说：

秋白同志毕生服务人民大众，卒以成仁。耿耿丹忠，举世怀仰。

啊，耿耿丹忠，举世怀仰。当我再次参谒秋白故居后，总理的这两句话始终萦绕在我心间，闪现在我眼前……

1985 年 11 月冬雨夜，北京东坡新寓

纪念王鲁彦先生

2004年是我国现代文学史上著名的小说家、散文家和翻译家王鲁彦先生逝世60周年。今天，我们会聚在鲁彦先生的家乡宁波，一起缅怀、纪念和研究他人格的榜样、创作的成就，有着重要的现实意义。这不仅是对王鲁彦个人所取得的文学成就的评价和肯定，更重要的是王鲁彦的创作道路对于今天有着典范性和方向性的意义。

王鲁彦是鲁迅先生的学生，被称为鲁迅高徒，被公认为“更多地师承了鲁迅的笔致、风格”。在鲁迅先生的示范和直接影响下，他和许杰、彭家煌、台静农等一起，把鲁迅开创的乡土小说蔚成风气，共同形成了20世纪中国现代小说发展史上的一个最有特色的乡土小说流派，一个最有成绩和影响的文学传统。从他们开始，到20世纪30年代沈从文、端木蕻良、萧红等创作的中长篇乡土小说，到40年代更具有地区特点的，以马烽为首的山药蛋派，以及孙犁为代表的荷花淀派，一直到五六十年代的李準，80年代初刘绍棠的重新倡导乡土文学的创作，以及当代文学大家路遥、陈忠实、莫言的创作等，源远流长，硕果累累。各个历史时期的乡土文学始终是最有实绩、最具光彩的文学典范。他们的创作经验值得我们今天去总结和学习。

在“五四”时期，乡土文学的产生，标志着文学研究会倡导的“为人生”的文学主张和现实主义的创作方法，经过一批作家的自觉实践，终于结出了为数可观的果实，显示出新文学逐步走向成熟的趋势。首先，它摆脱了新文学最初的创作成果“问题小说”，以及从思想观念出发，把小说当作启蒙工具的弊端，而是更看重生活和艺术本身。作者较多地从生活经验出发，能够把现代意识与真切的生活感受结合起来，充分发挥写自己最熟悉的题材这个优势。王鲁彦就是根据对于自己家乡东南沿海农村，包括自己的小资产家庭的观察、体验和批判，写出了资本主义势力入侵后，乡村的小资产阶级和农民的心态心理与生活，形成了自己的创作特色，从而得到茅盾先生的肯定。茅盾先生认为王鲁彦笔下的乡村小资产阶级形象是现代文坛最少被写到的，具有鲜明的时代特征和典型形象。

文艺作品越有地方色彩，就越具有国际性。一个作家要在中国文学之林中获得地位，必须要有属于自己的“根”或者说是“地”，要借助培养个性的根土之力。当年中国新文学要想在与旧文学的斗争中获得自己的地位，在世界文学之林中获得应有的地位，当时新文学的先驱鲁迅先生和周作人都谈到，必须发展乡土文学，必须发展具有充分民族特色的文学。

乡土文学往往是当作家走出农村到达都市后，接触到新思想新观念，在新文化之光烛照下，深化乡土题材后的产物。20 世纪 20 年代的乡土文学作者大都是为故乡所放逐，被生活驱逐到异地去的。鲁迅是这样，王鲁彦、许钦文、台静农都是如此。也是在这个意义上，鲁迅甚至称之为“侨寓文学”。鲁彦正是通过到北京上学，特别是听鲁迅讲授中国小说史，感受到“仿佛听到了全人类的灵魂的历史”，获得了人道人文的眼光，来批判封建社会所遗留的野蛮残酷的风习所形成的民族传统心理和国民性。“五四”乡土文学本质上是觉醒了的现代作家，以现代文化作为参照，对本土文化进行的历史的反观与反思，发人深省、振聋发聩。其不仅具有地方色彩，也具有现代深刻，是更为犀利的眼光。

今天，当我们提倡社会主义文学，呼唤反映时代的主旋律作品出现的时候，王鲁彦先生的乡土小说的发展道路和经验是值得我们珍视的宝贵遗产，他的小说、散文和翻译没有随着时间的逝去而被人忘却，反而引起了越来越多的学者，包括国外学术界的重视。他融汇中外文学滋养，逐步形成的自然、朴素、绵密的写实风格，创造出的具有独特个性的民族形式，也正是我们今天的文学创作应该走的道路和努力的方向。

2004 年

沙飞，让照片告诉后人

初夏的一天，一位讲广东腔普通话的女同志打来电话，用急切的口吻说：“我叫王雁，是沙飞的女儿，有本《沙飞纪念集》，想送中国现代文学馆作为纪念。我现在去行吗？”

沙飞？我立刻想起几个月前上海《文汇报》曾刊载一篇署名沙飞的短文《我最后见到鲁迅先生的一天》，大意是写他在 1936 年 10 月 8 日——鲁迅先生逝世前的 11 天，在上海青年宫全国木刻流动展览会上，同一批青年木刻家陪同鲁迅先生参观展览时的情景。就在那一天，他拍摄了几帧鲁迅和青年木刻家围坐在会场藤椅上亲切交谈的珍贵照片，还有此后几十年来被书刊经常采用的鲁迅先生端坐藤椅，侧身手持香烟的那幅名作。我脱口而出：

“就是为鲁迅先生拍照的那个摄影家沙飞吗？”

“是哦，是哦。”显然，对方有些意外，兴奋地说，“你知道我父亲，知道沙飞！”

我说：“刚刚知道。原来那些为我们大家所熟悉的照片就是他拍的。欢迎你来！”

王雁风尘仆仆地来了，带来几本 16 开装帧精美的《沙飞纪念集》。为何是纪念集，而非摄影集？我翻开目录一看，方知原来此集是以摄影作品（精选的代表作）为主，夹杂了沙飞文摘、沙飞手迹、沙飞年表等研究与纪念文章等，因起书名为纪念集。

首页，也是首先映入我眼帘的，便是那帧鲁迅先生手持香烟、侧身凝视前方的照片。接着是鲁迅同青年木刻家在一起的照片，而后就是 1936 年 10 月 19 日鲁迅逝世后的遗容及葬礼场景的照片。沙飞没有想到鲁迅先生走得那么早，1936 年 10 月 19 日，当他获悉鲁迅先生因病不幸辞世的噩耗，当天便赶到四川北路鲁迅寓所，怀着沉痛的心情，拍下了先生最后的遗容，22 日又拍下了先生隆重葬仪的情景。这是弥足珍贵的、具有文献价值的历史性照片。

根据沙飞文章所述，10 月 8 日鲁迅先生在参观木刻展览时，还问他："你最近拍了些好照片吗？"沙飞回答先生："在十六铺（上海）码头拍了几张工人生活，最近我喜欢学木刻了。"

"那么应该特别注意学素描哩。"鲁迅先生关切地说，"基础打好才能产生好作品啊！"

这是鲁迅先生对沙飞最后的，也是沙飞印象最为深刻的教诲。

本来，沙飞在家乡广州读书时是喜欢文学的。后来到了上海，于 1935 年 6 月加入上海摄影团体——黑白影社，开始从事摄影工作。后又考入上海美术专科学校，学习绘画和木刻，这时，便有幸同一批青年木刻家结识了鲁迅先生。结果，1936 年底，因拍摄和发表悼念鲁迅先生活动的新闻照片，沙飞被上海美专勒令退学。

这期间，他还专程赴华南国防前线南澳岛进行摄影采访。邹韬奋先生在他主编的《生活星期刊》上，特地以显著位置，发表了沙飞题为"南澳岛——日人南进中的一个目标"的专题报道，受到社会人士的关注。

面对日寇的入侵，他渴望投身抗战。于是在 1937 年夏末北上太原。后经周巍峙介绍，担任了全民通讯社的摄影记者，从此他开始革命生涯。此后抗日战争的八年烽火连天的岁月，他是在晋察冀边区度过的。

试设想，一个广东人，一个来自大上海的青年知识分子，忽然间到了满目荒凉的北方，到了崇山峻岭的野山沟，要穿"青纱帐"，要蹚滹沱河，要同日本侵略者作战，要经受枪林弹雨的考验……这需要多么坚强的毅力和勇敢的精神。

沙飞原名司徒传。之所以起名沙飞，他说："我要像一粒小小的沙子，在祖国的天空中自由飞舞。"说明他在黑暗的旧中国是多么向往光明与自由。所以到了边区后，他自觉克服了生活上、语言上、习惯上以及工作上的种种困难，全身心地投入祖国的解放事业。

翻开沙飞的摄影作品集，在抗日战争八年的烽火岁月中，许多重大战役，如攻克平型关、百团大战、敌后反扫荡、平汉铁路伪警防队 1800 人的起义等，许多著名的八路军将领，如聂荣臻、贺龙、王震、萧克、程子华、舒同、关向应、吕正操、王平、杨成武、孙毅、朱良才、聂鹤亭等，都在他的镜头里留有逼真的身影。还有八路军同根据地人民的鱼水情、大生产运动、游击区民兵自卫队的军事操练、八路军在崇山峻岭间的转战、国际友人访问边区、活跃在青纱帐里的游击健儿、抗大学员的训练生活等历史场景的生动记录。

其中，有三组照片特别引起我的注意：投身抗日战争的加拿大医生白求恩，聂荣臻将军与日本姑娘美穗子，周恩来与国民党代表张治中、美国代表马歇尔军调部三人小组在张家口。

记录白求恩大夫在晋察冀边区战火中的医疗生活的照片，收在纪念集中的共计 19 幅。这当然有所选择，实际上恐怕不止这些。因为这个从上海来的会讲一口流利英语的摄影记者沙飞，同延安来的加拿大医生白求恩相识后，很快成为挚友。白求恩也爱好摄影，时常背着一架照相机，两人更有了共同语言。1939 年 11 月，当白求恩为伤员做手术时，因受病毒感染，不幸在河北唐县病逝。沙飞听到消息，极为悲恸，立刻从前方骑马星夜飞奔回晋察冀，为友人送行。他不但平时为白求恩拍摄了许多生动的镜头，也为我们留下了白求恩最后的遗容和葬礼的情景。白求恩大夫临终前写给聂荣臻将军的信中有遗言：请将他那架心爱的德国相机送给沙飞，足见他们友谊之深！在炮火连天中，沙飞无论在怎样的情况下，走到哪里，始终带着这架象征友谊的相机和装在一只小铁盒里的鲁迅先生照片的底片。

曾经在晋察冀边区传为佳话的聂荣臻将军关怀一位被八路军营救的日本小姑娘的感人故事，发生在1940年8月。八路军在攻占了河北井陉煤矿后，发现一个孤零零地站在矿区哭泣的日本小姑娘，八路军抱回了这个战争孤儿，悉心地照料她。聂荣臻将军关心地见了见这个小姑娘，并派人将其送还日本军队。40年后的1980年，当年的小姑娘美穗子长大成人，感激涕零地带领全家到北京专程面谢聂荣臻元帅。美穗子还给沙飞的女儿王雁寄来了感谢信及她全家的照片，也由衷感谢沙飞为她记载了那段感人的历史。据王雁说，在战争年月，她父亲一向很吝惜胶卷，但为拍摄这件事，竟用了三个胶卷追踪拍摄。父亲说，这是为了让后人知道中国人是如何对待日本人民的。

1946年3月张家口的军调部三人小组——中国共产党代表周恩来、中国国民党代表张治中、美国代表马歇尔——的历史性谈判，是一场艰苦的针锋相对的斗争，沙飞为此历史重大事件拍下了宝贵的照片，留下了历史的足迹。

一本厚厚的《沙飞纪念集》，一帧帧具有文献和历史价值的珍贵照片，真实地记录了一个被压迫民族不屈不挠、争取民族解放的光辉历程，生动地展现了为中华民族的解放事业奋斗终生的一代革命伟人以及国际友人的影像，从中也可以看到，沙飞作为与我国著名摄影家吴印咸、石少华并称的“解放区三大摄影家”，是中国革命摄影事业的开拓者。

1949年12月15日，沙飞在精神病发作的情况下，将为他治病的日籍医生枪杀，而后被判处死刑。1986年有关方面重新审理此案，沙飞错案得到纠正，多年来那一帧帧不能署名的沙飞的照片，如今又被人们重新认识了。这一幅幅“历史画卷”，无疑是中国摄影事业的巨大财富。

谢谢王雁，让我有幸认识了摄影家沙飞，尽管时间推迟了将近半个世纪……

1997 年 7 月酷暑天，京郊芍药居

以石为友

沈钧儒先生是当代一位杰出的爱国民主人士。他生于1875年，卒于中华人民共和国成立后的1963年，享年88岁。20世纪50年代末的1957年，在他担任全国人大常委会副委员长期间，我曾有幸访问过他，当时我是作为一个青年文学刊物《文艺学习》杂志的记者，请他寄语文艺青年应当如何学习和生活的。那时强调青年人如何树立正确人生观的问题，我常常请教许多前辈。

当时，沈先生的寓所就在北京东城东总布胡同一座花木繁茂的大院中。他虽然身居高位，却十分平易近人。那时我是一名小记者，拜见这样的老人时心里多少有些紧张。不想，我在他的客厅里刚一落座，沈先生便从卧室走出来，握着我的手说："哟！这么年轻。哪里人？"我回答说："陕西人。"谁知这句话意外地引起了他的兴趣。他追问我："陕西哪个县？"我说西安西边的周至县，老人哈哈笑出声来，说："知道，知道，那个县名的两个字很难认也很难写，可我知道。"我有点奇怪，便冒昧地请问沈先生怎么这么熟悉我们县名。

沈老先生是一位蓄着长须的美髯翁。他谈话间喜欢时不时抚摩长胡，这时，他用手抚摩胡须，转身问秘书王健（后为民盟中央负责人）：

"你听清楚了吗？是盩厔（今为周至）县，这两个字你能写出来吗？"

王秘书笑了说，他还不曾听到过这个县，写不出来。

沈先生便让秘书取来笔和纸，他在茶几上一笔一画地写出了那确实很少有人念得出来和写得准确的“盩厔”两个字。这里我顺便说说，在我当初刚参加工作那阵，县名这两个字还是繁体字，常常有人把我的籍贯写成“盤屋”二字，闹出不少笑话。后来才改为现在的“周至”，那就大众化了，很少有人再写错它了。

我感到奇怪，虽然沈先生是国家领导人，管理着国家大事，而中国那么辽阔，县、市那么多，怎么可能都熟悉？我好奇地问沈先生：“您怎么知道我们这个生僻的县名？一般人是不知道或认不出来的。我查过许多大词典，这两个字就是县名，没有其他解释。”

沈先生又慈祥地笑了，用手抚摩着他的长须说：“当年，清朝末年，我是你们陕西的考官呢！陕西的许多县名和许多事我大体都知道。你们这个县名就是特殊，意思是山曲为盩，水曲为厔，山水环绕，盩山厔水，盩厔矣。这两个字无他用，就是县名。”我这才明白，原来是这么回事。

谈话间，我有意识地环顾沈先生客厅的摆设，发现四周的几个考究的红木书柜中，无一本书，无一册杂志，而统统摆放着各种形状不同、各式各样、色彩斑斓的大小石子。这是我在一般人家很少看见的！沈先生大概看出了我的好奇心，他要我到书柜前去观赏。真是奇丽无比！沈先生指着每一块形状各异、色彩光泽的石子向我耐心介绍着，这块是印度恒河的，那块是埃及尼罗河的，有的石子来自缅甸伊洛瓦底江、朝鲜大同江、法国卢瓦尔河、加拿大安大略湖、巴西亚马孙河、美国密西西比河、坦桑尼亚维多利亚湖、澳大利亚艾尔湖、日本琵琶湖等全世界有名的河流湖泊，还有的来自中国长江、黄河、珠江、黄浦江、雨花台、松花江、渭河、富春江、金沙江、太湖、黄果树瀑布、庐山瀑布等江河山川，琳琅满目。沈先生说这些石子有的是他自己“周游列国”及在国内旅行时亲手捡来的，有的是朋友们知晓他有此爱好，有意帮他收集的。他诙谐地说，他是一个富翁，天下名石富翁矣。

观赏这些名贵石子，如同参观一座别致的艺术宫，又仿佛周游一遭世界。这不仅是一种怡人的艺术享受，也可增长不少地理和科学知识。

沈老先生在从事繁忙的国务活动之余，作为一种休息，他以石为友，以石为乐。这何尝不是一种情操的陶冶！

如今，沈老先生已经逝世多年，但我相信，先生当年所珍藏的那么多宝贵的名石一定长留人间，愉悦人间。

1994 年元旦，北京

隐隐青山见故乡

说来我和于家也真是有缘分。

那是2004年的9月，听说于右任先生的侄孙女、西安于右任故居纪念馆馆长于媛来京住在民革中央，筹备“纪念于右任先生著名爱国诗作《望大陆》发表四十周年暨于右任先生书法真迹展”，基于对于老先生的尊崇和对于老书法的热爱，我们高兴地见了面。谁知，于媛正在为展出场地发愁，原定在中国国家博物馆展出的计划，展馆因改造装修暂无法使用，其他地方不是条件不够，就是展馆安全条件欠缺，不具备国家领导人参加活动的条件。

因此，我提出在中国现代文学馆展出的设想，因为我们馆是新建的、具有东方一流水平的展馆，除了国内外的专家、学者、青少年络绎不绝地到馆参观交流，也常有中央领导到馆里参观。在这样的大型文化殿堂里为于右任先生举办书法真迹展，规格环境应该说是合宜的，安全也有保障。

经过我馆和民革中央、民革陕西省委员会、西安于右任故居纪念馆共同商定，书法真迹展终于在2004年11月30日在中国现代文学馆隆重开幕。全国人大常务委员会副委员长、民革中央主席何鲁丽，全国政协副主席王忠禹，全国政协副主席、民革中央副主席周铁农等出席了开幕式。

从布展到结束，共计用了一周时间。其间，对于先生的每一件作品，我都是零距离接触，尤其对于于老各个时期的代表作，我也有了更深层次的了解。我发现，于老的书法愈到晚年愈出神入化，外柔而内刚，笔简而神定，落落大方而心平气和，平易近人而情深意厚，在跌宕起伏中表现出动人的节奏感和醉人的神韵美。这对我来说真是一次不可多得的极好学习机会。

展览展出后不久，于媛主编出版了大开本《于右任书联集锦》，这部书基本囊括了展出中的书法作品。许多名家看后赞不绝口，评价很高。该书已再版重印，可以说是中华人民共和国成立以来，关于于先生遗墨出版中比较精美的书籍。于媛作为于氏后人，能把事情办到这个水平，于老在天有知也会感到欣慰的。

今年初，我又多次接到于媛女士的电话，她又要出版一部《于右任诗词曲全集》，约我为此书写序言。虽然我生长在陕西，但是青少年时代就知道于右任是杰出的书法家、诗人，标准草书的创立者，然而毕竟对于老的诗歌还没有更多接触和研究。但出于对于老的热爱和敬重，我再一次找出我在大学时代收藏的《于右任诗选集》，从辛亥革命前的《杂感》读到 1962 年的《望大陆》。从于先生的千余首诗、词、曲中，我深刻地体会到，于先生的思想、情感无论是早期的愤怒直呼，还是晚年的悲痛抒怀，都没有逃避社会现实和脱离劳苦大众，是一部凝结中华近代史的史诗。它再现了先生炽热的爱国爱民之心、坚贞不渝的救国救民之志、刚直不阿的高尚品格、质朴无华的平民作风。他的诗歌始终贯穿着爱国主义激情，爱国主义在他的诗歌里是一曲波澜壮阔的主旋律。

于右任先生的青少年时期，正值国家内忧外患、灾难深重之时。于先生自幼接受进步学者朱佛光、毛俊臣等人熏陶，以国家民族利益为己任，青少年时代他就以文天祥、谢叠山为楷模，确立了推翻清朝封建帝制、救国救民的崇高理想和远大胸怀。从他 22 岁写的《杂感》（柳下爱祖国，仲连耻帝秦……）一诗中，即可看出他“报仇侠儿志，报国烈士身”的豪情壮志。那时候八国联军侵入北京，慈禧太后和光绪皇帝置国家民族利益于不顾，逃到陕西，他在《兴平咏古》中云：“女权滥用千秋戒，香粉不应再误人。”于先生欲上书陕西巡抚岑春煊，请其手刃西太后和光绪皇帝，为同学阻拦。“太平思想何由见，革命才能不自囚”，当他认识到清朝政府的腐败无能、丧权辱国和民族灾难深重的时候，即勇敢地投身于以孙中山为首的、以反清为主要目标的民族民主革命潮流中，他的《从军乐》（中华之魂死不死，中华之危竟至此！同胞同胞为奴何如为国殇，碧血斓斑照青史），就是这一指导思想的真实写照。在这个时期，他南走上海，东渡日本，办报办学，著文写诗，反封反帝，鼓吹革命，不遗余力，成为孙中山同盟会与国民党的活动家，是辛亥革命时期的风云人物之一。

袁世凯篡夺辛亥革命果实，对宋教仁先生下毒手，于右任是目击者，他悲愤至极，撰写悼词：“先生之死，天下惜之，先生之行，天下知之。吾又何记？”原来，武昌起义后，各省纷纷响应，“共和”胜利了，在一片胜利声中，革命果实却落在了以袁世凯为代表的投机善变的旧势力手中，孙中山的临时大总统被袁世凯代替，黄兴被打败，宋教仁被刺死，旧势力已当权，广大民众的真正反对帝国主义、反对封建势力的斗争，立即遭到残酷镇压。在这种形势下，于右任先生开始意识到国民党在辛亥革命中脱离基层人民群众的支持，如鱼“失水”，依靠军阀、帮会闹革命的那一套做法值得思考，且国民党人缺乏“真才”，许多人对此尚无认识。而他在《出京》中写道：“几见神龙愁失水，始知屠狗少真才。无端宣武门前啸，声满人寰转自哀。”此时的于右任积极支持和追随孙中山，反袁护国。后又回陕督师，继续与北洋军阀斗争，虽几经挫折，他没有退却，仍奋斗不息。直到 1924 年 1 月，参加了中国国民党第一次全国代表大会，赞成国共合作，拥护孙中山制定的“联俄、联共、扶助农工”的三大政策。他认为国共两党宜合不宜分，他提出了“分则两损，合则两益”的正确主张。

1926年在北伐中，于右任经李大钊派遣，赴苏邀请冯玉祥回国，重整旧部，进军西北，策应北伐战争并解西安之围。在莫斯科，他受到列宁和十月革命、苏维埃社会主义先进思想的影响，有感而发地写出了40多首歌颂列宁和十月革命、克里姆林宫、红场的诗歌，如“一片红场红复红，照耀世界日方中。列宁同志何曾死，犹呼口号促进攻”。他联想到辛亥革命的失败，认为“转悔当年起义早，方法不完得不保”。1927年4月，于右任手书《舟入黄海》歌一首，赠给邓宝珊，诗中这样写道：“苍鬓如戟一战士，何日完成革命史？大呼万岁定中华，全世界被压迫之人民同日起！”由此可以看出，于先生当时对中国大革命激情满怀，并且预料革命的胜利，就在他这首诗写成的同一个月，他也万万没想到，蒋介石反共剿共倒行逆施。特别是“九一八”后，蒋介石对日采取不抵抗政策，对国内各地赴南京请愿的学生大肆镇压，这更加引起了于右任的不满。

抗日战争时期，于先生赞成团结抗日，赞成国共两党二次合作，并且同中国共产党保持着良好的关系。1938年1月《新华日报》创刊，于先生受周恩来之托书写了报头；抗日战争胜利之后，他反对蒋介石挑动内战，主张和平建国；于先生对中国共产党的领导人毛泽东、周恩来等人十分钦佩，在重庆谈判期间，他以国民党元老身份宴请毛泽东、周恩来。当他得知国民党内有人要对毛泽东下毒手时，采取将计就计的策略，直接质问蒋介石，保证了和谈期间毛泽东的人身安全。解放战争后期，于右任一直希望国共和谈成功。蒋介石下野，李宗仁成为代总统之后，他曾打算北上参加国共两党的北京会谈，周恩来同志对此表示十分欢迎。于先生1949年在《闻文白自北平来电有感》中感怀：“彩凤身无双羽翼，雕笼何日启重关？”由此，更能理解先生坚持国共再次合作的迫切心情。

由于国民党政府顽固拒绝在《国内和平协定》上签字，国共和谈破裂，中国人民解放军渡江作战，南京政府迅速土崩瓦解，逃至台湾，于右任于1949年11月，被胁迫离开大陆，去往台湾，这违背了他的心愿。在台湾孤岛上，他经常思念大陆、思念故乡。先生越是到晚年，思乡之情越殷，深切企盼祖国早日统一，如1951年，他在台北写《生日游草山柑橘示范场》“白头吟望中原路，待我归来寿一杯”；1952年，写《再游柑橘示范场水亭小坐》“同人争向中原望，天放晴光亦快哉”；1955年，写《高雄至鹅銮鼻道中》“闻说人间新灌溉，十年万井已成功”；1957年，写《题林家绰写〈牧羊儿自传〉》“夜深重读牧羊记，梦绕神州泪两行”；1958年，于先生写作《明月》“痛心零落南来雁，不忍哀号过战场”，在他写《书钟槐树先生酬恩诗后》“垂垂白发悲游子，隐隐青山见故乡”后，同年又写《忆内子高仲林》“梦绕关西旧战场，迂回大队过咸阳；白头夫妇白头泪，亲见阿婆作艳装”；1959年，写《望雨》“更来太武山头望，雨湿神州望故乡”；1961年，作《有梦》“夜夜梦中原，白首泪频滴”；1962年，作《梦中有作起而记之》“剪断云霾天欲晓，划开时代气方新。昨宵梦入中原路，马首祥云照庶民”，也就是在同年的1月24日，于先生写下了震撼世界的不朽爱国诗歌《望大陆》，诗中无限悲痛地抒发了对故乡、对大陆深深的怀念之情，也表达了海峡两岸骨肉同胞渴望祖国统一的共同心声。

葬我于高山之上兮，望我故乡；
故乡不可见兮，永不能忘。
葬我于高山之上兮，望我大陆；
大陆不可见兮，只有痛哭。
天苍苍，野茫茫，
山之上，国有殇。

宋代的著名爱国诗人陆游辞世之前，留下一首《示儿》，诗人到死都没有看到“九州同”。于先生岂不也是如此！

他带着难以瞑目的遗憾去世了，没有看到祖国统一，《望大陆》不愧为于先生一生中的巅峰之作，也是他的千古绝唱。先生欲将血泪寄山河。我们坚信，台湾迟早要回到祖国怀抱，国家一定会统一。当两岸统一的那一天，我们一定会告慰于翁的。

于媛主编的这本辑入了1115首诗、词、曲的《于右任诗词曲全集》，可以说是于先生逝世40年后，收集最全的诗歌集。这些诗歌记述了近代以来许多重大历史转折时期的社会现实。于右任先生的诗，曾经激励过几代人的革命情怀，他的诗篇历久而珍贵，堪称一部厚重的爱国主义史诗。

这一部卷帙浩繁的皇皇大著《于右任诗词曲全集》，其搜集、整理、编辑和出版，无疑耗费了主编于媛巨大的精力，她的辛劳和奉献，相信海峡两岸的读者和世界华人读者是不会忘记的。

今天，我们重读于右任先生的名篇佳作，对于激发我们的民族情怀和爱国精神，更是有着强烈而深远的现实意义和深刻启示的。

2006年

望我故乡，望我大陆

抵达台北桃园机场的6月6日傍晚遇到一场铺天盖地的瓢泼大雨！台湾文协的理事长、诗人绿蒂和文协秘书哲雄热情迎接我们。在雨中，意外地，我看到了诗人张香华在向我们招手。原来她是从百里外的新店冒雨开车而来，令人感动。这使我一踏上久已魂牵梦绕的宝岛，便走进友谊的海洋。毕竟我们是同根同祖同文的骨肉同胞啊。

在台北，我见到老友，也结识了新朋。作家代表团几天里同台北的许多有影响的作家、诗人、评论家、教授、出版家以各种方式和形式进行了广泛的接触和有益的交流。团长袁鹰和叶辛格外辛苦，因为许多场面他们要讲话，要应酬。然而在台北，我却有一个愿望，就是想看看于右任先生之墓。一来因为于老先生是国民党元老、是辛亥革命的先驱，一生追随孙中山先生，出生入死、艰苦奋斗，为国家、民族的独立与解放做出了重要贡献，令我等晚生敬佩；二来，他是陕西人，和我是同乡。先生雄奇豪放的书法艺术，是我从小就十分喜爱而敬仰的。

当然，更直接促动我渴望拜谒先生之墓的缘由是他临终前两年所写那首动人心弦的怀乡诗《望大陆》。全诗为：

葬我于高山之上兮，望我故乡；
故乡不可见兮，永不能忘。
葬我于高山之上兮，望我大陆；

大陆不可见兮，只有痛哭。

天苍苍，野茫茫，

山之上，国有殇。

当时我从一张报纸的消息中读到这首诗时，感到这是寂寞蛰居台湾、晚景凄凉的于老先生哀叹祖国分裂、哀叹故土亲人分离的一首感人肺腑的哀歌，也是先生切望祖国统一之悲愤心情的痛苦流露。这首诗一直深深印记在我的脑海中。

我还记得我从乡友中知悉，于右任先生留在大陆故乡的原配夫人高仲林女士八十寿辰时，周恩来总理曾派于先生的女婿屈武同志专程到西安为高夫人祝寿一事。后来，王震同志在 1984 年 11 月 10 日全国政协隆重召开的“于右任先生逝世二十周年纪念座谈会”上的讲话中指出，我们纪念这位真诚的爱国者，孙中山的追随者，著名的诗人和杰出的书法家。他一生爱国，风范长存。尤其值得我们纪念的是于右任先生赞成国共合作，盼望祖国统一的诚意。周恩来总理曾对屈武讲:“于右任先生是位公正的人，有民族气节。”这样的一些评价，都令我更敬仰先生。

周恩来总理是了解于右任，尊重于右任的。因为于右任先生作为孙中山先生的追随者、国民党元老，曾经极力主张和促成国共合作，矢志如一，始终不渝。先生确实是一位真诚的爱国者。他身为国民党 30 多年的高官“监察院院长”，一生清廉，一身正气。他死后家人打开他的小箱子，竟空空如也。

然而他在世时，却时常训导家人：不要忘了咱们是穷家出身，遇事要关心人，尊重人，特别是对穷乡亲。家乡流传着他许多关怀乡里、济贫扶困的故事。甚至当20世纪20年代末陕西出现大灾情那次，他正好在上海为长子于望德完婚。朋友们送了不少礼金。于右任先生答谢时着重说了陕西灾情的严重情况后，恳切地说：“我本拟早日回陕看视灾情，因足疾未能成行，并非欲留沪待儿完婚。余久抱与家乡父老同生同死的宗旨，今各位送来之贺礼，权作赈款送回陕西，感谢各位送礼为陕助赈的热情。”

他曾书嘱蒋经国：计利当计天下利，求名应求万世名。这是意味深长的。当今天下之利，自然是国家、民族之利，即实现祖国和平统一；当今万世之名，自然是为祖国统一做出贡献，流芳青史，名扬万代。这话，是警策，也是期望。今天仍然适用于台湾一切爱国人士。

于右任先生在台湾蛰居的十五年中，始终怀念故乡，思念亲友，忧愤寡欢。他多次对身边人说：“我百年后，愿葬于玉山或阿里山树木多的高处，可以时时望大陆。我的故乡是中国大陆啊！”

6月10日，我在台湾朋友田景山、蔡哲夫先生的陪同下，驱车阳明山，爬了一山又翻一岭，山山岭岭过后终于在大海边的一座高山上找到了“于右任先生之墓”。我们拾级而上，到了雄伟的、青草丛生的于先生墓前，我向先生三鞠躬。再回头望大海，望大陆，茫茫一片。此刻，我耳边仿佛响起先生用浓重的关中口音悲怆而深情地吟咏他那首动人心魄的悲歌：

葬我于高山之上兮，望我故乡；
故乡不可见兮，永不能忘。
葬我于高山之上兮，望我大陆；
大陆不可见兮，只有痛哭。
天苍苍，野茫茫，
山之上，国有殇。

2004年

夜访赵树理

前些日子，赵树理同志从太行山区回北京来开会。一天夜晚，迎着微风，我奔向北京东城的煤渣胡同，来到赵树理同志的家——这是一所极简陋的院落，五间连在一起的屋子，前面一个小院，别无其他。

我刚一进门，正在院子里和几个小朋友玩的三湖告诉我:“爸爸开会去还没有回来。”于是我便和赵树理同志的爱人在院子里随便聊起来。

我问起赵广建的情况来，因为前些时期，从报纸上读到赵树理同志给女儿广建的“愿你当一个有文化的青年社员”的信以后，我深为感动，当然也很关心。她告诉我，她也完全同意广建回乡参加农业生产，一来是社里需要人，二来青年人在乡下参加劳动锻炼也很好。我问她广建还说她爸爸的坏话不？她笑了，而且兴奋地告诉我，广建现在已经担任了副社长，生产情绪很高，上个月还来北京给社里买了技术书和一些果树种子。住在北京总是牵挂着社里的事，不几天也就赶忙回山西了。

听了这番话，我实在也很兴奋。这说明群众对这位高中生的信任，也说明她的努力得到了回报。一个由不安心农业生产到被选作副社长的高中毕业生，这中间自然有她艰苦的转变过程。于是我默默在想:在今天这样美好的社会里，有党的正确引导和教育，有什么困难能阻挡住我们年轻人呢？

门铃响了，赵树理同志回来了。顿时，这小小的家庭里充满了欢乐。像往常一样，赵树理同志总是那么无拘无束地谈笑风生。他很自然地接着我们的话题，谈起广建的问题来。他说："这种事儿对城市里的人来说，也许不大好理解。但是久住乡下或者根本就是生活在农村的人，会感到农村是多么需要知识分子啊！想想看，如果每个农民、每个理发师都把自己的孩子从小学供到大学毕业，然后离开乡下进城了，那么这一行由谁来接班？而且这些行业岂不是永远摆脱不了落后状态？这是我们所不希望的。我们希望我们国家各行各业都发展，因此，各行各业都需要有知识、有文化的人。青年人如果因为没有考上学校就瞎闹，不肯参加农业劳动或其他行业的工作，那么，人家就要怀疑你上学的目的是什么——为群众服务，还是为个人的名利地位？"赵树理同志又认真地解说道："上高中也罢，上大学也罢，目的是一致的，那就是为人民服务。"他略微停了停，说，"广建没把这一点弄清楚，她也许以为上了大学就比别人高，这当然是错误的。既然念书的目的都是为人民服务，高中毕业也好，大学毕业也好，同样都能为人民服务；能上大学更好，不能上大学，当个有文化的农民，不是一样为群众服务吗？群众是欢迎你带回来了文化的，况且专家也都不是非得大学毕业不可。李始美、王保京该没有进过大学的门吧。"他又笑着说，"咱们虽然不信神了，可还是迷信，今天就要破除这些迷信！"

小三湖把他的朋友们从院子领到了屋子里，打断了我们的谈话。我又问起赵树理同志的身体来，他说很好，没有什么。不过由于他经常吃中药，所以他又兴致勃勃地谈了好多关于中医的问题，他称赞中医是我们祖先"千万年科学的经验和智慧的结晶"。

忽然间，他从报纸上看到了丰子恺先生的近作，赵树理同志颇感兴趣，他马上从书柜里找出了他珍藏的丰子恺先生早年的一本《护生画集》，一页一页翻给我看。他说，作者的笔锋生动，线条鲜明，善于剪裁和刻画人物，是他所喜欢而且值得学习的。指着“捕蝇”一幅画，他说：“你看，就这么简单几笔，捕蝇者小心翼翼的神态就被画出来了。”他饶有风趣地说，“如果去掉它原来的题字，加上‘除四害’几个字，不是很像那么回事吗？”——因为这幅原画是丑化捕蝇者，而劝人不要“杀生”的。从这里可以看出作家不断钻研学习的精神，是很令人敬佩的。赵树理同志的兴趣的确很广，直到现在，在他的房间里你不但可以看到有那么多古今中外的名著，而且书柜上还放着几条漂亮的马鞭和边鼓、三弦、二胡等娱乐用具。他的视野广阔，生活趣味是多样化的，因而反映在他的作品里——《李有才板话》也好，《小二黑结婚》《三里湾》也好，同样是内容丰富而多彩，形式活泼而大众化！这不能不说是我们喜欢他的作品的重要原因。

在这以前，我就听说赵树理同志已经动手在写《灵泉洞》了。这部长篇小说虽然写的是太行山区的人们在两个革命时期所经历的斗争生活以及深刻的变化，但它并不局限于描写山村人民的生活，书中将要写到农村，也要写到城市，而且一直写到整风运动大致结束。这个作品已经酝酿很久了。赵树理同志兴奋地说，革命战争时期的老区人民就有一股冲天的干劲，就像他们今天所表现的社会主义勇敢、积极的精神一样。这样的人民永远是可爱的。当我问到《灵泉洞》写得怎么样的时候，他说：“要写就要写好，没有酝酿成熟就不写。所以什么时候写成还很难说。”赵树理同志又谦虚地说道，“我是想写出的东西能叫人半个月还能有点印象，起点作用就行啦。”现在作者正在赶写这部小说，我们希望早点读到它。

1957 年仲夏夜

植根生活的赵树理

由于工作关系，自从1957年以来，我有机会多次接触赵树理同志。有时是在中国作家协会机关，有时是在他的家里，有时是在太原，还有时是在他长期生活和工作的地方——他的故乡太行山和中条山之间的山区农村里。我，作为一个文学刊物的编辑工作者，一个文学界的晚辈，在同他的接触中受到的教益是深刻难忘的。

1957年秋天，我从报纸上读到他动员自己高中毕业的女儿广建下乡，写给女儿的“愿你当一个有文化的青年社员”的信以后，深受感动。恰好有一天晚上，我因事去拜访他，自然地谈起这封信，谈起他动员女儿下乡的事。当时，我和一般人头脑中的想法一样，赵树理作为一位有名望的作家，他的女儿完全可以留在身边、留在城里，为什么非要下乡去不可呢？可是赵树理却说：“这种事儿对城市里的人来说，也许不大好理解。但是久住乡下或者根本就是生活在农村的人，会感到农村是多么需要知识分子啊！……上高中也罢，上大学也罢，目的是一致的，那就是为人民服务。……能上大学更好，不能上大学，当个有文化的农民，不是一样为人民服务吗？”他还耐心教育自己的儿女，不要因为自己是干部子女，就轻视劳动人民和体力劳动，脱离群众。果然，赵广建听从了父亲的劝告，毅然回到晋东南农村务农，把自己所学的文化知识带回农村，同农民们一起改天换地，建设新农村。她在农村广阔天地里得到了锻炼成长！

赵树理，他作为来自农村、长期生活在农民群众中的一位作家，对于农村和农民，是多么熟悉，多么了解和关心啊！对于建设和改变农村面貌，他费尽了多少心血，倾注了多么深厚的感情哪！

我还记得在三年困难时期的1961年1月——一个春寒料峭的日子里，我裹着一身棉衣从北京出发，先是乘火车到晋南侯马，而后再乘长途汽车，越过抗日战争时期赫赫有名的中条山脉，奔赴赵树理同志生长的家乡——沁水，去访问他，想同他商量，请他为刊物撰写一篇能够鼓舞人们战胜暂时困难的作品。其实，这个想法还是他不久前来北京开会时对我们谈的。因此打算组织、发表这样一篇作品，可以说是他，也是我们共同的愿望，编辑部派我去只是为了具体落实，能够促其早日实现而已。

汽车经过大约半天的坎坷不平的颠簸，于当日黄昏时抵达沁水县城。这沁水县城原是坐落在四面环山的盆地里，仅几条小街、几十家店铺的一座偏僻的山区小镇，因而我毫不费功夫地就找到了县委会。当时，赵树理正在这个县兼任着县委副书记的职务。

我到县委时，他正在会议室开常委会。我们一见面，他就紧握着我的手风趣地说："行路难，行路难哦，尤其是到这个偏僻山区。快，先到招待所住下。"

招待所的服务员一听说我从北京来，又是赵树理同志的客人，显得格外热情，而且主动地向我叙说了许多关于"老赵"（这是当地干部、群众对赵树理同志的亲昵称呼）下乡的生动故事。从他们口里我才发觉，我今天来能够这么巧这么快地见到老赵，还真算是有运气哩，因为平时他根本不待在县城。他作为一名县委副书记，连个固定的办公室也不设，大量的时间是在乡下，是在农民群众中。他自个儿的家也安在了农村里。除了县委开重要会议，或者有重要文件传达，一般是无法请他回一次县城的。

其实，眼前的这座县城又算得了什么城市呢？——非常狭小，非常简陋，人口也非常之稀少，压根儿就没有什么城市的感觉。当天下午我乍一走进城区，脑海中就不由得浮现出一个想法：如此一位知名作家原来却是长期生活在这样一座偏僻的山区小镇的艰苦环境中啊！

可赵树理同志呢，却以此为荣，以苦为乐，并且是长期无条件地生活在这里。而这对他来说简直是如鱼得水，得其所哉。

他对生养自己的故乡的土地、故乡的人民是怀着多么深厚的热爱之情哟！

当晚，我们共进晚餐后，他邀我出去走走，游览一下“市容”。我们边走边谈，还没有等我向他说明来意，他就情不自禁、滔滔不绝地对我述说着农村中的许多新人新事。同时，也谈及当前农村中许多困难和存在的问题，以及他所设想的某些改革方案。他如数家珍地谈了许多有关公社、生产队和社员的具体事儿，比如哪个公社的口粮分配存在着什么问题啦，哪个生产队的小麦种子需要调配啦，哪件农具需要改革啦，哪条河上的桥已坏而需要赶紧架修啦，哪个村里的哪家社员有病需要请大夫治疗啦，还有某队上哪家媳妇临近生产而需要鸡蛋、红糖补养啦，等等。听到他这般拉家常似的谈话，使你简直忘记了他是作家赵树理。他是多么好的一位同农民心连着心，有着同甘苦、共命运的深厚感情的贴心人哪！

当时，他谈到了一位在他认为是实干家的潘永福的模范事迹。我从赵树理满怀感情的介绍中得知：潘永福是一位 1941 年参加革命的工农出身的干部，年轻时由于家境贫寒常打短工，练就一身硬骨头。他自抗日战争开始参加革命工作以来，担任过村长、县委农村工作部副部长等职务，现在担任着县工会主席。几十年来他的工作、生活态度，始终是在他打短工时代那种实干精神基础上发展着的。目前国家正处在暂时困难时期，这种实干家的风度和精神更是难能可贵的啊！

赵树理还深有感触地对我说，但是眼下农村还有另外一些类型的干部——有的光会说空话、大话，吹牛拍马，搞浮夸；有的呢，不干实事，不务实际，专门瞎指挥，弄得农民苦煞咧。所以，像潘永福这样既有实干精神又具有经营之才，能为群众谋福利的人，农民可拥护呢！真心实意地拥护他。

因此，赵树理决定写他。

说实在的，我听着，已经被作家对于他所挚爱的人物那样充满感情、有声有色的讲述和描绘所深深感染。他对于农村中能为群众谋福利，受到群众欢迎和爱戴的干部是充满热爱之情的，谈起来喜形于色，溢于言表。相反，他对于那些脱离群众，不注重实际，搞浮夸、瞎指挥，损害群众利益和挫伤群众积极性的人，是多么痛恨和鄙视！他主张作家要反映生活的真实。要讲真话，讲自己的心里话。要爱憎分明，要为人民大众说话。

老赵，不愧是人民的代言人、人民的作家。他强烈的爱憎之情是何等分明啊！

我被深深地感动了。

此刻，我强烈希望他把潘永福的事迹写出来。我也按捺不住激动之情向他表述了我的感受。我说："如果报道潘永福的事迹，对于我们刊物、对于广大读者都将是一件十分有意义的事。"

他应允了，非常愉快地应允了。

我高兴极啦。我想起他几次向我强调说的，如果作者对某件事、某个人物并不感动，要写出感动别人的作品是不可能的。相反，要是你深受感动的事到了非写不可的程度，那时你写出来，就会是感人之作、成功之作！这话，说得何等好啊！又是多么宝贵的经验之谈。我想，他如此痛快地应允写出潘永福，缘由大概就在于此。

这一夜，我躺在招待所的床上，辗转反侧，无法入睡。一位活灵活现的实干家的形象始终萦绕在我的脑际，闪现在我的眼前。我几乎做了一夜的梦。潘永福，潘永福，未曾谋面的潘永福哟，你却已经给了我深深的印象！

第二天清早，我刚起床，赵树理就手拉手地领进一位完全是农民模样的老汉，向我热情介绍说："唔，这就是老潘。"

天哪，我真没想到，潘永福——一位县工会主席，一位革命老干部，他的装束、他的作风竟是如此朴素，如此平易近人！他甚至说不出几句利落的话来，满口地道的方言土语。然而这却是一位受到农民爱戴，为农民办了大量好事而深深植根于农村的精明强悍的实干家！一位值得大书特书，值得尊敬，值得学习的人！果然约莫过了一个月之后，赵树理满怀激情地写出了一篇感人的传记文学——这就是发表在 1964 年 1 月号《人民文学》上的那篇深受群众欢迎的作品《实干家潘永福》。

对于这样一些深深扎根于农村的模范干部，同对待农民一样，赵树理总是非常喜欢、非常热爱，也是非常熟悉和了解他们的。因而，他笔下的农村人物形象（无论是干部还是群众）总是活灵活现、栩栩如生，同时也是令人难忘的形象。

赵树理一生热爱农村，热爱劳动人民，同劳动人民打成一片，深深地扎根在泥土中，植根于人民。因此，他的创作不是先有了个什么主题，而后再下乡去"搜集"素材，挖空心思地去编织作品。他下乡首先想到的是和农民"共事"，即共同生活、共同劳动、共同商议，用行动去和农民兄弟一起改变农村面貌。他把自己看作是农民中的一员，与农民同呼吸、共命运，急农民所急，想农民所想，干农民所干。所以他的许多反映农村生活的杰出作品的诞生，大都是从实际生活中有感而发、有的放矢的。也就是我们通常习惯说的：源于生活。常常有人请他谈谈创作经验，他总是说："我每逢写作的时候，总是不会忘记我的作品是写给农村读者看的，常常是我在做群众工作的过程中，遇到非解决不可而又不是轻易能解决了的矛盾的问题。"我想，这恐怕也是他的作品具有强大生命力的一点"秘诀"吧！

后来，当我再次跟随赵树理同志到达他长期生活的农村“根据地”时，我更进一步了解到，他是多么深深地扎根在群众中啊！

他一回到农村，刚一进村口，就被男女老幼围拢起来问长问短，说东道西。有的不断向他报告新近刚刚发生的新人新事，有的告诉他眼前出现的困难和问题。这家老婆婆邀他去，那家小媳妇拉他走！大家都希望他去自家的热炕头儿坐坐、聊聊。社员们都把他当作贴心人、自家人。

他干得一手好农活儿。扶犁耕地，摇耧下种，扬场上碾，甚至铁匠、木匠活儿，他也拿得起，干得开，可数得上是农活儿上的一把手呢。所以，他下乡，走到哪里干到哪里，遇到啥活儿干啥活儿，干得还蛮利索、漂亮。农民亲昵地也是自豪地称他是“咱们的老赵”。

老赵还会要弄戏曲里的吹拉弹唱哩，这使他更易于接近农民了。如果你赶上春耕播种的季节去农村访问他，你会有机会发现一位手扶犁杖、扬鞭翻地的“农民”，边走边吆喝着牲口，同时还欢快地唱着上党梆子戏，唱得还蛮动听呢！——这就是老赵。农闲时节，他常常挤进村里的自乐班里，又吹又拉又弹又唱，农民们高兴得直鼓掌、直叫好！一遍又一遍地欢迎他的精彩表演。

他喜欢地方戏曲和民间乐器到了入迷的程度。平日，只要一听到锣鼓响，他就要凑过去来几下。他一个人可以同时敲打几样乐器。甚至在1966年，当他每次被批斗完毕回到家里时，他仍然想办法自得其乐，有时，竟操起鸡毛掸子当马鞭，嘴里喊着锣鼓点，把地板当作舞台跑圆场，逗得小外孙也乐呵呵地跟在他的屁股后边转悠。

就是这样一位作家，一位人民爱戴的作家，自1930年在山西《大风报》上发表第一篇通俗短篇小说《铁牛的复职》起，到中华人民共和国成立前后又陆续写出《小二黑结婚》《李有才板话》《传家宝》《三里湾》《锻炼锻炼》《卖烟叶》等数十部优秀作品，他的影响愈来愈大，愈来愈深远。他那受到人民群众欢迎和喜爱的作品有力地发挥了团结人民、教育人民的巨大作用。

他的一生为人民而创作。他宛如一头不知歇息、不知疲劳的老黄牛，勤奋地耕耘在祖国文艺的园地里。他取得了丰硕的成果。他的作品有独特的艺术风格，富有浓厚的泥土气息和地方色彩，深受人民群众的喜爱。应该说，他在发扬文学艺术的民族传统、文艺的大众化方面，做出了极为宝贵的贡献。他扎根在泥土中。他血管里奔流的正是从太行山区的沃土里——那取之不尽、用之不竭的源泉中汲取的养料，因而他的作品有着浓郁的生活气息，散发着泥土的芳香。这样的作品才是最富有生命力的。

他本来可以为人民写出更多的好作品，闪耀出更加灿烂的光芒！然而，正当他创作日臻成熟即将大显身手的时候，他手中的武器——笔，却突如其来地被抢夺了去。他被迫停止了写作，停止了战斗。正是在他生命之火熊熊燃烧的旺盛时期，它却被一股突然袭来的狂风暴雨扑灭了，扼杀了！停止了燃烧，停止了生命……

赵树理，他是属于人民的。

人民作家赵树理永生！

……汽车依然沿着宽阔、笔直的长安街大道疾速行驶着，我的思绪回到了现实。然而我仍觉得眼前这道路像是眼熟的晋东南公路，这汽车仿佛是行进在太行山上，是通向晋东南地区赵树理同志长期工作、生活的地方。而我，则像往常一样，正要到那遥远的偏僻农村去访问我们的老赵哩……

1981 年春天，初稿；1982 年春节，修改稿，北京

干校小记

诗人郭小川业余喜欢下棋，特别是我们称之为“儿童文学”项目的军棋。我和肖德生、崔道怡、杨匡满常常是他这项娱乐的棋友。

20世纪70年代初，我们一同被赶出北京城，下放到千里迢迢之外的湖北咸宁“五七”干校。到了后期，郭小川、严文井、李季这些老同志被宣布“解放”后，他们渐渐有了自由，和“革命群众”能“同吃同住同劳动”，自然也包括同娱乐了。

这时，我们常常在白天繁重的体力劳动之后，晚上掌灯熬油，在拥挤的房间小木桌上摆上军棋棋谱，两军对垒，“杀”个你死我活。

军棋，一般下暗棋是要有裁判的。这裁判，自然是我们几个轮流充当。本来，任何体育项目的裁判都必须是不偏不倚、客观公正的，可我们几个人却经常违反“公德”，“以权谋私”，弄得郭小川整夜整夜地输，输了又不肯认输，更不甘心几乎场场输！

怎么回事儿呢？棋盘上，明明摆的是暗棋，对垒的双方只知己，不知彼，各自按各自的战略部署走棋，然后军衔高的就吃掉军衔低的。战到最后谁被消灭的军力多，谁的军旗就被拔掉，自然成为输家。可我们之中的任何人做裁判——因为裁判可以公开审视双方的布局和棋子，最明了双方的情况——常常用暗语告诉一方（当然是我们几个人中任何一个）：对方司令摆在哪儿，军长的位置在哪里，地雷怎么布阵，军旗插在何方……这还不算，最可怕的是，只要对方走动一步重要棋子，便用暗语通报我方。你想这还有对方的活路？所以郭小川常输。而他越输越不服气，越央求：时间还早，再来一盘。

这时他手里的香烟也是一支接一支，抽得大概连感觉也没有了。房间里烟雾腾腾，却只见他依然认真地调动他的千军万马，走动他的每一步棋。

其时，已经是深夜了，香烟已经抽了若干包了，他却发誓不赢绝不收兵！

我们几个人轮番和他“作战”，而“敌方”只他孤身一人。

我们这种下军棋的“夜战”，渐渐地走漏了风声，而且也听说了郭小川老输。有的同志就猜想：一定是肖德生他们搞鬼！恶作剧。小川听得此说，连气带恼地找到我们几个“算账”，把我们美美地捶了几捶，说：“难怪哩！你们几个淘气鬼！”

我们哈哈大笑。如此捉弄了诗人，实在是罪过。可那时，在“五七”干校，我们是苦中作乐啊。

同时，由此区区小事，也可见诗人郭小川的天真、淳厚之一面。小川是一个真诚可敬的人。

1996年元月，京华芍药居

永远的柳青

作家柳青同志已经离开我们将近一年了，但是这位前辈作家生前许多感人的事迹至今依然深深地印在我的脑海里，让我久久难以忘怀。而且时日愈长，印象愈深刻。

柳青长期深入生活，是我们的榜样。早在1952年，他就离开繁华的城市西安，落户到了终南山下的长安县（现为西安市长安区）皇甫村，成为这个村里一名普通的“庄稼人”了。虽然他也担任着中共长安县委副书记的职务，却不曾在韦曲城里坐过一天办公室。他把全家搬到了皇甫村。他的住房是利用村头一座旧庙宇修补而成的，柳青自己又在院里种植了些花草树木，别有一番田园风味。柳青的长篇巨著《创业史》正是取材于皇甫村，酝酿于此，写作于此。他在和皇甫村农民长期的共同生活和战斗中同呼吸、共命运，结下了血肉相连的情谊。群众把柳青当作知心人，当作自家人：心里有话喜欢向他倾吐；遇到困难事愿意找他出主意帮忙；哪家女儿出嫁、儿子结婚，总也要先奔村头来告诉老柳；队上的牲口病了急得没法子，队干部半夜里提上马灯也来找老柳，商量医治的办法。柳青在构思和写作《创业史》的过程中，最方便、最亲近的老师就是皇甫村的农民朋友。有时他写出一段或一个章节，必要时就念给农民听，征求他们的意见，听取他们的批评，常常是农民社员给了他莫大的启示和帮助。我几次到皇甫村去拜访柳青时，我们的谈话常常被络绎不绝的来客（都是本村的男女老幼社员）中断：社员们有的来向他报告生产上的喜讯；有的来和他商议某一件具体的工作；还有的是发生了家庭纠纷，来请老柳评议、解决的；有的遇到了某些解不开的“疙瘩”，也诚挚地向他敞开自己的思想，请老柳分析帮助……柳青总是耐心地帮助农民朋友们分析问题、研究问题，力所能及地帮助社员们解决一些具体问题。队干部、社员们总是愁着来，喜着去。甚至有的两口子是面红耳赤地吵着嘴来的，被老柳说服了，走时却高高兴兴、亲亲热热的。与此同时，他又十分注意虚心地从农民身上汲取营养，学习他们的优良品德和勤劳的作风。看到柳青和皇甫村的贫下中农亲如一家的动人情景，我觉得柳青之所以能够为我们创作出如此成就卓越的长篇巨著《创业史》，正是他坚持不懈地深入群众、深入实际生活的结果，这一宝贵的实践经验是很值得我们广大文艺工作者汲取的。

正是由于他如此深入生活，接近群众、熟悉群众、了解群众，所以在他创作的作品中，人物栩栩如生，语言形象生动，情节曲折引人，生活丰富多彩，真正称得上是农村历史的画卷。他的创作态度也是极为认真、严肃的。有一次在皇甫村时，我偶然在他的书桌上看到《创业史》的人物表。那细致、周密、完善的程度，真像生活中实有其人一样。作者等于给他作品中每个人物写了一部简要的传记。然而这又是典型化了的人物形象。这是多么大的功力啊！当我指着人物表向他求教某些问题时，他笑着说：“这些人物，像梁生宝他们，早已在我头脑里活起来了。他们整天在我脑子里跳腾哩！使我觉也睡不好，饭也吃不香，非把他们写出来不可！”我想，《创业史》的成功原因，也许就在于此。

不幸的是柳青积劳成疾，被病魔夺去了生命。他过早地离开了我们，这是我国文艺界的一大损失。柳青对皇甫村人民有着多么强烈而深厚的感情啊！ 1972 年 5 月，当周恩来总理获悉柳青的病情后，立即指示卫生部门为柳青积极治疗，指示陕西省委要对柳青妥善安排，并表示希望柳青养好病，写完四部《创业史》。总理的无比关怀和鼓励，使柳青深为感动，他增强了要加快步伐完成四部《创业史》的信心和力量。于是他在治疗了一段时间之后，虽然病并没有痊愈，却于1973年怀着兴奋激动的心情，重返生活基地皇甫村，坚持把《创业史》第一部修改了一遍，之后又开始动手继续写第二部。打倒“四人帮”后，柳青也彻底得到了解放！他精神焕发，意气昂扬，在病床上坚持用了三个月的时间，克服重重困难，完成了第二部的修改工作。

1977年秋天，柳青曾来京治病，住在东郊中国青年出版社招待所里。我和阎纲去看望他，不承想进屋后，我们第一眼看见的是，一位朴实的，然而瘦削的、陕西农村“庄稼汉”模样的老人蜷缩在一张小床上，正在休息。他的身旁放着氧气袋，床头堆着几本新书，暖气管上还堆放着一厚摞小说校样。见此情景，我们真是感到心疼。他显然苍老了，病倒了！我们真不愿意把他惊醒，宁肯只看上他一眼，回头再来。正当我们悄悄退出时，他醒了，有气无力地用他那我们所熟悉的陕北话慢腾腾地说:“谁呀？进来呀。”

我俩又回到他的床边。他一看是我们，笑了。第一句话便是关怀地问:“你们可好？现在在哪里工作？”我们回答说，我们又回到了原来的刊物编辑工作岗位。他欣慰地笑了，直点头，并且像往常一样勉励我们要努力做好工作。

当时，《创业史》第二部上卷刚刚印行。我们提起此事，向他祝贺。他微微笑了，点点头，沉重地说:“你们今天来不是看到了吗？我的身体不行了，怕完不成计划了……不过，只要我还能动弹，我挣扎着也要写下去……”看得出，他说话时已经很费气力，还时不时咳嗽，但他的目光是坚毅的，精神是顽强的，信心是十足的。这使我们感到高兴，坚信《创业史》一定能够全部完成。这其实也是广大读者衷心的愿望。我们又和他说了些故乡的情况，便告辞了。

后来听说直到他病危时，还多次向大夫倾诉自己的心情说："让我再活上两三年，我就能完成《创业史》，那时我就安心了。"这是多么感人的精神！这是一位作家的强烈的使命感哪！这使我记起有一次我在皇甫村访问柳青时，他就曾经说过："西安城里我是没有重要活动不去的，我希望集中精力和时间，这辈子完成四部《创业史》，就是我对党、对人民尽力了……"至今，这句铁骨铮铮的誓言依然时时响在我的耳际。它，已经成为柳青无法弥补的终身憾事，也成为我国文艺事业的一大憾事。但是，柳青同志深入生活、深入群众，与人民同呼吸、共命运，同工农打成一片的工作作风，以及他对党、对人民忠心耿耿的革命精神，必将永远鼓舞着我们，激励着我们……

1979 年 3 月，北京

人有尽时曲未终

诗人李季同志谢世已经多年了。作为长期在他领导下工作的我，至今却未能写出纪念他的文字。这当然并不是没有可忆念的，相反地，正是由于他给予我的影响和帮助太多、印象太深，乃至于在他已经离开我们两年多的时间里，他那富于朝气的举止行动，富于感染力的音容笑貌，时时还闪现在我眼前，萦绕在我心间。我不能相信他真的离开我们了！——也许这正是我迟迟不能执笔写出纪念文字的缘故吧。

然而残酷的事实年复一年地告诉我：他，将永远不会归来了。这对于我，失去他，一位亲切、严格的良师益友，是终生的痛惜，是无法挽回的损失。但是，他，人虽去了，却给我们留下了许多宝贵的精神财富——一个正直的、坦率的、兢兢业业的忠诚于党的文学事业的共产党人的崇高品格和革命精神。而这，将是长久的，也是永不会泯灭的。

今夜，在京郊田园新居里，我和家人正在忙乱地整理藏书，不料，一本美丽的绿色封面精装本的《李季诗选》引起了我绵绵的思绪。我清楚地记得这个精美的封面设计。还是两年前，有天我去李季同志家里时，他十分高兴地拿给我看，并要我发表意见，问我喜欢不喜欢这个设计。我是赞赏这个封面的。谁料，正当这本他花了心血认真编选的诗集，正在隆隆的机器声中印刷的时候，他却不幸因心脏病突发溘然去世！这是非常意外的事！为此，人民文学出版社的同志们怀着悼念诗人之深情，临时加进去了作者几帧生平照片，为此书大大地增色了。这本书，也就遗憾地在他逝世后出版发行。

此刻，窗外，田野里一片新绿。春雨潇潇，微风习习，一股沁人的凉气透过窗棂袭来。雨，漾漾细雨，更加深了我无尽的思绪……哦，我想起两年前，也正是这样一个初春漾漾的细雨天，诗人李季不幸离开人间！

那天，正是“三八节”。一个春雨霏霏的雨天。下午，编辑部的女同胞们放假看电影去了，办公室只有我们少数男同志。大约一点钟，正是午休时间，一阵急促的电话铃声惊醒了我们。原来是我们的主编李季的爱人李小为同志打来的电话，说有急事。我猛然一愣，怎么，发生什么事啦？平日待人和蔼、说话慢声细语的小为，此时声音竟如此急促，甚至有些沙哑了。她告诉我说，李季同志中午陪一位远道而来的老战友吃饭时喝了点酒，结果饭后呕吐不止，还吐出了血块，情况不好，需要赶快上医院。她问我能不能立即去医院帮忙挂急诊，我自然应允马上去办。

这个突如其来的消息，使我和编辑部的同志们感到十分意外。因为上午李季同志还在作协开会，研究组织作家深入生活的问题。中间，他还打来电话告诉编辑部，下午两点他去友谊医院看望丁玲同志，然后将顺道到前门招待所去看看外地来京改稿的几位作者，并准备同他们谈谈作品的修改意见，怎么会突然病倒？我们知道，他虽是久病缠身的人，可从来不肯轻易躺倒，甚至有时病情发作，即使医生强行命令他休息，他也不是那么“唯命是听”，总是背着医生坚持工作。他可是一个鲜活活、硬朗朗铁打的汉子哪！

此刻，天空仍是阴云密布，雨，依旧淅淅沥沥地下着。我冒雨骑车赶到东直门医院门诊部挂了急诊号。再同小为通电话时，她说：“李季已昏迷，恐怕不便动弹了，只有请医生来家给他诊治。”我向医院转述了这个紧急情况，医生们非常好，当即做了出诊的准备。车一到，他们一行三人便赶到李季同志家，立即打针、输氧、做心电图，而后又做人工呼吸……特地赶来看望李季的作协办公室的干部周增勋和邹起两位同志也一直陪伴在李季同志身边，紧张地协助医生做事。直到下午五时左右，我见医生面容始终不悦，便问了一句：

“情况有好转吗？”

“情况不好，人，怕是缓不过来了。”医生沉重地悄声说，“心电图始终没有反应。喏，你瞧。”

另一位医生也沉重地说：“一般抢救这么久的时间，是可以缓过气儿来的，可这位病人——恐怕不行了……”

像晴天霹雳，当头一击。我们在场的人谁也没有这种精神准备，谁也万万不曾料想到！难道一个正在兴旺时期、朝气勃勃的诗人李季，今天竟会同我们永诀？这，谁也不能相信！于是我们又赶忙同长期为李季同志医病的阜外医院进行联系。听此情况，阜外医院答应马上派急救车来接病人。大约傍晚六点钟，我们乘急救车护送李季同志到达阜外医院急诊室。然经多方抢救无效，李季同志溘然长逝！

当晚，陈荒煤、刘白羽、贺敬之、林默涵、袁鹰、柯岩、丁宁等同志闻讯立即赶到了医院，大家都觉得太突然了，难以置信，更不能承受这个突如其来的打击。同志们说，党的事业正需要他啊！还有许多工作需要他做啊！他怎么能这么早地离开我们呢！当时，贺敬之同志刚一进医院，就急切地问：“还有救吗？”我说：“已经过去很久了。”他加快脚步走进急诊室，面对已经覆盖着白布的遗体，仍然痛切地说：“能不能再想办法，救活他的命哇？”说着，他和柯岩同志忍不住失声痛哭。对于李季如此突然地被病魔夺去生命，大家感到十分悲痛、十分惋惜！

当时，他年仅 58 岁。正是在工作上、创作上积累了丰富经验，日臻成熟而可以大有作为、大显身手的时候。熟悉他的人都自然清楚李季，他不仅在创作上取得了巨大成就，是一位享誉国内外的著名诗人、作家，而且由于长期做实际工作，有着丰富的实践经验，他还是一位善于做领导工作的行家里手——这一专长对有些文人作家来说并不都具备。作家孙犁同志所写悼念李季的文章中就明白地指出了这一点。他说："在作家中，既在创作上有成就，而又擅长做行政领导工作者就推举诗人郭小川和李季。"当然并不是说再没有其他优秀者，我想这只是就他所熟知的人比较而言。但这无疑是对两位诗人公正的评价，也是不无惋惜的话。

的确，他走得匆忙了。

一个乐观、开朗、精力充沛的人，一颗始终火热、活跃着的心，怎么可能突然停止跳动！

啊，无尽的思念，引来往事历历在目……

一

我知道李季这个名字，是在中华人民共和国成立之初。那时，我在西安西北艺术学院文学系读书。写作课的老师在介绍解放区优秀作品时，重点之一是向我们讲解《王贵与李香香》。由此我记住了诗人的名字。后来，我不断从报刊上读到他的新作，印象更加深刻，更加喜欢他的作品了。不曾料到，若干年后，我在《人民文学》编辑部工作后，诗人李季于1962年担任了《人民文学》的副主编，成了我的直接上级。这真是幸运的事！当时，他"新官上任三把火"，连连召集多次编辑部全体会——他叫"神仙会"，要大家开动脑筋出主意、想办法，怎样把刊物办好。他很善于走群众路线，民主作风好。作为领导者，他集中了大家的意见以及他自己的一些考虑，集思广益，综合起来。制订改革方案，采取了必要措施，雷厉风行地行动起来。

当时正是我国遭受严重自然灾害的困难时期，他以出自一个共产党人的责任感要求编辑部同志：一要面对现实正视现实，二要组织和发表鼓劲儿的作品。他说："气可鼓不可泄。要看出我们的党是有力量领导人民群众克服困难、战胜困难的。我们的文学艺术要帮助党做工作。"

李季同志是一位实干家。他工作起来雷厉风行，有见识，有魄力，有经验，政治上很敏锐，这些，对于一个刊物的负责人来说，是极为重要的，因此他首先赢得了编辑部同志的欢迎和信任。他的作风平易近人，不多久便和大家打成一片。他讲起话来蛮有鼓动性呢！我至今印象深刻的是，他曾多次对我们说，一个革命者，应当像一颗石子丢在湖水里那样，丢到哪里就能掀起波澜，引起反响，不能是一潭死水，死气沉沉。这就是说，作为一个革命者，走到哪里首先是要干，要有反响，而且要敢于闯，敢于创造。他最反感那种前怕狼后怕虎、谨小慎微、无所作为的人。编辑部的同志认为在这样的同志领导下既感觉心情舒畅，又能充分发挥力量，大家工作的劲头可大啦。

他知人善用。平日，他很注意观察人、研究人和了解人。所以每每当他在安排工作、提出任务时，对每个人都能够用其所长，避其所短，充分调动和发挥每个人的积极性，保证了工作任务的顺利完成。同他接触多了深了，就会感到他待人和蔼可亲，如同春天般的温暖，但是他又是严格的。常常发生这种现象：在编辑部，某位编辑没有抓到一篇应该抓到的好作品；某位编辑错退了一篇好的稿子；某位编辑外出组稿没有很好地完成任务；甚或某位编辑在校对上粗心大意，出了不该出的纰漏……他都会面带厉色，狠狠地批评你。他认为这是作为一个编辑的严重失职，而失职对一个革命者来说，是不允许的。有好多次，他派我们外出组稿，临行前总是亲自交代任务，提出要求。有时还会半开玩笑地说："你们这次出去，可一定要抓回稿子，要高质量的，最好能当头条，否则，提头来见。”记得1964年，春节刚过，他就跑到编辑部来，点着我们几位的名，“轰”我们立刻动身，兵分几路，出去组稿，而且限定时间、限定任务。他常说，要编好一本刊物，主编自然起重要作用，但决定性的是，要看这个编辑部的成员精神状态如何，这支队伍能不能打硬仗。他很注意编辑部队伍的状况，也很注意对编辑的培养和锻炼。他要求编辑最好是能编能写，能文能武，且具备一定的社会活动能力。他工作很放手。对于青年编辑，硬是分派重头任务，让你在实践中得到锻炼，增长才干。至今，他的一句名言，我们印象都很深，他要求编辑部的同志：人人心中都要有一本《人民文学》，人人当主编。这样就不是分管小说的只关心小说的版面，分管诗和散文的只过问诗和散文稿版面，而是强调大家树立“一盘棋”的思想，要关心整本刊物。这无形中加强了每个编辑的责任感和全局观念。同时他也十分注意和关心每个编辑政治上的提高，思想上的进步。应该说，正是由于他以身作则的实干家的作风，放手使用和培养干部，才使得无论是中华人民共和国成立初期主编《长江文艺》时，还是20世纪50年代主编《红旗手》(《甘肃文艺》的前身)，以及后来较长时间主编《人民文学》和《诗刊》期间，他都呕尽心血为党的文学事业带出了一批又一批出色的编辑队伍。当然，通过刊物工作，他发现、培养、团结了大批青年作者和作家。这方面的贡献更是显而易见的。

因此，有人赞誉说：“李季可是文学界的一个伯乐呀。”这话不无道理。只要看看他突然去世后，几天之内，竟有数百封来自全国各地的作家、作者、编辑的唁电、唁函，沉痛地哀悼他，就足见其影响之广深！

人们啊，是多么怀念这位可亲可敬的良师益友！

二

夜已深，风停雨霁。我推开窗户见满天星斗熠熠闪光，一股清新的空气袭来。忽然，一个铁骨铮铮的李季的影像闪现眼前。

是的，李季，他是一个满身带着豪情、又富有骨气的战士和诗人。

1972年夏天，经中央批准，李季被从湖北咸宁“五七”干校调回北京，主持筹备《人民文学》复刊工作。随后，我们几个“老”《人民文学》的编辑也先后调回参加复刊工作，我们大家又团聚在刊物工作岗位上。在“五七”干校劳动改造之后，现在又重新工作，重操旧业，心情的激奋是不言而喻的。这是革命的需要，大家也都决心积极做好工作。然而现在回想起来，当时，我们是多么书生气十足哇！

本来《人民文学》准备复刊，是在中央的亲切关怀下提出的，而且指定李季同志负责筹备。但是关于复刊的报告，却被“四人帮”无理扣压下来，设置重重障碍，迟迟不批。

我们眼巴巴地等候了两年的光景，不见批复，当然就不能复刊。岂不知，我们多么书生气！怀着满腔热情一次又一次地认真讨论着复刊号的版面计划，并且积极组织了一批稿子，其中包括约请工人作家蒋子龙写小说，约请老作家谢冰心写关于邢燕子的报告文学，约请魏巍写草原新貌的散文等。然而一次又一次地变成泡影。

李季毕竟是忠诚于党的事业的人。他不愿意让自己闲下来贪图一点安逸，他总是要投身于工作。他寻思，与其等待，还不如做点别的于人民有益的事。他想到，能不能利用这个空闲机会下到工厂去，辅导工人业余作者写作？他的这个想法立即得到了筹备组同志的一致赞成。于是从1974年的夏天起，我们在他的带领下，冒着酷暑，一会儿乘火车去南口铁路工厂，一会儿骑自行车奔西郊新华印刷厂、南郊化工厂、北郊木材厂……物色作者，召开座谈会，谈生活，谈题材，谈写作技巧，讨论作者的初稿，帮助修改定稿……而后我们将几个厂的业余作者的作品（大部分是处女作）编辑成一本小说集，公开出版。这时候，他还指派我和杨匡满到铁道部去，住在那儿近一年，编辑几本反映我国援建坦赞铁路的诗集和报告文学集。

谁知，上述的那些作为，本来是好事，然而在1975年元旦却变成了他的无数罪状。大字报铺天盖地，几乎贴满了楼层，点名批判李季。在一次大会上，竟有人指名批判李季在筹备《人民文学》期间，组织所谓黑线人物谢冰心写文章，而且还是让谢冰心写邢燕子！

可当时，我们为什么约请冰心同志写这样一篇报告文学呢？是我们想道：一是《人民文学》复刊，应有老作家的作品；二是谢冰心和邢燕子都是历届全国人大代表，她们常在一起开会，新近出国（日本）访问又在一个团，两个人相处甚洽，相互比较熟悉。那么，由这样一位老作家来写这样一个青年先进人物代表，这岂不是好上加好的事吗？事情可也真凑巧，就在这个大会不久，有天，冰心同志还打电话问我："你们说的写邢燕子的事，咱们哪天去宝坻访问呀？"我张口结舌讲不出话。当时冰心已是75岁高龄的老人，按理说她完全可以在家养尊处优，修身养性。可她却依旧热心于事业，诚心诚意准备完成这项写作计划呢！这件事我一直忍气，不曾也不忍心向老人流露半分，直到在李季同志逝世后，有天我才向她做了表露。她为之一惊，轻声说："还有这档事！"

李季久经风雨，毫无畏惧。阵阵狂风中，他却镇定自若，依然故我。他每天照样上班，照样抓工作，照样审阅稿件，同作者讨论修改作品意见等。总之该干的他照干不误。还加了一项，就是每天中午必约人民出版社副总编范用同志一道乐呵呵地去游泳。范用也是一个无所畏惧的人。他俩可谓“气味相投”，风雨同舟。去游泳，这是他们最为惬意的时刻。只是后来，由于事态的发展实在令人气愤不过，他在石油战线的一些老战友眼见他又要受到迫害，便愤然打抱不平，接他回到石油部门，他这才离开文艺界。他是拂袖而去！

石油部很快安排他为石油勘探开发规划研究院副院长。然而他并不是为了回去当“官”、为了坐机关的，他很快下到油田去了。他回到了自己曾多年热情讴歌的石油工人中间，心情是多么兴奋激动哪！在短短的两个月的时光里，他兴致勃勃地从松辽平原到渤海湾，从华北平原到陕北高原，而后又风尘仆仆，奔向南疆油田。他同工人促膝谈心，同老战友回忆往事——那艰苦创业的艰难岁月，给了他多么巨大的鼓舞力量啊！他回到北京后，尽管在南疆油田刚刚生过一场大病，身体极度疲劳，但此时的他情绪昂扬，精神振奋，立即通知我们去他家玩。一见面就说：“哎呀，石油工人可亲啦，我和他们在一起觉得真开心，心情可舒畅啦！”

是年秋，他才被调回到文艺界，担任了复刊后的《诗刊》主编。工作不久，由于过度劳累，他心脏病复发了。因为病情严重，被迫住院。在医院的病房里，他可不是一个安分守己的病号。他常常背着医生打电话约人去谈工作。他就是这样的一位同志！

三

1976年10月终于云开雾散，李季的愿望实现了！

尽管这时候他的身体几经折磨，健康状况已经很差，加之严重心力衰竭，心脏比平常几乎扩大了一倍半，常常发病，常常要被迫住院，但是他觉得文学家艺术家应该辛勤耕耘的黄金季节到来了！

从此，李季全身心地扑到了文学事业上。

看到文坛上满目疮痍，他恨不得一天24小时都工作，要让荒芜了的田园布满新绿。

1977年金秋送爽的10月，他在远东饭店代表《人民文学》主持了短篇小说创作座谈会。这是粉碎“四人帮”以后第一次召开这样的会议。虽然人数并不多，其意义却十分重大，影响颇为深远。会议结束时，我们还特地邀请老前辈茅盾同志到会讲了话。到了年底，12月下旬他又主持召开了《人民文学》举办的在京文学工作者座谈会。这次会议的规模就更大了，出席的人员及所讨论的问题涉及面也宽广多了。当时全国文联和作协尚未恢复，这个会实际起到了一种团结作家、促进协会恢复活动的作用。此后，1978年5月，他又参加了中国文联全委扩大会及其他一些会议。这些会议都为恢复和重建文艺队伍起到了重要的促进作用。直到1979年11月的全国文代会，李季作为作协筹备组的负责人参与了大会的领导工作，大会期间，他几乎很少休息，忙得不可开交。他每天都要靠服大量药品支撑体力。他的爱人李小为同志多次打电话，关心他的身体，叮嘱他注意吃药、注意休息。有时找不着他本人，就要我们转告。有次，我向他转达时，他乐滋滋地说：“你给小为回电话说，我没事儿！唔，你要报喜不报忧哇！”其实此时，已是深夜一点多了，他还拖着疲惫的身子，在和张光年、陈荒煤、贺敬之、冯牧几位同志商讨第二天会议的议程呢！

文代会上，他当选为中国作家协会副主席、书记处常务书记，主持作协日常工作。由此，肩负重任的他，工作愈加繁重、愈加忙碌了。此时他的身体也愈来愈弱，每况愈下。有时去看病，医生发现情况严重，就硬是命令他住院。可他人住在医院里，心却始终留在工作岗位上，他日夜操劳于工作。我清楚地记得，在他先后几次住院期间，我和编辑部的其他有关同志，常常被他电话召去，让我们躲在他事先物色好的地方（有时是病员食堂，有时下楼到院里林荫道上），讨论工作。诸如本期刊物的版面安排，编辑部的重要活动，下期刊物的选题，外出组稿计划等。给人感觉他没有病似的，只是易地办公而已。可是当我们悄悄地向医生询问他的病情时，医生却忧虑地告诉我们：他的心脏病相当严重。按照病情，他应该全休，应该停止工作。否则，稍有麻痹，一经发病，就会导致严重后果。医生还说他们已经多次“警告”过他。病情严重的情况他本人完全知道，但他是一个乐观的人，意志力坚强的人，仍然坚持工作。我们是很担心的。

是啊，他是一个不肯也不甘于休息的人。他心里装的除了工作还是工作，而很少顾及个人。文代会后，当他担任作协领导工作之后，更是忙得不可开交。他每天至少要在作协上半天班，处理日常会务工作。而后，另外半天来编辑部主持工作。他是一个四通八达、耳目灵通的人，政治上十分敏锐。只要听到一点新的精神或了解到某些新的情况，他便会像旋风似的忽然来到编辑部，或临时召集全体会，或找组长以上干部，给大家“通气儿”。希望编辑部同志能够及时了解情况，掌握情况，领会一些精神，以便同心协力办好刊物。

李季是一个卓尔不群、有魄力、有创见的人。1978 年，他敏锐地注意到粉碎“四人帮”后短篇小说的发展，读者对短篇小说异常关注和欢迎，经过一段时间的酝酿和深思熟虑，他提出举办全国优秀短篇小说评奖活动，以便进一步推动和繁荣短篇小说创作。此事立即得到茅盾、巴金和张光年、冯牧等同志的支持和赞同，得到编辑部同志的赞成，便于 1978 年 9 月正式发布了启事，发起评选活动。这一号召，立即得到广大读者的拥护。短短的一段时间里，数十万张选票雪花般飞向编辑部，热情参加评选。现在这一活动已经制度化，而且在全国推广起来。茅盾同志对此倡议，给予李季同志很好的评价。他指出：“……披沙拣金，功归无名英雄；名标金榜，尽是后起之秀。李季同志不幸早逝，同人等兢兢业业，继承遗规，亦盼海内外千万读者时赐教益，群众与专家结合，庶几此一新的事业日有发展，为我国之四化大业，尽其绵薄，愿与海内外同人共勉之。”（茅盾《小说选刊》发刊词）

就是在这样工作十分繁忙的情况下，他作为诗人、作家，有着强烈的责任感，依然坚持业余写作。他的时间很紧呀！没法子，他时常在清晨三四点钟起床，伏案写作，直到七点左右该去上班的时候中断。他除了写作长诗、短诗外，还计划完成一部长篇。长篇之后，还有宏伟的计划呢。可惜这些计划终未能实现。只是在他去世的当日，书桌上仅留一份还散发着墨香的遗稿《三边在哪里》。

现在，当我再次翻开1979年10月山东人民出版社为他出版的民诗合集《石油六歌》时，代序诗里那最后两句精辟的诗句又闪现在眼前：

就是在心脏停止跳动时，
也将是人有尽时曲未终！

啊，是的，曲未终、曲未终……诗人引吭高歌的曲未终哪。看，我们的诗人依然头戴铝盔、身穿石油工人服，风尘仆仆地又奔向祖国新的油田去了！又回到他如兄如弟的石油工人们中间去了！

他为我们留下了长长的脚印！

1982年3月初稿，1982年11月7日完稿于北京田园新邨

雨中忆

正是烈日炎炎的夏天，一天，噩耗传来，老作家吴伯箫同志去世了。当时，乍一听，我的心头为之一震。虽说这是意料中之事——几个月前医院诊断他已患食管癌，且是晚期了。然而没有想到这么快地失去了他，这是令人十分惋惜的。他的去世，无疑对党的文学事业、教育事业都是一大损失！我还想到，他的过早去世，也使得我们的散文创作队伍又失去了一位前辈：一位勤奋写作、辛勤耕耘的老前辈，一位兢兢业业、忠诚于党的文学事业的好前辈！

我认识吴伯箫同志大约是在20世纪50年代后期。那时，由于工作关系——他担任着我所在刊物《文艺学习》的编委，同时他又是一位散文家，所以我常常去向他组稿和请教工作。我那时是一个二十来岁的青年，而他已是一位很有名望的作家、教育家，又是从延安进城的老干部，可是他却一点不摆架子，平易近人，平等待人，你去了，他总是十分谦和地随意地向你娓娓而谈。同他接触不会使你失望，总会有所获：要么，请他写文章的事得到了慨然应允；要么，工作上要请教他的问题得到了圆满的解答。他还会亲切地同你谈生活、谈写作，甚或充满感情地向你讲述延安时期那段艰苦岁月的生活情景。这种时候，他往往自然地流露出一种深挚的感情。是的，对他来说，那是多么难以忘怀的岁月啊！所以到了后来，当20世纪60年代初期，我国遭受自然灾害的年代里，为了不忘却过去，也为了鼓舞人民，吴伯箫同志以一个共产党人强烈的责任感，毅然连续写作并发表了宣扬延安时期克服困难、战胜困难的优良传统的散文佳作《记一辆纺车》《菜园小记》《歌声》《窑洞风景》。

当时正是困难时期。当人们欣喜地读到这一组动人心弦的散文时，感到多么亲切，多么欢欣鼓舞！它对于同时代的人，尤其是在延安生活、战斗过的人，会引起多少回忆和思念，使这些同志感到亲切、备受鼓舞！而对于在中华人民共和国摇篮里成长起来的年轻人，也使他们感觉新鲜，受到启示，受到教育。当时，这几篇散文，人们争相传阅，有的还被收进中学课本，可谓脍炙人口。作者的写作意图显而易见，正如他在《歌声》的开头所说："感人的歌声留给人的记忆是长远的。……我以无限眷恋的心情，想起延安的歌声来了。……延安的歌声，是革命的歌声，战斗的歌声，劳动的歌声……"他在《记一辆纺车》的结尾写道："跟困难做斗争，其乐无穷。"他说，他常常想起在延安时的那辆纺车。想起它像想起老朋友，心里充满了深深的怀念。围绕着这种怀念，使他不断回想起延安的艰苦岁月。然而"凭着崇高的理想、豪迈的气概、乐观的志趣，克服困难不也是一种享受吗？"

这话说得何等好啊！铿锵有力，掷地有声，充满了革命气概、革命乐观主义精神！

就是今天，我们重读这些篇章，依然感到鼓舞人心。这就是伯箫同志作品的生命力所在。

一晃就是十来年！ 20 世纪 70 年代期间，我就再也不曾见过他。那时，我们都到湖北咸宁"五七"干校劳动改造去了。听说，他也未能幸免，也下放干校若干年。直到 1976 年夏天的一个大雨滂沱的日子里，我们才又见面。说来，那是感人的一幕。当时，《人民文学》刚刚复刊不久，许多老作家还不能抛头露面，发表文章，可是吴伯箫同志感到自己作为一个作家，有责任为人民写作。

他自己闯到了编辑部。他顶着滂沱的大雨，从狂风暴雨中走来。

我们见到了他，自然格外亲切，格外高兴，同时也很感动。

他说，这么多年了，文艺界的老人都被打散了，有的已经去世了。他熟悉的一些编辑也不知分到哪儿了。昨天，他在街上书亭偶尔看到了复刊后的一本《人民文学》，高兴极了！这才按照刊物上面印的地址找上门来。他想知道一些老编辑还在不在，他想来看看大家，实在是太想念了！说着，一个个数着我们的名字。接待他的正巧是一位新同志，这才赶忙把我们都找了来。我们高兴地一块儿回忆了许多往事。他又关心地问到许多作家的情况。他不无感慨地说："唉，我们总算熬过来了。可是白白浪费了多少年时光啊！"此时，我随意问了他一句："您今年高寿？"他微笑了，回答说："整七十喽。"在场的人都面面相觑，更为他今天的举动肃然起敬。

我们问到他写作的事。他说，有许多生活感受，总会写出来的，他是要写出来的。从他身上，你可以感到一种坚强的信念。

以后，同许多老作家一样，吴伯箫同志精神振奋，意气风发，虽然已是年逾古稀，他依旧深入生活，勤奋写作，像头老黄牛似的默默地耕耘在散文园地里。近年来，他除了整理出版了旧作，还发表了许多新作。他文章的笔力更见功夫，饱含浓郁、深挚的感情，激越感人。

记得我最后一次见到他，是在1981年，在新侨饭店六楼会议室，《文艺报》召集的散文创作座谈会上。那已经是入冬季节，他依旧身着多年来一直伴随着他的那件绿色军大衣，风尘仆仆地走进会场。见到我，他还说了许多鼓励的话。会上，他的发言热情洋溢，言辞恳切。他认为当前要大力提倡散文创作。他说，一个新时期到来，诗是号角，接着是散文。他认为，报刊上大量刊登的、对老一辈革命家的回忆录，有好多是很好的散文，抒发了时代之情，对增强读者的革命意志和革命情操是小说所不可比拟的。

在那天会上，他情绪甚好，看得出他是高兴而来，还认真准备了一份发言稿。他向与会的老作家夏衍、沈从文、季羡林、臧克家、李健吾、严文井、周而复、吴组缃、萧乾、林林、郭风等同志热情问候，握手言欢，诚挚地交换意见。

去年，他还到英国进行了访问。回来后，我同他通过电话。我们希望他写点访问记，他愉快地答应了。不想，过了没几个月，听说他突然病倒了，而且发现是不治之症！真令人痛心。他还有很多文章要写呀！

他一生尽力劳作，为我们留下了弥足珍贵的财富——丰厚的著作。还有他那热爱生活、热爱事业、诚恳朴实、表里如一的崇高思想品格和革命精神。

听说，他在弥留之际留下遗言：“身后不要给人民添任何麻烦，不通知亲友，不举行任何仪式。”他希望把骨灰撒向家乡的泰山。

我听了，深为感动。啊，吴伯箫同志，他是一个多么诚挚、憨厚、质朴的人！

1982年冬雨天，北京

举着生命的火把

清晨，迎着朝阳，我骑车由京郊北苑急匆匆赶进城上班。刚一到办公室，王蒙同志沉痛地告诉我说：张天翼同志逝世了。这个突如其来的噩耗，使我为之一愣，为之吃惊。虽说天翼同志已是高龄，加之1975年之后，他因突患脑血栓，失去语言能力，行动也不方便，但由于他顽强的毅力和坚持锻炼，近年来身体状况日渐好转，精神状态极佳，人们期望并相信他会长寿的。谁会料到他竟如此之快地离开我们而去了呢！

作为后生晚辈，作为一名在他曾经担任主编的《人民文学》编辑部工作的我，以及我的同事们，听到这个不幸的消息，心情是多么沉重，多么悲恸！

当即，在王蒙同志的建议下，我和王蒙、刘剑青立刻驱车赶到张天翼同志家里，向他的亲属——夫人沈承宽及女儿张章表示了哀悼和慰问。

对于张天翼同志的去世，沈承宽也毫无精神准备。因为他并没有患重病，更没有住院，开春以来，他的身体和精神状态还格外好。当晚，和往常一样，看完电视上的新闻，听完天气预报，八点多钟之后，他就进卧室去休息了。往日也是这样，他的生活一向很有规律，有条不紊。只是夜里十一点左右，沈承宽忽然听到一下声响，好像是一件小东西掉下地的声音。按说那是很轻微的声响，可是细心的夫人却急忙起身观察，原来是天翼同志用来吐痰用的一个塑料器皿掉在了床下。咦，仔细一听，他的呼吸急促，有点反常，身子也发凉。沈承宽立即拨电话给首都医院值班室，紧急报告了病人的病情。不多时，急救车便将天翼同志接进了首都医院。经多方抢救，医治无效，不幸于次日——4 月 28 日凌晨两点，在北京逝世。终年 79 岁。

半个多世纪以来，张天翼同志一直在党的领导下从事革命文学活动，一生勤奋笔耕，留下了包括小说、杂文、评论、儿童文学等各种文学样式的数百万字的作品，为我国社会主义文学事业做出了卓越的贡献。他的逝世，无疑是我国文学事业的极大损失。

此时，在悲痛中，在他的客厅里，当我们一边倾听他的夫人沈承宽叙说张天翼同志发病的情景，我一边环视着他客厅里林立的书柜，墙壁上悬挂的那幅漫画家华君武为纪念童话《大林和小林》发表 50 周年赠给张天翼同志的一张抱着两个娃娃的漫画像，以及摆设在客厅里的书桌、沙发，他生前常坐的藤椅，睹物思人，触景生情，许多亲切的回忆涌向眼前……

张天翼同志在文学界是极有声望的老作家、老前辈。他又曾是《人民文学》的老主编。我不仅有幸在他的直接领导和关怀下工作过，而且“文革”前和“文革”中间，我还一直同他住一个院——北京东城小羊宜宾胡同 5 号（作协宿舍）。这是一座典型的北京四合院，院内的房屋高大宽敞，雕梁画栋，十分考究。中院是一块宽阔的园地，种有香花、野草，还有一架葡萄，一棵挺拔的白杨树，一棵直到秋天还开放着鲜艳花朵的凤凰花树及几株每年最早向人们报春的、芳香扑鼻的白丁香、紫丁香。就是在这样一座幽静、舒心的院落里，勤于笔耕的作家张天翼，春播秋收，果实累累。也就是在这座院落里，我得天独厚地有许多机会，向他求教，向他学习。他如同春风夏雨般给了我许多教益和帮助。这一切自然将使我终生难忘。1969 年底，我们又被下放到湖北咸宁一片荒野的“五七”干校。这期间，我又同他住在一个房间。那时，他还没“解放”，还是“专政”对象。我呢，起先还乐滋滋的，因为是“革命群众”。然而好景不长，不久，也被打成“反革命”，隔离审查。

大概从抗战初期起，张天翼同志就身患严重的肺结核病。那时的医疗水平和条件不像现在，肺病，就是致命的病，给病人带来许多不堪忍受的痛苦。因此，从那时起，张天翼就长期被病魔纠缠着、折磨着。他几乎是望秋先零——体质极度衰弱，经不起风霜。长期以来，他都是带病写作，带病坚持工作。在作家协会里，他是一名人人知晓的“老病号”。所以到了干校后，他也只能做点轻活，不能下地干活。于是他和谢冰心、臧克家被分配看门、看菜地。那时节，正是壮年时期的一批诗人、作家，如张光年、严文井、侯金镜、李季、郭小川、冯牧、葛洛等同志，都被惩罚扛大活了，干大活、流大汗。当时已届老年的陈白尘被赶下湖放鸭子去了。湖北，尤其是我们干校所在地的茫茫荒野里，气候极不正常，冬冷夏热，热起来要人命。好在大家总算挺过来了。也有令人痛心的牺牲者，如侯金镜同志。

虽然是看门，看管菜地，他和冰心、臧克家依然是认真负责，一丝不苟。只要有猪、狗、大水牛跑进菜田，他们便大声吆喝，赶将出去。

由于我们同住一室，他们又是轮流值班，空闲的时间，我们就在宿舍里聊天。天南地北，海阔天空，无所不谈。那时节，在干校除了干活，无其他任何事情可干，更无工作任务。因此，我们大家只有聊天。聊天，可以解除重体力劳动的疲劳，也可消磨时光。开始，在宿舍里，我和林绍纲同张天翼同志也只是聊聊无聊的生活琐事。时间久了，毕竟一些生活琐事是无意义的，也是乏味的，不想再提及这些话题了。而我，从在大学读书时起，就对文学史很感兴趣，谈不上研究，只是读过一些这方面的书和资料。而张天翼同志又是从20世纪30年代走过来的一位知名作家，一位前辈，我何不利用这个宝贵的机会，向他虚心求教一些知识呢？后来，我们的话题逐渐就转移了。我问他的个人经历、创作历程，我问他的许多名篇的写作动机和构思，我问他同鲁迅先生的交往，我问 30 年代文坛许多作家和作品的情况，等等。总之，涉及的方面很广，交谈得也很自由、舒畅。我深感，听他的亲切叙谈，真真是胜读十年书。

通过那段非常时期的朝夕相处，通过那段日日夜夜难忘的交谈，我更深切地了解了他、理解了他，因而也更尊敬他、热爱他。他在那些断断续续的谈话中，给了我许多有益的知识和思想的启迪。至今，这些谈话历历在目，萦绕在我心间，如同昨天发生的事一样。

我还清楚地记得，他在谈到自己的家世和怎样走上文学道路时，告诉我，他是湖南湘乡人，父亲是位读书人，有学问，又写得一手好字。晚年在杭州以卖字为生。童年和幼年的他，正是在书香墨趣中生活、熏陶长大。他不仅练就了一笔好字，还读了不少古书。后来，年长后，就如饥似渴地阅读了大量新文学作品，特别是新文化主将鲁迅的作品，在他年轻的心灵里激起巨大反响。1926 年起，他就在党的领导下开始从事革命文学活动。他写于 1928 年左右的第一个短篇小说《三天半的梦》，在鲁迅、郁达夫主编的《奔流》杂志发表后，得到鲁迅先生的赞赏。在鲁迅先生的影响和引导下，他逐渐走上革命现实主义文学道路。

此后一发而不可收。他的创作激情高涨，在 30 年代，他接连写作并发表了许多在当时产生极大影响的短篇和中、长篇小说，如《从空虚到充实》《小彼得》《蜜蜂》《团圆》《移行》《鬼土日记》《一年》《清明时节》《在城市里》等。这位崭露头角的文学新人在短短的十年间，成为蜚声文坛、引人注目的优秀的革命现实主义作家。自然，同许多作家经历过的一样，他在创作上也走过弯路，这时，鲁迅先生直言不讳地对他作品中流露出的某些倾向提出了中肯的批评意见，热诚帮助他。但同时，鲁迅先生又将他的优秀作品，不断向国际友人推荐。1934 年，鲁迅与茅盾合作为美国伊罗生编选中国现代小说集《草鞋脚》一书时，还特意选了张天翼的作品。

烽火连天的抗战期间，张天翼抱病回到故乡湖南，一面在民国学院同蓢伯赞等几位老朋友从事教学工作，一面继续写作。写小说，也写杂文。写杂文，是为了讽喻国民党当局，为了鼓舞人民群众抗战的情绪。这期间，他所发表的轰动一时的名作《华威先生》，取得了极大社会效果。这篇小说至今为人们所传诵，收为中学课本的范文，它的影响经久不衰。后来，他又继续写出并出版了一部又一部杰出的儿童文学作品——《大林和小林》《秃秃大王》《金鸭帝国》等，这些作品大都运用他所擅长的讽刺手法来讽喻现实，既有深刻的思想性，又有独创的艺术性，不仅受到小读者的欢迎和喜爱，也使大读者爱不释手。老少咸宜——这是他对儿童文学一贯的主张。他在主编《人民文学》时，常常对我们这样讲。

1949年中华人民共和国成立后，他即担负了中国作家协会的领导工作，后又主编《人民文学》。他在繁忙的工作之余，仍不忘几亿少年儿童，为他们不断提供精美的精神食粮。他先后发表、出版了深受少年儿童喜爱的儿童文学作品——《去看电影》《罗文应的故事》《蓉生在家里》《宝葫芦的秘密》等。他还写了大量精辟的文学评论，培养了许多青年作家。

粉碎“四人帮”后，老作家张天翼也精神焕发，意气昂扬。此时，他于1975年1月突患脑血栓，失去语言表达能力，行动也不便，心情是痛苦的。但当他从报纸上、电视上看到我们国家日新月异的新面貌，他常常抑制不住地表现出由衷的高兴和振奋！有时，我们去看望他，向他说起刊物或文学界的可喜事情时他总是高兴地点头，称道。

说真的，有时我的心里很不好受。一个人，一个作家，突然不会讲话了，不能用语言表达和交流思想了，这该多么痛苦。可我看张天翼同志，依旧是乐观、开朗，心胸像大海一样开阔。他每见到熟人来了，总是满面春风。他对人、对生活充满了热情。他具有顽强的意志，惊人的毅力！听沈承宽同志讲，最近一两年来，天翼同志由于身体情况日渐好转，他对于生活的信心更足了，不像前几年那样安于坐在藤椅上闭目养神了。现在，他总要人陪他在室内散步、走动，锻炼行动的能力。讲话也稍有进步，能简单表达一些意思了。这使家人和他的朋友们甚感欣慰。

记得去年9月，当我们为纪念《人民文学》创刊35周年筹备出版专号时，我打电话给沈承宽同志，请她向天翼同志转致编辑部全体同志的问候，并希望天翼同志能写一两句致辞性质的话。为什么说一两句呢？因为我们知道他右手已不能提笔写字了，不敢强求于他。不料，很快，他为我们亲笔写了一句话：祝《人民文学》永在人民中前进。编辑部的同志们高兴极了，争相传阅。老主编在言语行动不便的情况下，用左手为刊物写了祝词，现在这已经成为弥足珍贵的遗墨。它将永远激励我们努力办好刊物，让《人民文学》永远在人民中前进。

哦，一个在青年时期就在文坛崭露头角、大显身手，并取得了卓越成就的杰出的作家张天翼，同样也在青年时期就被病魔缠身，而以惊人的毅力与之顽强搏斗了大半生的作家张天翼，他是一个举着生命的火把前进的人哪！

如今，虽然他人去了，然而他留下的数百万字的闪光的作品，还有他那崇高的思想精神，都将成为我们文学事业极其宝贵的财富。对于他，我们将会永远深深地留在记忆中……

1985年“五一”急就，京郊北苑

当年窑洞风貌依旧

初夏，到了宝鸡后，听作家吕向阳介绍，才知当年为了抗日，发起和组织轰轰烈烈的“工合组织”运动的策划者新西兰籍的国际友人路易·艾黎和他的英国籍朋友、记者何克，俩人曾在秦岭腹地的宝鸡凤县工作和生活了六年，那是他们一生中最为艰苦的岁月。

这使我想起30多年前的20世纪80年代初，在北京，我曾拜访路易·艾黎的一段往事。虽是一面之缘，却印象深刻。那时，路易·艾黎居住在北京东城台基厂的中国人民对外友好协会（简称“对外友协”）院内。大院里花草树木繁多，鸟语花香，景色宜人。当时对外友协会长是著名外交家王炳南。王炳南系陕西乾县人，而我是陕西周至人，是王炳南的小老乡，彼此熟悉。有天，我去对外友协办公室看望王炳南会长，言谈中他说带我去见见路易·艾黎。他说路易·艾黎在陕西工作过，对陕西很有感情。当时路易·艾黎作为中国人民的好朋友，在报纸和电视台上经常有报道，人们都十分熟悉这位友人的名字，也熟悉他在抗战期间推动和领导“工合组织”运动的贡献。

“工合组织”全称中国工业合作协会。这是由以路易·艾黎为代表的国际友人和国内爱国人士共同发起的，旨在保障抗战时期的军品、民品生产，稳定敌后市场。地处陕、甘、川三省之间的交通中枢凤县双石铺，是当时在全国首先开展“工合组织”运动的地区，也是“工合组织”的实际中心。

我见到路易·艾黎时，他已是八十多岁的老人。他讲一口不太流利的普通话。但当他一听王炳南会长介绍我是陕西人时，他就说："陕西有个凤县，我在那儿生活过，还办过学校，挖过窑洞，组织学生和工人纺织搞生产，储备物资支援前线打仗，开展'工合运动'。"一时兴起，老人回忆起当年创业的艰难岁月，激动而兴奋地向我们诉说几十年前的往事。他说，1939年他到陕西凤县指导当地"工合运动"工作，又和来华的英国记者何克相遇，而后结为志同道合的伙伴，立足凤县双石铺后，他们在那里共同奋斗了六年。他还记得他们在双石铺亲手挖出了几孔窑洞，作为工作的办公室和休息的宿舍，感觉得到艾黎对凤县怀有很深的感情。

那天，我在路易·艾黎的客厅里，还看到他摆放了许多形态各异的中国陶瓷和民间工艺品，足见他对中国的热爱之情。

路易·艾黎1897年出生于新西兰。他是新西兰知名的教育家、作家。1927年来到中国。抗日战争爆发后，他投身于旨在恢复和发展中国工业，帮助中国工人生产自救的工业合作社运动，即我们通常说的"工合运动"。1942年他和来华的英国记者何克相遇。何克是牛津大学毕业生。毕业后，他本来随姑母环球旅行，1938年抵达上海后，正值抗日战争爆发，何克在中国目睹了日军在城市、村庄滥杀中国人民的暴行后，他做了一个果敢的决定：留在中国！帮助中国人民抵抗侵略者！此后，他用手中的笔将所见所闻撰写了一系列文章，揭露日本侵略者的种种罪行。后来他俩到了凤县，不仅参与到轰轰烈烈的"工合运动"中，还创办了一所培黎工艺学校，培养了许多技术工人。何克任校长。学员主要是从沦陷区逃出来的公务人员和军人的子女及战争遗孤。

此刻，当我踏上有着深厚历史文化的宝地宝鸡，沿着路易·艾黎和何克两位国际友人的足迹，走进山川秀美的秦岭花谷，发现"红色凤县"时，我首先奔向双石铺半山坡的路易·艾黎和乔治·何克旧居。虽然是头一次来到这里，但由于我听路易·艾黎叙说过他们创业的经历，便有一种自然的亲切感。

当年的四孔窑洞风貌依旧。这些窑洞都是路易·艾黎和何克两人一镢头一镢头挖出来的。窑洞内，土炕简陋，用具简单，光线也不佳，可见当年的艰辛。站在这具有纪念意义的四孔窑洞前，我仿佛又见到了可敬的路易·艾黎。虽说他在1987年12月以90岁高龄离世，但他对中国人民的深厚友谊、对中国抗击日本侵略者战争的支援和贡献，人们是不会忘记的。

回想起来，30多年前，在路易·艾黎北京的住所，他说过他曾在陕西工作过，但我没有记住他说过的地方。我只记得他说在陕西生活多年后，他又转到了甘肃山舟。这次到宝鸡后，朋友们一说，我才联想起来。这位中国人民的老朋友，原是在我的家乡陕西凤县大有作为啊！

走进屋内，看见窑洞墙壁上悬挂着“工合组织”在凤县和宝鸡地区当年活动的一幅幅照片，可以想见当年的峥嵘岁月，看见屋内陈列的“工合组织”劳动生产的工具和产品，见证着国际友人为“工合运动”做出的贡献！中国人民是不会忘记路易·艾黎和何克的。

2017年

水流云在百年情

曹靖华，一个光辉的名字，一个令人不能忘记的名字。

这是因为在20年代末30年代初，如鲁迅先生所称赞的，他“一声不响，不断地翻译”，“给起义的奴隶偷运军火”。中华人民共和国成立后，他更加勤奋地将进步的和革命的俄罗斯与苏联文学作品翻译介绍给新中国广大的读者，鼓舞人们投身祖国建设事业。

只要想起契诃夫的《蠢货》、绥拉菲摩维奇的《铁流》、拉夫列尼约夫的《第四十一》，以及《苏联作家七人集》《苏俄独幕剧集》《虹》《保卫察里津》《我是劳动人民的儿子》等俄罗斯和苏联的这些名著，人们就不会忘记它们的译者曹靖华。

1949年中华人民共和国成立后，曹靖华结束了长年颠沛流离的生活，有了一个安定的工作环境。此时，在他担任北京大学教授、俄语系主任期间，一边进行繁忙的教学，一边坚持翻译俄罗斯文学作品。他先后翻译出版了列昂诺夫的《侵略》、克雷莫夫的《油船“德宾特”号》、肖洛霍夫的《死敌》、高尔基的《一月九日》《契诃夫戏剧集》《盖达尔选集》等名著，对新中国的文学和青年读者产生了深刻而广泛的影响。

读着这些几乎影响了几代人的脍炙人口的作品，我们自然更不会忘记为此付出了大量心血和辛勤劳动的翻译家曹靖华。

当然，这些作品的翻译与出版，与鲁迅和瞿秋白的支持、鼓励与帮助密不可分。曹靖华一向视鲁迅、瞿秋白为他的良师益友。在那风雨如磐的岁月里，他们三人在共同的理想追求与并肩战斗中，结下了深厚的友谊。单是《铁流》的翻译与出版，就可见其一斑。那是1931年严寒的冬末，曹靖华在鲁迅先生的鼓励下，在列宁格勒（现称圣彼得堡）翻译了苏联文学名著《铁流》，寄回上海给鲁迅先生。先生看过后十分高兴，又交给了瞿秋白同志，并亲自约请秋白翻译了该书的长序。当时，俄罗斯、苏联的书都是国民党当局严禁严查的。几经交涉，几家书店老板还是没有勇气冒这个政治风险，退了《铁流》。

铁骨铮铮的鲁迅，决定用"三闲书屋"的名义自费出版《铁流》。初版即印行1000册，很快售光！后来再版，却被当局粗暴没收，他们视《铁流》为"定时炸弹"，怕得要命，恨得要死。《铁流》的发行转入地下。瞿秋白为此曾写文章预言，他坚信中国革命的"铁流"将变成"铁洋的飓风"，成为全世界的"铁流"，这一天是为期不远了……

《铁流》成为召唤人们勇敢进击、投入战斗的书。

还可作为鲁迅与曹靖华友谊见证的是，鲁迅先生一生写给友人大约三四千封信（收入书信集一千多封），而其中写给曹靖华的竟多达292封！先生在1936年10月19日逝世的前两天，最后发出的一封信，也是写给曹靖华的。信中主要告知曹靖华，他的译作《苏联作家七人集》已发排，大约当月20日可见校样……

曹靖华，一个光辉的名字，一个令人不能忘记的名字。

这是因为从20世纪60年代初起，这位年逾花甲的作家进入他创作新的高峰期。他陆续为读者奉献出了一组组情真意切的散文，抒发他对一生中所接触的伟人鲁迅、瞿秋白、周恩来、宋庆龄、董必武、邓颖超以及外国著名作家法捷耶夫、费定等的真情。

同时他在70年代末和80年代，竟以耄耋之年，精神抖擞、意气昂扬地走遍祖国的广东、广西、福建、云南、四川、陕西的山山水水，还到了华北油田，还回了一次久别的故乡河南，他为祖国向四个现代化进军涌现出的新人新事新气象引吭高歌，热情赞颂，连续在报刊上发表了文情并茂的《洱海一枝春》的“云南抒情”一组三篇；《前沿风光无限好》的“福建抒情”一组两篇；《风物还是东兰好》的“广西抒情”一组三篇及先后出版的《花》《春城飞花》《飞花集》《曹靖华散文选》等。

曹靖华，一个1897年8月11日诞生于豫西伏牛山中卢氏县的普通农家孩子，随着时代的风浪，19岁的他，满身“土气”地从故乡万山丛中走出，走向开封，走向上海，走向北平，走向莫斯科，走向列宁格勒……走近鲁迅，走近瞿秋白，走近宋庆龄，走近周恩来，走近董必武……

尽管他取得了杰出的成就，获得了很高的荣誉，有很大的海内外影响，他的为人和为文却始终亲切平易，朴实无华。这已成为他独特的风格。

任何一个同他交往过的人，无论老朋友、新朋友，无论年长者、年轻人，无论有地位的、没地位的，都会深深感到他是一律平等待人，平易近人的。

他惜时如金，嗜书如命，几乎是手不释卷。即使因病住院，照样抽空看书写文章。1982年他因大腿骨折住进北京医院，竟也将医院的小餐桌利用起来，放满书报、杂志和稿纸。他的精神感动了护士、医生，只好默许了。

他生活极为简朴而简单。室内最为生辉的是董必武为他题写的条幅：

愿花常好月常圆，幻景于今现眼前。洁若水仙幽若菊，梅香暗动骨弥坚。

已见好花常在世，更期圆月照中天。谢庄作赋惟形象，愿否同名喻续篇。

这是董必武收读曹靖华散文集《花》之后书写的感言诗。

1977年冬末，经中央批准，由张光年任主编的《人民文学》召开在京文学工作者座谈会。当时，我好不容易在东郊工体东路的普通楼房里寻找到曹靖华。我是后生晚辈，是“文革”前他在《人民文学》发表的文章的责任编辑，劫后重逢，不胜惊喜！

如今，曹老离我们而去已经整整10年了。我再翻阅他20多年前签名题字赠我的《春城飞花》散文集，睹物思人，仿佛老人还活在我们中间。正如邓颖超同志在1987年5月召开的祝贺曹靖华九十寿辰学术座谈会的致函中所说：“您为我国的教育工作和文学事业所做的卓越贡献，人民会永远铭记的。”

曹靖华，一个光辉的名字，一个令人不能忘记的名字！

1997年8月炎夏

那年港澳行

那是一次难忘的访问。

1987 年 4 月，以 80 岁高龄的德高望重的老作家萧军为团长的作家代表团应邀访问中国香港和澳门。此事，在港、澳曾经轰动一时。轰动的缘由有三：一是这个团是内地首次派往港、澳访问的作家团。二是代表团的成员乃当时活跃在文坛的老中青三代作家。这很引人注目。三是萧军作为团长带队出访，这在当时本身就是一个大新闻。萧团长在出访前夕幽默地说："本人系'出土文物'。这可是有生以来头一回当团长，各位多帮衬点。"

一路上，萧团长纪律严明，带头执行。代表团既团结又活跃，个个心情舒畅。萧团长时不时指令女儿萧耘为大家清唱陕北民歌，活跃气氛。有时，他一高兴也独唱一曲，他说他对陕北终生难忘。后来，在访问行程中，我们常常遇到对方赠送团队和团员礼物的事情，哪些礼物可以接受、哪些不方便收，他都做出明示。对于赠书他则照收不误，可其他的礼品呢？他却要分门别类了。

代表团成员共 15 人：铁凝、何晓鲁、张一弓、李国文、邓友梅、从维熙、叶君健、韶华、郑江萍、张锲、吴泰昌、关木琴、范宝慈、萧耘和我。

当我们一行飞抵香港启德机场，便被一群早已等候的香港媒体记者热情包围。他们一个个和我们对号认人，抓紧时间采访。那种敬业精神，令人钦佩。

这次出访是应香港著名实业家霍英东和澳门著名实业家马万祺两位先生的盛情邀请。两位先生在港、澳两地都指派了他们的助手热情接待我们，负责安排代表团每天的行程和交流活动项目，丰富而周到，使我们天天都有收获。

4 月 28 日晚，由香港《大公报》和《新晚报》做东，在花树成荫、别具特色的“乡村俱乐部”招待了作家代表团。出席者均系香港文化界、新闻界和企业界的知名人士，诸如霍英东、徐四民、金庸、胡菊人、赵令扬、安子介，还有新华社香港分社副社长张峻生等。在这里，我第一次见到久已仰慕的金庸先生，他谈吐平和、温文尔雅。还有一个意外就是，来宾中有国际友人韩素音。她说，非常感谢晚宴的主持人、《大公报》社长费彝民先生给了她这样一个得以与老友相聚的机缘，在座的李宗瀛和叶君健先生都是她的老朋友了。1933 年她和李先生同在燕京大学读书，当时两人还商量过毕业后去当医生，没想到由于时局的变化，医生没当成，却走上了写作的道路。后来，在英国她又有幸结识了叶君健先生。那时她还是个刚刚 20 岁的姑娘呢！想不到，几十年的朋友今天在香港又相遇了。

宴会中的气氛极为热烈温馨，人们争相发言。此时，突然有人提议，请萧团长讲话。萧军先生立马站起来风趣地说：“今天本团长就不发表‘演说’了，我想请女儿萧耘高歌一曲代为发言好不好？”大家同声说：“好呀！”他抢先为萧耘报幕说：“诸位嘉宾，下面我们请萧老的女公子唱一曲草原情歌《在那遥远的地方》。”当萧耘唱到“我愿她拿着细细的皮鞭，不断轻轻打在我身上”时，费社长猛一声喝彩，说：“好哇！”引得全场哄笑。萧老大声说：“不行不行，这歌词得改两个字，皮鞭细细的不行，得要粗粗的，还要重重地打喽！”全场又是一阵欢笑。

在香港出访期间，萧军团长常常被友好地询问起萧红的情况。当我们应邀参观庄士集团、访问香港工商界的领军人物庄重文董事长时，庄先生一见萧老就神秘地说："我早想见你。你的许多事儿我都知道，就连你爱人的事我也知道。"萧老反问道："那我考考你，我爱人是谁？""你爱人是萧红啊，是有名的女作家。""哈哈……"这是真的，庄先生与文学还真有历史渊源呢！早在20世纪30年代，他年轻的时候，在厦门老家曾有一次偶然的机会，用滑板送鲁迅先生去集美学校讲课，这件事他一生都保留着珍贵的记忆。因此在祖国改革开放后，他于1987年出巨资由中华文学基金会发起并主办庄重文文学奖，以奖励在文学创作上卓有成就的青年作家。这个奖项陆续举办了14届，当前活跃在文坛的主力军和知名作家大多是"庄奖"的获得者。这个奖项扶持了一大批有才华、有实力、有潜力的青年作家。为此，也圆了庄先生的文学梦。

本来进出庄士集团大厦，按规定是要着西服、戴领带的，陪同代表团的一位工作人员到了庄士集团大厦才知道有这个规矩，赶紧跑到楼下商场里买了一款漂亮的领带戴上，这才进入大厦。但从不喜欢穿西装，而今却是身着民族式的灯笼裤的萧军却破例进入庄士集团大厦，说明庄先生的善解人意。

访问结束要离开的头两天，萧团长突然说："你们几个年轻人不是老问我萧红的事吗？萧红当年在香港生活了两年多，最后不幸英年早逝，病故于香港。我今天领你们去寻访当年萧红的墓葬地，就在浅水湾海滩的一处。萧红的遗骨，新中国成立后已经移葬在广州烈士陵园。现在我们去看看当年的墓葬地。"我们一边走一边听萧老讲他和萧红的故事。

找到了，找到了！按照萧老的回忆，这里已处在海滩的一片树林子里。我们在这里沉思良久，虔诚地向萧红的墓地三鞠躬。此刻，我看到萧军老人已经泪眼蒙眬。

这是我们在海滩难忘的一幕。

在香港、澳门，我们除了和文化界、新闻界、企业界有较多接触和交流外，还重点访问了港澳的几所著名的大学。和这些大学的交流，大都在该校的图书馆进行。在港澳地区，大学的图书馆在人们心目中的地位很高。和香港中文大学图书馆馆长颜达威博士一见面，他抱歉地说他普通话讲得很不好，不能和大家畅所欲言，遗憾得很。果然他十几分钟的开场白，竟用了广东话、英语和听不明白的普通话三种语言。他的意思是很高兴见到内地这么多作家来访香港中文大学，他们和内地的大学也建立了友谊，相互增进了解，互相都不断有提升。他热情带领我们参观了图书馆和校园。

这年的“五一”国际劳动节我们正好在香港。这一天，在香港中文大学校园里，举行了一次内地作家代表团向香港中文大学的赠书仪式。由内地一百多位著名作家，如冰心、巴金、丁玲、艾青、萧军、杨沫、王蒙、从维熙、邓友梅等亲笔签名、制作精美的一套珍贵的丛书，萧军团长和叶君健副团长亲手捐赠给了王庚武校长。王校长激动地紧握萧军、叶君健两位团长的手说：“这对于我们学校图书馆来说是珍贵的宝藏。对青年学生来说，是特大的喜事，他们阅读了这些经典著作，会大大提升他们的文学修养，也增进了香港和内地文学界的相互了解。”为此，图书馆还专门设置了展书台，方便读者翻阅。

带着这套丛书，代表团在澳门东亚大学同样举行了隆重的赠书仪式。该校图书馆馆长林佐瀚先生是位中年学者。这一天他在座谈会上首先代表澳门东亚大学欢迎作家团访问该校。听说林先生在公众场合和在家里从来不敢讲“国语”，而今天为了欢迎北京来的作家，他决意要用“国语”致辞。他一开口，便幽默地说：“虽然有人说天不怕、地不怕，就怕广东人讲官话，但我今天高兴啊！见到了自己从小就仰慕的心仪已久的老作家、老前辈，同时又得到了这样一套由著名作家亲笔签名的名著，真是我们东亚大学的福气！这是无价之宝啊！”他的讲话，由于讲的是费劲的“国语”，掌声和笑声不断。随后，他主持了作家代表团和该校学生及文学爱好者的交流座谈会，萧军团长以他通俗生动的语言讲授了他的创作经历和经验，受到学生们的热烈欢迎。

在澳门，在由年过八旬的澳门笔会会长梁雪予主持的座谈会上，双方作家畅谈了各自的创作情况。萧军团长首先义正词严地说："有人说香港和澳门是文化沙漠，这个说法不准确。任何沙漠上都有生物存在的啊。沙漠有时候是会变良田的。相反，如果良田你不好好耕耘，一样会变成沙漠。何况港澳街头书店林立，文化界有这么多精英人才，有那么多好作品面世，怎么能说是文化沙漠呢！"

让萧老意外的是，有天代表团在澳门参观，有位中年人尾随我们好长一段路，一问才知道，他"发现"了萧军。他觉得这位老人家眼熟，身着灯笼裤，小压发帽，大手杖……和照片上看到的差不多。原来他没有认错人，是萧老。这人正是《八月的乡村》的忠实读者。澳门的几位长辈作家也是萧老《八月的乡村》的粉丝呢。这使萧军老人很感欣慰。

结束了半个多月难忘的港澳行，我们每个人都有不同的收获，满载而归。

2018 年

一代师表叶圣陶

龙年除夕，在京华，一位德高望重、温厚慈祥的老人，一代师表叶圣陶先生离我们而去了！

呜呼，文坛失去了五四文学运动的一位元老；中国失去了一位杰出的文学家、教育家、出版家、编辑家和社会活动家。

“一座大山倒了！”冰心含泪说。

是的，对于文坛，叶圣陶老人的去世，确是如同一座大山倒了。

此时，对于我，一个后生晚辈、一个曾经同叶老有过交往的编辑，一些往事蓦然涌上心头……

知道叶圣陶这个名字，自然是在中学和大学里。中学的语文老师向我们讲述过《稻草人》《古代英雄的石像》等童话故事。大学的教授向我们评析过被茅盾誉为“扛鼎之作”的长篇小说《倪焕之》。

叶圣陶，给我留下了深深的印象。

然而真正有机会接触叶圣陶先生，却为时很晚，虽然在此之前在文艺界的大小会上见到过他，也听他讲过话。那是1975年秋天，中央批准恢复《人民文学》。当我们开始搬进东四八条52号办公时，正好这座办公楼的对门东四八条71号是叶圣陶先生家。叶老是文学界的前辈，又是成绩卓著的出版家、编辑家。我们现在恢复办刊物，常遇到许多疑难事，也就免不了向叶老去请教。每次，叶老总是耐心听我们述说情况，而后给予指点，给予启示。

1976年10月，粉碎“四人帮”后，短篇小说领域逐渐活跃起来，学写短篇小说的人也越来越多，这是个很好的现象，一定会有大批人才涌现。但在创作中也出现了一些新的情况、新的问题需要探讨。为此，1979 年 10 月中旬，我们就短篇小说创作的一些问题，向叶老请教。

当时是我和肖德生、傅活同志去的，就在叶老那整洁、幽静的四合院里。我们采取的是对谈方式，有问有答，亲切随意，针对性强。

开始，我们先向叶老说明了《人民文学》拟在近期集中刊登一组比较短的短篇小说，字数都不超过五千，并问叶老，这样做好不好？

叶老连连点头赞许说："好，好。"他指出，短篇小说要写得"简练和紧凑"，"作者在动笔之前不妨多想想，我这篇作品的主要意思是什么。为了把主要意思传达给读者，哪些是必须着力写的；哪些只要交代一下就行了；哪些简直可以不写，预先都得有个数。"

说着，他略为停顿，呷了口茶，又继续讲下去："写作之前为读者着想，写作之中为读者着想，写完之后还是为读者着想，心里老记着读者，作者才能凭借写在纸上的文字，把自己的思想和感情传达给读者，跟读者交心。"

我想起，同样的意思，叶老在他《动笔之前和完篇之后》的文章中，也强调提出过："文章既然准备给人家看，就得在动笔之前问问自己，想想人家。"

他接着又说："写的时候不妨随时问自己：对人物和环境这样描写是为了什么？要这几句话是为了什么？写这个细节是为了什么？……经过这样反复思考，一定能够写得比较简练，比较紧凑，这就是常说的剪裁问题。"

我们还就文艺与生活、人物的典型化、艺术的构思、情节的提炼、写作的技巧等范围广泛的问题讨教于叶老。叶老都一一耐心作答，发表了自己精辟的看法。后来，根据这次谈话记录整理、发表的叶圣陶《跟〈人民文学〉编辑谈短篇小说》一文，受到读者的欢迎。

当时，叶圣陶先生已 83 岁高龄，但他思路清晰，谈锋甚健，且声若洪钟。这次，他不仅回答了我们关于短篇小说创作的诸多问题，还谈到了编辑工作。后来我多次拜望叶老时，他几乎每次都会关心地询问：编辑部近来收到什么好稿子没有？发现了什么新作者？他的作品有何特色？

叶老如此关心编辑工作，这般爱护编辑，我想这自然同他有着几十年的编辑经历不无关系。

熟悉文学史的人自然都知晓，叶圣陶在作为著名作家的同时，又是一位成就卓著的编辑家。几十年来，他曾经着手编辑、主编过《小说月报》《中学生》《新少年》《国文月刊》等几十种刊物，还编过不少报纸副刊和丛书。几乎从选题、组稿、编撰、审读、校对、印刷，甚至出版发行，他都亲自去做、身体力行。他作风严谨，工作认真，勤勤恳恳，埋头苦干。曾和叶圣陶先生在开明书店共过事的宋云彬称赞说，圣陶是个文学家，也是个很好的编辑工作者。他那种一丝不苟的工作作风，给开明同人做出了好的榜样。作家秦牧抗战期间曾给开明书店出版的《中学生》杂志写过一篇稿子，由于他的字迹比较潦草，后来听书店的朋友说，发稿时，叶圣陶先生竟亲自代为誊抄了一遍。秦牧对此事一直铭感在心。

他在几十年的编辑工作中所付出的心血，并不少于他当一位作家所付出的心血。因此他所编辑过的几十种刊物在读者中产生过极为广泛深远的影响，哺育了几代人。他不止一次地向我谈到编辑工作的神圣职责、严肃意义以及编辑应该具备的博学、好学的素养等。他认为编辑工作从某种意义上来说，就是“淘金”工作。因此它要求编辑对待来稿要耐心细致地看，要善于发现人才，扶植新人。

回顾历史，圣陶老人正是这样做的。

从20世纪20年代初期起，他就担任了上海商务印书馆编译所的国文部编辑，后又转入开明书店任编辑，兼编刊物。丁玲的第一篇短篇小说《梦珂》，便是1927年叶圣陶主编《小说月报》时从来稿中发现的。他选中这篇小说后，为了推出新人，以头条地位给予发表。接下来，在他的热心扶植下，丁玲的第二篇小说《莎菲女士的日记》，第三篇小说《暑假中》，第四篇小说《阿毛姑娘》，也都登载在刊物的显著地位——头条。随后他又帮助丁玲将这几篇小说结集，在开明书店出版了第一个短篇集《在黑暗中》。一颗新星升上文坛。难怪丁玲说，没有叶圣陶就不会有作家丁玲。1979年夏天，当丁玲历经20年的苦难回到北京后，便立即先去拜望叶老。他们依然是情深意绵，不由得叙说起当年那段难忘的“文学姻缘”。

巴金的成名也和叶圣陶的发现、扶持不无关系。1928年秋天，当时在巴黎的巴金，在几本硬皮的练习本上写下了他的处女作——中篇小说《灭亡》，寄给了他在开明书店工作的一个朋友。叶圣陶首肯了这部作品，认为作者很有才华，很有发展前途，立即决定在次年（1929）春季的《小说月报》上连载，并亲自为它写了内容预告:《灭亡》，巴金著，这是一位青年作家的处女作，写一个蕴蓄伟大精神的少年的活动与灭亡。

于是，24岁的巴金登上文坛。

半个世纪以来，巴金对叶圣陶先生一直怀着深深的敬意。每次到北京来，他总要看望叶老，向叶老问候。

难忘啊，两位文学巨匠在文学史上留下的一段佳话。

这样的佳话，岂止丁玲、巴金？

我想起茅盾先生与我的一次谈话。当时我问起他第一部小说是怎么写起来的，茅盾先生怀着深情说，《幻灭》的“催生婆”是叶圣陶，就连他的“茅盾”这个笔名也是叶圣陶的“杰作”。在写作小说《幻灭》之前，沈雁冰是以批评家的面貌盛名于文坛的。大革命失败后，沈雁冰隐居上海，无事可做。然而 1927 年风云变幻的生活却萦绕于怀，不能平静。于是沈雁冰写出了他的第一部小说《幻灭》。因为小说中反映了时代的各种矛盾，以及作者思想上的矛盾，他便署名“矛盾”。又是叶圣陶别具慧眼，决定在《小说月报》发表《幻灭》。他认为写得好，反映了现实。关于署名，他说一看便知是假名，万一当局查问，就很难办，不如在“矛”上加个草头，署名“茅盾”，就像个真名了。沈雁冰欣然同意，从此文坛上出现了小说家茅盾。

还有施蛰存、戴望舒、臧克家、李辉英、徐盈、子冈、秦牧、胡绳、吴全衡等，或他们的处女作为叶老所发现、发表，或他们的代表作系叶老所推荐、推出。这些人后来都成了知名作家或著名新闻记者。

中华人民共和国成立后，尽管叶圣陶先生的工作重点转移到了教育岗位，担负着繁重的领导工作，但他依然满怀热情地关注着文学事业，特别是注意发现和提携文学新人。部队作家徐怀中、李英儒、王愿坚，他们的新作《我们播种爱情》《野火春风斗古城》《普通劳动者》发表后，都先后受到了叶圣陶先生的赞誉与鼓励。他为这几部作品写下了热情洋溢的评论文章。可以想见，这对于当时只有 30 岁上下的几位在军营中成长起来的青年作家是多么大的鼓舞与鞭策！他们后来在创作上不断取得成就，不能说与此没有关系。

难怪叶圣陶先生自己说过，如果有人问起他的职业，他将会回答说：“我的职业，第一是编辑。”

这是何等自豪的感情。

许是由于这种缘由吧，我作为一个晚辈，一名编辑，在多年和叶老的交往中，感到格外亲切，受益匪浅。他的为文仿佛他的为人，他的为人宛若他的为文，朴实无华。他们一家，虽是四世同堂，却也是一样的风范。

先生是那样崇高，简直令人高山仰止。但他却平等待人，敦厚待人。像我这样的晚辈，每次去，只要有求于他，求教于他，赶上他老人家精神好时，他都会见的。而且总是细心倾听你的谈话和你发表的意见，然后同你娓娓交谈。那情景回想起来如同昨日，历历在目，令人感动而感念不忘。此种伟人的虚怀若谷、作风认真、平等待人，是我们后学的法式。两年前，我和来自上海的《文汇月刊》副主编关鸿去北京医院探望他时，正好那几天他老人家发烧，卧床不起。我们站在床头向他致意、问安，临别时，他却以极其微弱的声音喃喃自语说:“对不起，我不能送你们……”我的心为之激动，竟不由得泣下沾襟。关鸿也如是。要知道，讲这话的人可是我们的大师叶圣陶哪！我们能不为之动情吗？

至今，那一天、那一时刻，圣陶老人的音容面貌都深深地深深地永留在我的心间……

还有那至今悬挂在我家客厅的圣陶老人的一幅墨宝，一笔挺劲朴厚的楷书字，以及老人的亲笔信函。睹物思人，虽然他人去了，但是他留下的作品、精神和道德，我们怎能忘记呢？

哦，他是一位多么温厚慈祥的老人，他是当之无愧的一代师表。

叶圣陶！

1988年3月7日晨曦中，匆成

欲哭无泪

路遥，他走得太早太快太突然了！听到他去世的消息，接到陕西省作协发来的讣告电报，我简直不能相信这会是真的。不可能，绝对不可能！他怎么会这么年轻、这么过早地离人世而去，离他终生热爱的文学事业而去，离亲人、朋友而去呢！可是当我打开当天的报纸，《文汇报》上“著名作家路遥逝世”的黑体消息，彻底粉碎了我的幻想。一时间我头发昏，痛苦难言。我立即又将这一噩耗告知一向很关心路遥的朋友王蒙。在电话中，王蒙也是反复几遍地说：“你别开玩笑，路遥怎么会没有了呢？这么年轻？……”我说：“是真的，我也不相信。可是报纸上已经登了消息，西安的朋友也来了电话、电报，路遥真的去世了。”这时王蒙赶忙说：“我明天到广西去参加一个会，现在我马上打电话让秘书发唁电去。”他深深惋惜地说，太年轻，太可惜……我和乡友、评论家阎纲又通了电话，我们感到事情的突然令人欲哭无泪——实际上都泣不成声。我们多么憎恨病魔的残酷，老天爷的无情，竟将这样一位才华出众、成就卓然而正当事业辉煌、向上登攀文学更高峰的优秀作家的宝贵生命过早夺去！

路遥，黄土地的骄傲！陕西的骄傲！他从20世纪70年代就开始致力于文学创作，长年扎根在黄土地，深入生活，同劳动人民同甘苦共患难，风雨同舟，打成一片。他是劳动人民忠实的儿子，是忠诚的人民作家。80年代他的佳作《人生》曾轰动文坛，此后又陆续写出了《惊心动魄的一幕》《在困难的日子里》等名篇，都在读者中引起了强烈的反响。近些年，他克服种种困难，凭着顽强的毅力和坚强的意志，在长达6年的时间里倾尽心血完成了百万字的长篇巨著《平凡的世界》，这部作品去年荣获茅盾文学奖。茅盾文学奖是我国目前文学的最高奖。每届只能有几部作品、几名作家享此殊荣，得此奖实属不易。因此当时在京的陕西籍文艺界的朋友们都异常高兴，为此我们还特地和路遥聚会一次，表示由衷祝贺！

有位朋友说得好，路遥计算成果的方式是吃苦和受罪。他拼命工作，玩命写作，自我折磨式地付出，在文学创作这条艰辛寂寞的道路上，竭尽心力，一路血汗地向高峰攀登。他吃苦耐劳的精神，顽强进取的毅力，敢于创新的勇气是令人感动、令人钦佩的。和他有深交和接触多的人，大凡都在这些方面有较深的感受。他是平凡世界中一个不平凡的人。

不久前我还收到他的一封长长的信，那是为了陕西省政协创办《各界》刊物的事。他让筹备这个刊物的负责人马治权带上他的信找我，希望我为家乡的事帮忙。读着他的信我深为感动，据说当时他已经处在病中，还操劳着这件事，我能不为之动情动心吗？我记得每次我回西安，只要他知道了，我们总要见见面，聊聊天。他是一个很讲情谊、很重友情的可信赖的朋友。他的过早逝世，毫无疑义，对我国文学事业是不可弥补的损失！他的逝世也使我们失去了一位忠诚的朋友、知心的文友。

安息吧！路遥，我年轻的朋友！

1992年11月寒风凛凛的初冬夜，急就

哲人虽去，著作永存

三年前，十月的一个秋风凄雨日，秦牧同志不幸在广州逝世。文坛失去一位散文大师，人们为之悲恸，为之惋惜。当日首都几家报纸都用赫然醒目的黑体字发布了这一噩耗。使我感到震惊和意外的是，那年的9月初，为了祝贺深圳作家代表大会的召开，我在深圳同秦牧同志一起出席了会议，朝夕相处数日，相见甚欢。他的身体状况良好，精神状态也极佳，怎么会在短短的几十天后离我们而去呢？9月6日上午，他还在大会上讲话，热情勉励特区作家深入到火热的实际工作中去，接触新生活，发现新事物，研究新问题，反映特区新面貌。他强调指出，作家要有坚定的事业心和时代的使命感，不要在金钱的冲击下动摇事业心。他说，人，不可有傲气，但不可没有傲骨。他还以冰心、巴金为例，阐明他的这一观点。而后又语重心长地说，作家要甘于寂寞。能走长路的人，能坚持跋涉的人，是会成就大事业的。……他的这些掷地有声的忠言，讲话时真诚、自信的神采，如在眼前。他，怎么会离我们而去呢！

然而这已经成为残酷的事实。这时，我强烈地感到，对于一个成就卓著的作家，最好也是最为珍贵的纪念，是让他的著作流传下去。这是我们民族的宝贵财富。因此我想如果有哪家出版社能将秦牧的著作出版，该是何等的有识之举！

我和读者们深深感谢人民文学出版社和《秦牧全集》编委会，他们竟在一年零四个月的不算太长太久的时光里，完成了《秦牧全集》

（十卷本）的编辑、出版工作。现在，这部装帧精美、内容丰富的皇皇巨著——《秦牧全集》已经出现在读者面前。其工作量之繁重和紧张不难想象。此举功德无量。哲人虽去，著作永存。

秦牧是我国当代蜚声海内外的杰出作家。他尤以独树一帜的散文创作著称，成为当代散文大师。他从20世纪30年代末开始发表作品，先后出版61部集子，可谓著作等身。新出版的全集除包含全部集子外，尚有《集外集》和《书信集》，总计500多万字。全集有一个例外，即所收录的最后一篇文章只有题目——“敢想敢闯的神话”，而无正文，即无内容。据秦牧夫人、作家紫风同志介绍，这是秦牧逝世前的头天晚上铺开稿纸写下来的，其内容是要赞美在改革开放中农民企业家买飞机这样的新鲜事，谁知竟成作家的绝笔。而这寥寥数字，却是作家用生命书写下的最后的闪光。他真正是鞠躬尽瘁，死而后已。令人感动，也令人悲痛。

秦牧是一位有着强烈历史使命感和社会责任感的作家。他写小说、写剧本、写杂文、写知识小品，自然写得最多、影响最大的要数散文。无论写什么，他始终坚持自己的创作信条“讴歌光明，鞭挞丑恶”，“增进人民高尚情操，提高审美意识”，“推动时代前进”。因此他的作品的特点和风格可以说熔政治品格、美学品格、文化品格于一炉，思想性、知识性、艺术性完美统一，这是难能可贵的。我们读秦牧的文章，常常被他那思想之昂扬、视野之开阔、知识之渊博、诗情之充盈而感染。他的散文多宣扬真善美，鞭笞假恶丑，于丰富健康的各类知识之外，多有深邃、独到的哲理发现，形成无可替代的“秦牧风格”。因为，他认为散文创作是一种侧重于表达内心体验和抒发内心情感的文学样式。他主要是以内心迸发出的真情实感打动读者。这正是秦牧散文赢得广大海内外读者的关键所在，魅力所在。秦牧及其杰出的著作将永远活在读者心中。

1995年金秋十月，京郊

历尽坎坷无媚骨

陈白尘同志去了！在炎夏的5月28日凌晨。虽然他以86岁高龄离去，却是文坛的极大损失，简直令人难以置信。一位永远朝气蓬勃、富有乐观精神的人，怎么会离我们而去呢？然而当日报纸上赫然醒目的黑体字讣告使我不能不清醒地面对这一残酷的现实，顿时我泪湿衣襟，不胜痛惜之至。

陈白尘同志是中国现当代文学史上的经典作家之一，同时又是一位著名的教授。我曾有幸在七八年的时间里，在他的直接领导和亲切指导下工作过，后来在“文革”中，又有三四年和他同在湖北咸宁文化部“五七”干校劳动改造过。前面所说的那七八年，即1957年12月至1965年6月，他担任全国性的大型文学刊物《人民文学》编委和副主编期间，我还是一个刚刚走出校门的见习编辑和助理编辑，一个开始连编辑怎么当都不甚懂的年轻人。而当时已是饮誉海内外的知名作家、剧作家的前辈陈白尘，同老作家、刊物主编张天翼一起，对编辑部的我们这伙年轻人既严格要求，又谆谆教导和亲切指导。他们既从大的方面把握刊物的方针、方向，同时也亲自组稿、改稿，提出选题。

印象中，那时陈白尘同志思想就很开放，极富探索和开拓精神，工作也很有魅力和干劲，是一名实干家。他和主编张天翼，多次在编辑部的工作人员会议上强调，要把《人民文学》办成一本高品位、高质量、高水平的刊物。要雅俗共赏、老少咸宜，争取更多的读者喜欢买、喜欢看。他们还指出，“《人民文学》”，顾名思义，是给人民大众办的一本文学刊物，所以刊物的内容要宽广，形式要多样，要团结和发表各种风格、流派的作家的作品。作为剧作家的陈白尘还一再提出《人民文学》不要忽视剧本创作，要争取将剧作家最好的剧本发表在《人民文学》上。他还和张天翼强调，人民大众喜闻乐见的曲艺作品，也应该承认它的文学地位，要在《人民文学》上给相声以一席之地。

当时陈白尘就派了编辑去约相声大师侯宝林写稿，侯宝林感到十分意外。他说做梦也没有想过相声能上《人民文学》，能登大雅之堂！结果，侯宝林等人创作的相声《关公战秦琼》在《人民文学》发表后，引起轰动，侯宝林深为感动和感激。

在张天翼和陈白尘的主持下，《人民文学》自1958年以来，组织发表了一批在读者中引起良好社会效果及在社会上产生较大影响的佳作。小说方面，如周立波的《山那面人家》、王汶石的《新结识的伙伴》、冰心的《回国以前》、巴金的《军长的心》、李準的《李双双小传》、王愿坚的《七根火柴》、赵树理的《锻炼锻炼》、茹志鹃的《百合花》、欧阳山的《在软席卧车里》、浩然的《彩霞》、汪曾祺的《羊舍一夕》等。还有更富开拓性的古代历史题材，更富人性味抒写的革命历史题材佳作，如陈翔鹤的《陶渊明写〈挽歌〉》、冯至的《白发生黑丝》、刘真的《长长的流水》、菡子的《万妞》等。

这里，关于老作家欧阳山的小说《在软席卧车里》还有一段小插曲呢！那时刊物一般都强调发表重大题材的作品，而欧阳山正在构思的这个短篇，其视角面向日常生活，描写普通人的平凡小事，其实是有着现实意义的，也是一篇精美的小说。欧阳山把小说的构思讲给陈白尘听，之后，便用激将法问陈：“这篇东西我写出来你敢发？”陈白尘拍着胸脯毫不含糊地回答：“你敢写，我就敢发！”于是这就是后来发表在《人民文学》上的《在软席卧车里》。小说发表后受到好评。

这期间，也是由于陈白尘和张天翼的极力主张，《人民文学》出现了讽刺小说，以马识途的《最有办法的人》为代表。当时马识途是四川省一位领导干部，在实际工作中有感而发地连续写了一批影响较大的讽刺小说。说起来，我有幸作为这批作品的责任编辑，得到了马识途同志的许多帮助和支持。其实支持他的便是陈白尘同志。

回顾张天翼和陈白尘同志主持《人民文学》为时不算短的近十年时间，也正是《人民文学》最为活跃的十年。他们发现和培养了一批新人，组织和发表了一大批优秀作品，活跃了创作，活跃了文坛，繁荣和发展了文学事业，功德无量。

熟悉创作情况的读者一定还会记得，诗歌如李季的长诗《当红军的哥哥回来了》、郭小川的《望星空》、贺敬之的《桂林山水歌》，戏剧如郭沫若的《武则天》、老舍的《宝船》、曹禺等人的《胆剑篇》、陈白尘等人的《鲁迅传》，散文如秦牧的《年宵花市》、方纪的《挥手之间》、冰心的《海恋》、沈从文的《过节与观灯》，报告文学如徐迟的《祁连山下》等，都是为读者称道的名篇。这些，也正是在张天翼和陈白尘主持刊物期间，得到他们的首肯和支持，发表在《人民文学》上的。

我之所以一再将陈白尘和张天翼联结在一起，是因为这些作品的出世或组织发表，确实大都是由于他们两位联手合作。他们的合作既和谐又默契，编辑思想也比较一致，堪称刊物正副主编团结办刊的楷模。当然我也要客观地说，这其中编辑部的许多日常工作，包括对一些重要稿件的组织和审定、签发，陈白尘同志是付出了大量心血和承担了重要责任的。这点，大家都知道。张天翼同志由于身体不好，长期养病，不能坚持和承担更多日常工作，重担便自然落到了身强力壮而又肯干、实干、能干的陈白尘同志肩上了。所以他实际主持编辑部的常务工作。

大概正是由于这样，“文化大革命”中，陈白尘最早受到冲击。那时，他已离开《人民文学》，和原也在《人民文学》担任编辑的夫人金玲同志回到了故乡南京，但仍然不能幸免。直至1969年9月，被下放到湖北咸宁文化部“五七”干校劳动锻炼。

开始，陈白尘也下田干活，后来又强行分配他放鸭。他放鸭时，我恰也被打成“反革命”，撤销了下田干活的资格，先是被隔离审查，后被惩罚使牛耕田。放鸭、耕田都是苦活，因为要全天候地在强烈阳光曝晒下劳作。而“革命群众”下田干活是有时间性的，有劳有休（息）。

和陈白尘一起放鸭的先后有几位同志，如柴鸿逵、吴松亭，两位都是极富同情心的善良人，常常暗地里帮助和照顾陈白尘同志。放牧的鸭子有180多只，那些小生灵很不听话，只要赶出圈撒腿就跑，东跑西跳，难以收拢。每天手持长竿的“鸭司令”陈白尘十分辛苦。一大把年纪的人了，要尾随着那帮天性好动、好跳、好跑的鸭子来回在田野上、水渠畔、稻田里、小路边奔波不息，还不敢出任何差错，如果死一只鸭子或丢一只鸭蛋，那可不得了！

记得是在1970年夏天的一日，我们被通知召开全体“五七战士”会议，“牛鬼蛇神”和其他所有“反革命分子”一律旁听参加。会场就在连队食堂前面农村的一块场地里。

树荫下密密麻麻坐满了人。主持会议的人这时才宣布：今天批斗反共历史剧的作者、反共作家陈白尘，大家踊跃发言！

在尖厉的口号声中，陈白尘沉默了，然而心情更加沉重了。可他内心里并不服，也不可能服。陈白尘坚信总有一天会真相大白。

至今，留给我深深印象的是，在整个“文革”中，陈白尘的态度确实是“不老实”的。许多批斗的场合，他都施以智慧的小技“滑”过去，避重就轻，“蒙混过关”。自然也有被识破的时候，也吃了不少苦头。他在那个急风暴雨的年代里，很不容易地保持了自己的尊严。

应该说，他的人品与文品是一致的，他的杰出的作品有着强烈的艺术力量。他的“历尽坎坷无媚骨”的人品有着感人的人格力量，这正是我们这些曾经受到过他的关心培养和扶持的晚辈一直感念他、敬重他的缘由。

如今，陈白尘同志不幸离我们而去了。但我认为，他和他留给我们的那些具有时代精神和强烈现实意义的丰富而又杰出的作品，将会永远激励着读者，启示着读者，有益于读者。

1994 年 7 月 16—17 日风雨夜，北京

杨沫的境界

一个作家愿在她的身后将自己一生辛勤耕耘的劳动所获以及伴随她度过漫长岁月的心爱的图书全部捐献给“公家”，这是多么崇高的境界！然而事情还不止于此。她竟然还将自己的著作版权也交付了“公家”。此举开了中国作家捐献著作版权之先河。

这就是杨沫，这就是作家杨沫在1994年6月28日亲笔留下的遗嘱。一年半之后的1995年12月11日，她因病久治不愈不幸逝世。又过了一个季度之后的1996年3月8日，为实现杨沫将她的图书、版权、稿费一同捐献给中国现代文学馆的遗嘱，中国作家协会在北京文采阁举行了隆重的捐赠仪式及缅怀追思座谈会。杨沫的亲属郑重地将杨沫长篇小说《东方欲晓》的手稿，杨沫珍贵的藏书、字画及她生前用过的怀表，以及病中写稿时当作书桌用的一块木板等，还有杨沫所积蓄的16万元稿费，一并予以捐赠。

会上，杨沫当年的战友、朋友和亲属，她的丈夫李蕴昌，儿子马青柯、马波都含泪讲述了杨沫许多感人的事迹。人们说，杨沫自投身革命以来，始终把自己作为一个“公家”的人，她一切都想着公、为着公，直到生命止息那一刻，还要将自己省吃俭用积蓄下的稿费以及图书、著作版权交给“公家”。遗嘱中所指的公家就是中国现代文学馆。她对中国现代文学馆怀有深厚的感情、深刻的认识。她觉得自己人走了，作品留在中国现代文学馆，便可以继续为读者服务。

年轻时的杨沫，于20世纪30年代中期便积极投身抗日战争最艰苦的冀中地区，同人民一道参加抗战。1934年她发表了第一篇作品——散文《热南山地居民生活素描》，接着又陆续发表了许多揭露日本帝国主义侵华罪行的小说和散文。中华人民共和国成立后她主编《北京妇女》杂志，业余时间便从事《青春之歌》的写作。她要将她那一代知识分子追求真理、理想、进步的艰难历程记载下来。她觉得这是自己义不容辞的责任，历史赋予她的任务，她必须努力完成。

其实，这是一项艰苦的事业。此时，虽然杨沫已经发表过一些作品，但写小说，特别是长篇小说，谈何容易。这期间她又陆续生了几个孩子，加之长年艰苦战争生活的磨难，导致体弱多病，可她硬是以常人难以想象的毅力坚持写下去。她不仅要克服身体上和生活上的种种困难，还要突破写作上的许多难关，其艰难程度可以想象！然而杨沫成功了！从1950年至1952年历经近三年的时间，她终于写出了《青春之歌》的初稿。但是书的正式出版却是1958年。这是因为书稿曾从这家出版社转到那家出版社，转悠了五六年，几经周折和进一步加工修改后才得见天日。其间的辛酸苦辣恐怕只有杨沫本人体味最深！

1958年，长篇小说《青春之歌》一经印行，很快在读者中引起了巨大反响。出版社连续再版，发行量竟高达500万册！想想看，500万册的书自然会有几倍于它的读者。究竟会有多少读者，这是一个不可思议的数字。

当时,《青春之歌》的确轰动了！

后来，由杨沫自己改编为剧本的同名电影，也成为中华人民共和国成立以来的优秀影片之一。

杨沫，已成为神州大地家喻户晓、人民爱戴的作家。

正是这位人民作家高风亮节，遗言在她死后将她的《青春之歌》

及其所有著作版权赠予我国现代文学的资料中心和研究中心——中国现代文学馆，其情感人至深。

1996年3月，京郊芍药居

远行的冯牧

冯牧同志的离去，真是文坛重大的损失！他走得太早太匆忙了，他还有许多工作要做，还有许多文章要写哪。

冯牧的溘然长逝，使我真正体味到了“重大损失”四个字的分量。我和朋友们好多日子都难以相信这个残酷的消息会是事实，总觉得他是出国或者出差去了，也许又到他一生中最喜欢最愿意去的第二故乡云南采风去了。他曾经告诉我，他真正漂亮的散文还没有写呢，还在他那许多本密密麻麻记载了他所走过的那美丽、神奇、丰富的云南边疆的笔记本上哩。他说他甚至比徐霞客走过的云南的地方还要多呢。这是他一直引以为豪的。他特别钟情于云南、热爱云南。云南大大小小的事和人都会牵动他的心。他几乎踏遍了云南的山山水水，走尽了云南各民族的山庄村寨，成了首都文坛独一无二的“云南通”。

当然，他爱云南，迷恋云南，不仅是因为云南风光旖旎，生活丰富多彩，还因为这是他曾经浴血奋战过的地方。也正是在云南，战争锻炼了他，生活哺育了他，促使他写出了许多好文章。同时，在他后来担任昆明军区文化部长期间，他陆续发现和扶持了白桦、公刘、林予、彭荆风、季康、公浦、周良沛等一大批有才华、有创作实力的军旅青年作家。这些人直至今天依然活跃在文坛，个个成就卓著，是当今中国文坛宝贵的中坚力量。这批当年的青年作家几乎都不同程度地受到过冯牧的扶掖和帮助，使得当时在全军，大家都羡慕昆明军区出作家，这些作家一时间名声大噪。

冯牧同志作为文学前辈，作为延安出身的老同志，一直重视发现和培养文学新人。他在一篇文章中曾经说过："……我要在我力所能及的情况下，把我的主要力量放在坚持和宣传我自认为正确的文艺方针和文艺思想上，放在对于文学新人和文学新作的发现和培育上。"

这是一点不错的。他是这么说，也是这么做的。尤其新时期以来，几乎每一部新人佳作的问世，每一颗新星的闪现，都使他兴奋激动，都受到他的热情关注和及时评论。冯牧长期担负着文艺领导工作，事情既繁多又繁杂，他又体弱多病，然而熟悉他的人都知晓，冯牧同志是读作品最多的人，特别是青年作家的作品，他差不多刊物一到手就要一口气读完，有时常常通宵达旦。不少年轻人的好作品，是他第一个发现的。读到了年轻人的好作品，他兴奋地逢会便讲，逢人便说，有的还及时亲自写评论，有的推荐报刊转载，扩大其影响。冯牧慧眼识英才，他有着老练的文学评论家的敏锐目光。至今，究竟他发现了多少新星，培养了多少新人，评论和推出了多少青年作家，这是无法统计和估量的。他对青年作家满腔热忱，青年作家是不会忘记他的。1993 年在延安开会，回忆起延安的往事时，老作家马烽说，他的第一篇小说的评论是"我应称之为老师的冯牧写的"。当时冯牧在延安《解放日报》做副刊编辑，评论马烽处女作的文章就发在延安权威的《解放日报》上。这对一位名不见经传的习作者来说，该是多么大的激励和鼓舞！用现在的话说，一篇评论推出了一名作家。想想看他的一生，特别是新时期以来，曾为多少新人新作的出世呼唤、呐喊，倾注了心血，倾注了关怀！

那天，在冯牧同志的追悼会上，在拥挤的人群中，我就发现有许多正在创作活跃期的中青年作家，一个个怀着极其悲痛的心情向冯牧同志致最后的敬意。

人群中，部队的青年作家很多。在长长的哀悼队伍中，我突然见到了李存葆，问他怎么来的？他低声悲戚地说："我从山东特意赶来的。”队伍中，还有一些中青年作家好像也是远道而来。人们真是没有料到冯牧会这么快这么早地离我们而去了。而他的匆忙离去，留给活着的人们极大的悲痛和惋惜。他的离去是文坛不可弥补的损失。这些年，文艺界有一些谋私利不谋工作的不正之风，冯牧对此义愤填膺。他身为中国作协副主席，坚持党的文艺方针和大团结的精神，吸引和凝聚了大批正直的作家到实际生活中去，写出讴歌改革开放的富有时代精神的好作品。

冯牧为人很平和、实在、宽厚，各个年龄层次的人都可以成为他的朋友。而他对于朋友，无论年龄大小、地位高低，都一概真诚相待。跟他在一起可以无话不谈，说对了他会赞许你，说错了他会纠正你。和他在一起总有一种亲切感，他的身上似乎有一种让人愿意接近的魅力。他从不摆架子，总是以一位普通作家的身份出现在各种场合。所以人们反而很敬重他，认定他为良师益友。

晚年的冯牧很喜欢摄影。每次外出他总要带上他那架心爱的照相机，逢山照山，逢水摄水。他喜欢给同行者拍照。事后，他会及时冲洗出来，一个人装一个信封再进行赠送。前年，我随他和陈荒煤、周而复、黄宗英等去河北野三坡旅游，一路上冯牧热情地为我们大家拍了不少照片，回北京不久，每人都收到了他洗印的照片。如今我翻检这些照片时，看到冯牧同志亲切、和善的身影，我简直不能相信这个世界没有了他！

不！不会的！他温厚的笑容，他富有感染力的声音，他独具魅力的风度，都历历在我眼前。他仍活在我们中间，永远活在我们中间，冯牧！

1995 年冬末

前年我见王洛宾

一代音乐大师王洛宾溘然长逝，令海内外热爱他和他的歌的人感到无限悲痛和深深惋惜。

前年的冬天，他在北京还说：“我要活一百岁，我还有许多歌没写，我还要完成六场歌剧《阿曼古丽》的创作，我还要教许多学生，我还有许多事没做……”

1994 年 11 月我第一次见到他和认识他——一位有着青春活力与孩子般天真的老人王洛宾。那次他随新疆军区歌舞团在京首演大型歌舞诗晚会《在那遥远的地方》。因为这台节目的主办单位是我的家乡的陕西大合实业集团公司，而公司的老总乔连学、孙海龙及米鹤莹，还有歌舞团的政委黄永军又都是我的老乡和朋友，因此我参与了他们演出的一些活动，有较多机会接触王洛宾、了解王洛宾。当然，这之前只知道他的名字，熟悉他的歌，喜欢他的歌。

其实，近些年越来越多的人在歌唱《半个月亮爬上来》，越来越多的人在迷恋《达坂城的姑娘》《掀起你的盖头来》，更有许许多多中国人、外国人日思夜想在神往《在那遥远的地方》。

可过去，不！是将近半个世纪以前，人们喜欢这些歌，传唱这些歌，而对它的采集者、整理者、改编者、译配者究竟是谁，并不知道。有的歌曲印行时署的还是“佚名”。然而毕竟沙漠埋不了黄金，一个将毕生的心血和情感倾注于西部民歌的王洛宾，直到晚年才引起人们的关注，得到社会的承认，并终于迎来了他最后的辉煌。他出版了自己的歌曲集，在上海、北京、深圳举办了音乐会，还到中国台湾，远渡重洋到美国、新加坡举行精彩的演唱会。无论是在国内还是在国外，他所到之处都受到歌迷们的热情包围和欢迎。他荣幸地成为中国金唱片奖的获得者。他的音乐成了世界音乐宝藏的瑰宝。他因此而感到幸福、自豪。作为一位中国音乐家，曾经有国外的朋友劝他移居外国去，安度晚年。他说："我是中国人，我爱自己的国家。我的艺术土壤在祖国，我的根在新疆，我不会离开这块土地。"

早年的王洛宾，在北京师范大学音乐系学的是西洋音乐，毕业后准备去法国留学。可1938年的一次旅行改变了他的一生。在河西走廊，一位名叫"五朵梅"的车马店女老板一曲如泣如诉的"花儿"吸引了他，激动了他。他忽然醒悟：流传于民间的西北各族的民歌具有多么丰富的韵味和魅力啊！最美的旋律，最美的诗，最美的歌在大西北哪！

从此，王洛宾便一头扎进西北高原的黄土地。献身西北，献身西北民歌，他与黄土地结下半个多世纪不解的因缘、情缘。他常常不辞劳苦地深入到民族地区的最底层采风，与农牧区的少数民族同胞结下深厚的情谊。从1938年搜集、整理《达坂城》起，将近60年的漫漫岁月里，他采集、整理、改编、译配、创作了300余首民歌。他说，我搜集、整理民歌，是为了能让人民从音乐中得到鼓舞与欢乐。他的一生，离不开歌。歌既是他的事业，又是他的生命。他一生都生活在自己的音乐世界里。

他用尽毕生的心血传播民歌《在那遥远的地方》《达坂城的姑娘》《阿拉木汗》《半个月亮爬上来》《掀起你的盖头来》《青春舞曲》《玛依拉》《可爱的一朵玫瑰花》……一首首洋溢着黄土地气息、充满山野意趣的西部民歌曾经伴随过几代人的青春岁月，温暖着无数人的年少记忆。这些歌在国内外广为流传。

有位诗人说，有华人的地方，就有王洛宾的歌。因此国外传媒称誉他为“中国西部歌王”“民歌之父”等，他一概淡然处之。他最喜欢的一个头衔是一位新加坡老太太赞誉他的“传歌者”，他拒绝“歌王”的桂冠，这正是王洛宾的境界。

他虽然饱经沧桑，历尽坎坷，然而对于一生执着追求和献身的音乐事业，却无怨无悔，义无反顾。他给人间留下了最美的歌！这些歌将会历久弥新、永世流传。

令我深为感动的是，在他生命垂危之际，他反复说的话就是他有一部六幕歌剧才写了一场半，还没有完成。他甚至渴望上天多给他十天的生命，那他就可以完成这个剧本了。

关于这个剧本，前年我们认识后他曾对我谈起过剧本的构思，可惜没有完成。

王洛宾虽然离我们“远去”了，但我相信他那用生命谱成的歌，他那已经流传了半个世纪的歌，将永远回荡在人们的心间！

1996 年寒冬腊月，追记

岸在北京

许多人大概同我一样，熟悉沈醉这个人物，多半是因为读了小说《红岩》。后来，我又陆续在《文史资料》中读到他撰写的系列回忆录:《我所知道的戴笠》《军统特务头子戴笠的继承人毛人凤》《蒋介石准备暗杀李宗仁的阴谋》等。去年，长沙一位朋友又送我一本湖南出版的沈醉著《我这三十年》，洋洋 20 多万言，记述了他在 1949 年以后艰难曲折的改造和思想变化的历程，文笔流畅，情真意切。他在这本书的结尾中诚挚地写道:“曲折离奇的 30 年过去了！党使我从一个卖国集团的骨干变成了爱国人士；从反党反人民的军统特务变成了热爱共产党和人民的人，这是一个多么巨大的变化啊！新的 30 年又已开始。为了报答党和人民对我的恩德与信任，今后的担子更加重了，我决心用全力挑起来！为了祖国的‘四化’建设和祖国的统一大业做出一点贡献，以便把我另一个 30 年的历史写得好一些。这就是我的决心和愿望。”

这使我又联想起载于报端的一篇文章。1980 年底，沈醉和他的女儿沈美娟经政府批准，去香港探亲。当时批准他居留香港一年的假，而他却一月不到就和女儿返回北京。这件事使许多人特别是香港的旧友大惑不解。离港时，由于时间匆忙，对许多关心他的朋友未及登门告辞者，他都写了信去。信中大致有这么几句话:“喜未迷途，尚能知返。苦海无边，不敢再跳！回头是岸，岸在北京……”

岸在北京，这是他发自肺腑的心声！

曾有记者问他："在香港，有那么多老友挽留你，有的劝你居留香港，还有人愿保送你去海外，你和你的女儿有这么好的条件，不到期就往回跑，究竟是为什么？"

他的回答果断、明确。他说："共产党和祖国的人民关心我们，爱护我们，给予了我们最大信任，我们怎能舍得抛弃自己的祖国，辜负党和人民的期望呢？我作为一个爱国人士，这只是一点起码的、应有的爱国表现啊！"

这件事给我留下很深的印象。

恰巧，不久前，我在八十诗翁臧克家同志家里闲谈时，克家同志兴奋地向我展示他的一首新作，是他在读了《我这三十年》后应沈醉之请而赋。诗云：

岸在北京

检点生平痛不禁，
情真意切撼人深。
是今非昨肝肠见，
折铁男儿自有心。

克家同志说，为作此诗，他反复推敲、六易其稿。说着，他进卧室兼书房拿出一个笔记本，上面有他反复修改的原稿，指给我看。我很感慨老作家严肃的创作态度。沈醉收到这首诗后，十分感动，当即步韵和谢一绝：

华章捧读泪难禁，
勖勉谆谆寓意深。
党恩长沐无由答，
惟学诗翁爱国心。

我问克家同志:“你认识沈醉?”

诗人爽朗地笑了，给我讲了一个故事。他说，去年他去青岛开会时，登上火车走进软卧车厢，发现同室的旅伴竟是沈醉！沈醉向诗人表白他一向久仰老诗人，热爱诗人的诗作，两人相谈甚欢，很快成为知交。后来政协开会也就有了来往，因为沈醉是全国政协委员，臧克家是全国政协常委。加之翰墨之缘，两位老人建立起宝贵的友谊。

事有凑巧。今年的国庆前夕，在人民大会堂的一次茶话会上，我被安排和沈醉先生同桌。他虽年事已高，身板却还硬朗。谈吐温文尔雅，比较随和，但步履中依旧显露出军人气概。我问他是否记得诗人臧克家，他笑语回答:“哪能忘掉！诗人题赠我一个条幅，是首好诗！诗意浓，寓意深，我能顺口背得下来。臧老身体可好?”

我告知他，臧老刚刚跨进82岁，身体不错，精神状态尤好。还时常有新作问世呢!

我问:“沈先生现在正在写些什么呢?”他稍稍思索之后，说:“我刚刚完成《魔窟生涯》的书稿，还准备写一部《冤家路宽》，这部书我主要写共产党人的宽宏大量。”他说，在这部书中，他将要写出周总理、廖承志、徐冰、廖沫沙等领导同志对他的教育、开导和关怀。他获得人民政府特赦后，人们对他以礼相待，诚挚相交，关怀备至，许多感人的往事无不令他终生难忘!

沈醉以写自己的罪恶及忏悔，并揭露国民党军统内部黑幕而进入文坛。他的作品拥有一定读者，并具有某种意义的史料价值。祝愿他早日完成他的那些别具一格的书。

1986年深秋，北京

秋天的悲凉

接到电报，是李佩芝去世！这个突如其来的噩耗，使我半天反应不过来。我不能相信，一个这般热爱生活、热爱生命、热爱文学事业，如此才华横溢、勤奋耕耘、成就卓著，且创作正处于旺盛期的文品人品皆好的女作家，竟会离我们而去！她才刚刚 51 岁哪！

我深感悲痛和惋惜。我想起在李佩芝未发现癌症之前的 1993 年秋天，我们还一起参加中国作协作家访问团，到山东济南、青岛、蓬莱、烟台、威海等地参观访问、采访写作。那次诗人李瑛为团长，我担任副团长，大家都觉得一路上和李佩芝相处十分愉快、融洽。每到一地总免不了有联谊活动，我们就时常推举她作为访问团最佳“歌手”，她甜美、嘹亮的歌喉赢得阵阵掌声。山东半岛城市农村改革开放的成果及喜人的形势，使她和我们大家深受感染和鼓舞。她一路都在用心地看、用心地听、用心地记笔记，她兴奋地说，出来看看，真是大开眼界，可写的东西太多了。给我印象很深的是，李佩芝作为一个女同志，家庭和本职工作都需要她的付出和奉献，然而对于文学创作她情有独钟。她对生活充满激情，对写作充满热情，是一位事业心很强的女人。

从山东回西安不久，她又因公来到北京，打电话跟我说，她一生有一个最大愿望，就是想见老作家冰心一面。她知道我和冰心老人熟，希望我能帮她了却这个心愿。因为她是散文家，又是位女作家，想见冰心合情合理。我告诉她，冰心因病住院了，不便见客，是医生的嘱咐。她急了，说："你给医院说说吧，能让我看上冰心一眼就行了。"我觉得她实在心诚，便答应想办法试试。她说，她在北京的事已经办完，专为此愿等候。果然她等了几天，又催问我。医院不松口，我只好另施一计，让佩芝跟我黄昏"闯"进医院。

为什么选定黄昏？因为这时恰是医院一般探视都停止了，医院安排病人吃饭的时间，门卫管得松，房间也清净，我就是常常在这个时间去看望冰心的，室内清静，可以和老人多说说话。

佩芝说这是她难得的机会，她要给冰心带礼物，便问我买什么好。我说，冰心最喜欢玫瑰花。她说："那好，咱去买花。"当日黄昏，我带她到北京医院附近的崇文门一家花店，由她仔细挑选了一束鲜艳的红玫瑰。我们走进了冰心的病房，果真护士刚刚端着晚餐进来，冰心已经围上餐巾正要用餐，我赶忙向老人介绍了李佩芝。冰心一见是位文静的女作家，也格外高兴。我们就插空说起了话。我还给佩芝和冰心抢拍了几张相——洗出来后一看，冰心老人胸前还戴着白色餐巾呢。佩芝对冰心大声说，她是从小读她的作品长大的，也才喜欢文学的。一直想看望老人，今天才实现……她说她今天真高兴！冰心笑了，说："我也高兴！"

那天，她热情地和冰心说了不少心里话。临走，她从挎包里取出两本书——是她的两本散文集，送到冰心手里，老人直说谢谢她。我从冰心手里接过书一看，李佩芝分别在两本书的扉页上工工整整地写了这么两段话：

"一种宁静的大气，是我为文为人的追求，那是先生作品灵魂的教诲。"

"一种诗意的悠远，几十年来萦绕着我的灵魂，那是先生作品艺术的魅力。"

说得何等好啊，佩芝！这既是你对冰心大师的赞美！何尝不也是你自己为人为文的追求和最好的写照！

告别冰心，离开北京医院后，我们走到美丽宽阔的长安街上时，十里长街，华灯初上。北京城，闪烁着一片耀眼的辉煌！佩芝激动地说:“我终于见到了冰心！我今生的愿望实现了……”我想，佩芝今后的路子还长，创作上一定会有更大丰收。谁知，不久传来一个令人难以置信——其实是难以接受的消息，说她被检查出了癌症。朋友们都知道佩芝是个坚强、开朗的人，一定会渡过这一难关。大家但愿这是一个误会，希望看到她再站起来，希望还能读到她的文章，听到她的歌声！可是，这一切都不可能了，而且永远不可能了！

佩芝，我和北京文学界陕西籍的朋友们，为文坛痛失一位优秀的女作家而深深悲恸！同时，也感到悲凉，在这个多雨的秋天。安息吧，李佩芝，你和你的作品将永留读者心间。

1996 年秋雨夜

漫游在科学王国里

万里晴空。此刻，我们正乘坐一架由昆明飞往首都北京的三叉戟民航机，机舱中的一百多名乘客，有来自云南的少数民族，有赴京出差的干部，还有为数不少的来自世界各地的国际友人。他们有的在愉快地谈话，有的在翻阅着报纸和画报，有的在玩扑克，还有一位国际友人正俯首迅笔疾书，也许在向远方的亲人报告中国见闻吧！

我和作家徐迟同志并排坐着。当我们兴奋地倚窗观赏了一阵天空的迷人景色之后，都陷入了沉思……是啊，春城昆明，美丽、神奇、丰富的西双版纳，以及在这些地方战斗并做出了出色成绩的老一辈和年青一代科学家的感人事迹，给了我们多么难忘而深刻的印象呵！

“云南，简直太丰富了！太丰富了！”徐迟同志兴奋地说。

我说：“也是美丽、神奇的呀！”

这个美妙、确切的概括，也正是诗人徐迟在他 1956 年初次访问云南后所写的一本诗集的书名。我们说着，都哈哈笑了。

这时，徐迟同志又掏出他的笔记本，习惯性地把一些感受和联想随手记下来。这已经是他多年的老习惯了。忽然，热情的服务员走过来了，挨个递给每个乘客一杯橙黄的橘子水。徐迟接过水杯时合上了笔记本。眼尖的服务员发现了笔记本上《人民文学》字样，便好奇地问：“你们是《人民文学》的？”

“是呀。”徐迟回答。

“呀！这一期《哥德巴赫猜想》那篇报告文学写得特好！陈景润

刻苦学习的精神特别感动人！我们都争着、抢着看，好多人都激动得哭了。”

“说说你们看了还有什么意见，批评意见。”徐迟诚恳地说。

“我们的意见就是刊物太少，买不到。”

由于她正在工作，我们没有交谈几句。过了一会儿，她又找来一个伙伴，说她现在有空，想专门和我们谈谈。她介绍说，她们俩都是机组服务员，一个是北京人，一个是上海人，都很喜欢文学，是《人民文学》的忠实读者。她们热情地向我们谈了对一些作品的读后感，特别是《哥德巴赫猜想》。“什么是又红又专？”“究竟什么是青年人的理想？”等等，引起她们的深思。说着，那位上海姑娘忽然问：“这篇报告文学的作者徐迟是什么人？也是个科学家吗？”我说：“徐迟是个诗人、老作家，现在在湖北省文联工作。”她们吃惊地“啊”了一声，说：“那他怎么那么熟悉陈景润，熟悉科学？真不简单！”

徐迟同志在一旁默默笑着。他示意我解答她们的问题，他仿佛没有发言权了。这时，那位机灵的上海姑娘，忽然看见徐迟手里拿着一个笔记本，便用征询的口气说：“老同志，把侬的采访本借给阿拉看看，好吗？”

北京姑娘也说：“那里面一定记下了不少吸引人的事儿。”

姑娘刚刚翻开第一页，看到签名，惊喜地喊出声来：“呀，您是徐迟同志？”

“啊！徐迟！”

徐迟同志被这意外的“暴露”弄得不知所措。两个姑娘都高兴极了，顷刻间就把她们对《哥德巴赫猜想》的读后感一股脑儿都说了出来，还提出几条很好的意见哩！

飞机以八百多公里的时速在万米高空飞行着。夜幕降临时，我们抵达了目的地——首都机场。当我们向机场主楼走去的时候，在夜色苍茫中，还隐隐看见站在机翼下的两位可爱的姑娘，她们在向我们热情地招手哩。春夜的微风，传来了她们的喃喃自语：

"啊，徐迟，这就是徐迟同志……"

是的，这就是徐迟。《哥德巴赫猜想》的作者，诗人、作家徐迟。他作为一个文学工作者，受祖国四个现代化大好形势的鼓舞，最近问津于自然科学了，向科学进军了。他先是在地学、地质力学的领域里跋山涉水好几个月，后来在数学、在解析数论的王国里，探索、奔波一番。这次，又千里迢迢、穿山越岭到西双版纳热带亚热带沟谷雨林中漫游一趟。仅仅几个月的短促的学习、访问、旅行，他觉得收获很大，开阔了眼界，增长了见识，结识了许多科学界的新朋友。科学领域呵，风光如画，神奇美丽，人才济济，事迹感人。他决心要行进，要探索，要攀登，要到丰富多彩的科学领域里去经风雨、见世面，放声歌唱！

1977 年 10 月，徐迟写我国著名地质学家李四光事迹的报告文学《地质之光》在《人民文学》发表，引起读者的广泛注意，反应极为强烈。为了进行《地质之光》的写作，徐迟做了充分的准备，下了很深的功夫。他首先广泛收集和阅读研究了李四光同志的著作、讲话记录和有关资料：中文的，外文的，大约二三百万字。其中很多是地质学的专门学问，他不懂就硬钻，或者向专家求教，或者查阅资料。这是一方面，是研究"死"的材料。还有更重要的一个方面，即掌握"活"的材料——他访问了李四光同志的女儿、金属物理学家李林同志，李林向徐迟热情介绍了许多重要的情况，还将她母亲生前所写、有关她父亲的回忆录全部给徐迟看了，这为徐迟全面了解李四光提供了重要资料。

说起来很有意思，徐迟第一次到北京西郊登门拜访李林时，是 1977 年 8 月 1 日，那天正好下大雨，他在路上淋得全身湿透了，活像个落汤鸡。李林呢，在家门口接他，见此情景，十分感动，他们很快建立了感情，谈得十分融洽，她给了他很大帮助，徐迟很感谢她。

同时，徐迟还到国家地质总局访问了李四光的原秘书，访问了地质力学研究所所长，了解李四光思想、工作和科学成就的某些具体情况。经过一段时间的消化、酝酿和构思，很快，他写出了一个初稿。他念给李林听，征求意见。李林除发表肯定的意见外，还建议他要写中华人民共和国成立以后李四光担任国家地质部部长期间的工作成果。原来，李四光根据毛主席和周总理的指示，和他自己多年从事地质力学科研的实践经验，做出了新华夏体系的第二沉降带，松辽平原、华北平原、江汉平原和北部湾有希望出油的判断。1954 年，他亲自抓石油勘探，首先抓松辽平原的勘探，经过四年的艰苦奋战，终于在 1958 年发现了大庆长垣构造，从而掀起了惊天动地的大庆油田会战，拿下了一座大油田。

“这是一个多么了不起的判断，一个多么了不起的发现！”

徐迟被深深地打动了。这对于描写李四光，对于歌颂李四光为国家做出的重大贡献，是有着多么重要的意义啊！这怎么能丢掉或是舍弃呢？不能。为了深入调查研究，取得更直接的材料，徐迟当即决定到华北油田去！当我陪同他驱车前往的时候，在路途中，我忽然发现他的手提包里鼓囊囊地装满了书，其中有列宁的《唯物主义和经验批判主义》，有《毛泽东选集》，还有大量的李四光的各种版本的著作。我随意问他：“都读懂了吧？”他笑笑说：“有的攻下来了，有的还正在攻，还需要求教。咱们到油田去，那里老师多的是，还有油田的‘实际’，可以学到不少东西的。”他充满了信心。他从来都是一个乐观、有信心的人！

汽车以高速行进在广阔无垠的华北平原的原野上。笔直的公路两旁整齐地矗立着高高的白杨树，组成一条美丽的绿色长廊。徐迟同志的情绪一直很兴奋，他说，他在写《地质之光》时，除了大量学习和研究李四光的地质学著作之外，还着重学习了列宁的《唯物主义和经验批判主义》的第五章，这一章是讲自然科学家的。学习的目的在于想运用马列主义的观点来观察和分析李四光的主观与客观是如何统一的。当然，在他看来，李四光作为一个卓有成就的又红又专的科学家，他的主观与客观统一得很好。因为李四光是个唯物主义者，所以他在科学上的判断就比较正确。……我们谈着谈着，车子已开进了任丘县城。啊，华北油田到了！

徐迟同志在华北油田生活了10天。华北油田这一段生活的补充对他的创作是重要的。在这10天里，他抓紧一切时间看、听、问；采访一些先进人物，看了一些油田现场，还和几位石油专家进行了长谈。晚上他躺在床上还拼命看书，研究材料。他想把这篇文章尽可能写得好一些。他认为，创作创作，就是创新之作。怎么能重复别人的东西呢？文学作品是要有新的东西的，应该给予读者一些新的思想和新的启示。在我们朝夕相处的日子里，我深深感到他内心里有一团火！在他一改再改的辛勤劳动下，《地质之光》发表后终于受到了广大读者的欢迎。

为了迎接即将召开的全国科学大会，宣传我国向四个现代化进军中科学工作者前进的步伐，《人民文学》决定继续邀请徐迟采写突破了“哥德巴赫猜想”的著名青年数学家陈景润。于是，通过长途电话，我再次邀请徐迟同志来京商议。北京到武汉的电话线路接通后，当我说明编辑部的意图时，徐迟答应说，试试吧。为什么说试试呢？因为徐迟感到陈景润这个人在数学上的贡献是了不起的，但传说他是个科学怪人，这使得徐迟不得不产生了犹豫，决定看看情况再讲。到达北京后，有些老朋友知道他是来写陈景润的，也好心地劝告他不要写这个题目，说：“你写了李四光，很好，很得人心。这是一个有定评的又红又专的科学家。但是陈景润呢，情况就不同了，这是个是非之人，弄不好会挨骂的……”

是呀，究竟能不能写这个人？徐迟经过一番认真的考虑后，又去请教了一位老同志。这位老同志即他的姐夫伍修权将军，伍将军很支持，果断地说："写，陈氏定理了不起呵！"这坚定了徐迟的决心和信心，他毅然踏进了科学院数学研究所的大门。到数学研究所的第一天，陈景润工作所在的五科室党支部书记李尚杰同志简略地向我们讲述了小陈（这是老李对陈景润的亲昵称呼）的大体情况，之后就又出去了。不大工夫，李尚杰同志和一个个子不高、身着一套极为普通的旧蓝棉布制服的年轻人走了进来。这个年轻人一进门就热情地和我们握手，直说："欢迎你们，欢迎你们。"老李这才向我们介绍说："这就是陈景润同志。"啊，这就是外国报刊宣传的"陈教授""陈博士"？我们没有想到这么快就同他见了面，而且，他竟是这么一个个子不高、十分朴素的人！

老李向他说明了我们的来意。我特意向他介绍了徐迟同志，并说明我们约请徐迟来撰写关于他如何攻克"哥德巴赫猜想"难关、攀登科学高峰事迹的报告文学，准备在《人民文学》刊物上公开发表。他听了赶忙说："哎呀，徐老，你可别写我了，我有什么好写的？你写写工农兵吧！写写老前辈科学家吧！"徐迟同志笑了，回答他说："我不是来写你的，我是来写科学界的，来写四个现代化的！你放心好了。"他笑了，天真地说："那好，那好，我一定给你提供材料。"

于是我们随便交谈起来。徐迟问他在搞什么？他说"猜想"的问题到了最后关头，但也正是难度最大的阶段。他说，叶剑英同志《攻关》诗的发表对他鼓舞很大。说着，他满怀激情地朗读起来："攻城不怕坚，攻书莫畏难。科学有险阻，苦战能过关。"读毕，他充满热情地说："我要继续苦战，努力攻关，攀登科学高峰。"然后又告诉我们说，最近，他收到国际数学联合会主席邀请他去芬兰参加国际数学家大会的信，并指名请他做 45 分钟学术报告。参加这个会议的将有全世界各国的学者 3000 多人，但做学术报告的只有十来名，其中亚洲两名：一个是日本的，一个便是他。他说他感到事关重大，便立刻把这封信交给了党支部。支部呈报科学院党委，中国科学院领导方毅同志看到信后接见了他和李尚杰同志。方毅同志对他说：“你是大数学家，国家很尊重你。这封信是写给你的，由你来考虑，去还是不去，你可以直接回信答复。”

他经过一番认真考虑，并做了一些调查研究之后，很快写出了回信。信的内容大致有这么三点：第一，我国一贯重视发展与世界各国科学家之间的学术交流和友好关系，因此，我感谢国际数学联合会主席先生对我的盛情邀请。第二，世界上只有一个中国，就是中华人民共和国；台湾是中华人民共和国不可分割的一个省。目前台湾占据着国际数学联合会我国的席位，因此，我不能出席。第三，如果驱逐了台湾代表，我可以考虑参加。

回答得多好呵！难道一个“白专”道路的人能够做出如此回答吗？回答得又是何等明白呵！难道一个“科学怪人”会有如此清醒的政治头脑吗？

接着他又向我们讲述了“四人帮”企图利用他打击邓小平同志的罪恶行径。那阵子，曾经有几个挂着“记者”招牌的人，蹿到数学研究所，三番五次地动员他、威吓他写文章“批邓”，他都拒绝了。这些人一计不成，又生一计。忽而又变了一副腔调，甜言蜜语地对他说，人家不都说你是走“白专道路”吗？好啦，如果你对“批邓”表个态，写篇文章，那就证明你是“又红又专”的科学家。他依然拒绝了。

这就是我们和陈景润第一次见面的谈话。说真的，我们深深地被感动了。徐迟同志立刻激动地，然而是悄悄地微笑着对我说：“多可爱，我爱上他了！”

当晚，徐迟就住进了科学院招待所，信心百倍地开始了他的采访活动。去招待所的途中，他还不断地说：“这个人（指陈景润）我们好像见过面。我爱上他了，一定要写他！”的确，这是多么可爱的年轻科学家啊。

也许，事物总是曲折的，包括人们对一个人的看法和评价，常常不那么完全一致。有一天徐迟在食堂吃饭，有个女同志问他是哪个单位的，他说是《人民文学》的。那位女同志一听便说：“那你一定是来写文章的，写谁呢？”他说：“写陈景润。”她立即劝告他：“不要写他。写杨乐、张广厚多好！”但是经过一段时间的深入采访，徐迟愈来愈坚定了。为什么呢？

“你看，他是个多么可爱的人啊！”徐迟说，“他把自己的一切献给了事业。他是好样的，不是吗？瞧他每天钻研12小时之久，除了研究数论，还自修了两门外语（原来就已掌握两门外语）。他的经历够悲惨了，身体够坏了，但他却始终坚持工作，刻苦钻研。他利用了一切可以利用的时间钻研科学哪！这样的人多点该多好！国家需要，四个现代化需要呀！”徐迟说到这里，非常激动，他真的动感情了。

当然，世界上的事物，总是一分为二的。人无完人，金无足赤。在陈景润的身上，在他前进的坎坷不平的道路上，也同样存在着缺点和缺陷。但二十多年努力研究科学，对国家做出了贡献，这是他的主流。

作家徐迟深入生活经过一番调查研究后，更加坚定了自己的信念，更加热爱陈景润了。他下决心写他，而且给自己制定了标准：只能写好，不能写坏。要饱蘸浓墨，用热烈的感情去谱写我们时代的最强音！

他动笔了，但是一落笔就感到困难重重，因为毕竟所写对象是位数学家。而徐迟的数学水平呢？他自己说蹩脚得很，只对加减乘除有点把握，一到数论就要干瞪眼了。怎么办？他想，科学是不太懂，也不易懂，但是科学家是可以懂的，可以建立感情的。有了感情就可以写了。当然必要的科学常识还是要学的。

因此，他首先买了一本马克思的《数学手稿》，这是讲微积分的。开始不懂，硬是读下去，结果读出兴味了。他觉得马克思的《数学手稿》同其他的数学手稿不一样，马克思写了许多文字说明，而且大多运用了社会科学语言，非常生动有趣，有助于理解问题。他还阅读了《中国古代数学史》，华罗庚教授的名著《堆垒素数论》《数论导引》等书，当然这些都是专门著作，不大容易懂。不懂他就向专家虚心请教。

他为了全面了解陈景润的情况，还特意访问了数学家吴文俊、王元、杨乐、张广厚以及《数学学报》的负责人等。他把他们的学术论文也都找来读了，并当面向他们求教。数学家为徐迟的虚心好学精神所感动，他们也耐心地向他讲授，向他介绍情况。

他写写停停，停停写写，一边思考，一边翻阅一些有关资料，有时写出一段，不满意，就扔掉，重新来。他的创作态度是严肃的，对自己作品质量的要求也是严格的。此刻，他激动地写呀写呀，满怀感情地抒发着对陈景润的爱的感情。渐渐地，一个由“畸零人”成为正常人，成为一个正直的人，而后突然站立起来的陈景润形象跃然纸上……

文章发表后，受到了广大读者的欢迎。由此可见，作为一个创作者，一定要投身于斗争生活，同他所写的人物同命运、共呼吸。作者歌颂什么，抨击什么，要有鲜明的立场和思想观点。这一点，徐迟深有体会，他认为作家深入生活，就是参与生活。深入就是介入。介入错误的一方，就是错误的；介入正确的一方，就是正确的。因此他说:“我写了陈景润，就是与他共命运。我是充满信心，非常乐观的，我们的远景使我神往，我们向四个现代化进军的大好形势使我受到鼓舞！就像《国际歌》里唱‘满腔的热血已经沸腾……’我要写，不停顿地写下去！我要歌唱，歌唱我们祖国的春天！这一切都靠什么呢？靠马列主义、毛泽东思想。这是力量的源泉。”

的确，诗人徐迟同广大作家一样，在实现四个现代化的大好形势鼓舞下，真的像歌里所唱的那样，满腔的热血已经沸腾！在他刚刚完成《哥德巴赫猜想》之后，就飞到祖国西南边陲的西双版纳去了。在那儿，他采访了著名植物学家蔡希陶，写出了《生命之树常绿》。飞回北京后，他又采写了关于著名物理学家周培源的报告文学《在湍流的涡旋中》。随后，1978 年 3 月，他又被邀请参加了全国科学大会。在科学大会期间，他采访了著名科学家钱三强、何泽慧、张文裕，女植物学家吴素萱等人。4 月，他又飞往云南，登上 3000 多米的高山宇宙线基地，进行了参观访问。7 月，他又和作家曹禺飞到了祖国西陲新疆，访问了天山南北的好地方，写出了优美的游记和诗。最近，他又随中国作家协会作家学习慰问团访问了大庆、鞍钢。看，仅就这么一个并不完全的行程表，以及他连续不断发表的作品目录，就足以看出诗人对祖国社会主义建设事业，对沸腾的生活，倾注了多么深的感情呵！他真是一个不知疲倦的人！一个勤奋的歌手！他马不停蹄地东奔西颠，走南闯北，漫游在科学王国里，为那些为了实现四化努力奋斗、奋发有为的科学家谱写美好的赞歌！为祖国四个现代化放声歌唱！歌唱！……

1978 年冬天，北京

看望艾青

好久没有去看望艾青老人了。还是在去年年初 3 月 27 日他 85 岁生日时，我和朋友们去协和医院给他拜寿，当时，他只是静静地躺在花丛旁的病榻上，一言不语。对于人们向他祝贺生日，他只能微微点头，表示谢意。我们默默祝福这位人们敬重的诗坛泰斗能够早日康复。

过了不久，由于病情有所好转，他出院回家疗养。对于 80 多岁高龄的艾青来说，这无疑是一大幸事。因为在家里有贤惠的夫人高瑛的悉心照料，且不说能够吃、住得好，休息得好，心情也会是愉快的，而心境的好坏，对于一个患者来说，又是极其重要的。艾老病情的好转，是令人欣慰的消息。

时近严冬，一个阳光和煦的日子，我和来自春城昆明的诗人晓雪及其夫人、白族歌唱家赵履珠（电影《五朵金花》插曲的歌唱者）相约一同前往东四十三条胡同艾宅去拜望老人。我们走进他家后，只见老人端坐在客厅的一张木桌旁，见我们来便示意我们坐下。碰巧歌唱家王昆也在座。王昆又恰好是赵履珠当年在东方歌舞团工作时的老领导和指导教师。师生数十年后在艾青家相见，格外高兴！

高瑛大声向艾青说："晓雪夫妇刚从云南来，和周明一起看你来了！"艾老直说："谢谢，谢谢。"

我们刚一坐定，艾青就不无感慨地对晓雪说："一生认准一个人不容易。你年轻时就认准了我，写出了《生活的牧歌》。我一生歌颂生活……”他重复了几遍这句话。

说得好哪，艾老！你的确一生热爱生活，歌颂生活，从你30年代最初发表的震撼文坛的名篇《大堰河——我的保姆》起直至1979年经过20年的沉冤昭雪后，所发表的《归来的歌》《光的赞歌》等大量脍炙人口的诗篇，都充分表达了你对养育自己的祖国和人民的无限深情。从你走上诗坛开始，就自觉地将自己与人民紧紧地联系在一起，围绕着“土地和太阳”这一中心意象，倾吐自己对祖国、对人民的热爱之情。

如今，艾青仍深深地关注着祖国的命运、人民的生活。他关切地询问晓雪云南边疆地区改革开放的发展情况怎样，少数民族生活改善得如何，当他回忆起50年代陪同智利诗人聂鲁达云南之行的情形时，他说：“可惜，聂鲁达已故去。”他还清楚地记得，就是那次在昆明第一次见到刚刚大学毕业回到家乡工作的晓雪。晓雪的毕业论文正是研究艾青的那本专著《生活的牧歌》。这是我国第一部研究艾青的诗论专著。写论文时，晓雪不曾见过诗人艾青，只是一名艾青诗歌的热烈爱好者。那次昆明相见，晓雪和艾青结成了忘年交，几十年来交往不断，友情愈益深厚。今天他见晓雪来，高兴得直说：“老朋友了，老朋友了！”

晓雪带来一件礼物送给艾青，是一座雕刻精细的缅甸白玉大象。艾青喜欢极了，他不断用手抚摸着大象，突然说：“这东西（指大象）很笨，但是鼻子很有智慧。”惹得我们都哈哈大笑了。

高瑛大姐热情地打开一本“艾青”画册，要我们和艾青一起欣赏。画册中详尽地记录了诗人写作生涯的漫漫历程。忽然，我指着一帧他们和外国友人合影照片上的高瑛，开玩笑地问艾老：“这人是谁，漂亮不漂亮？”艾青不假思索地诙谐地说：“是我的‘饲养员’。时间考验她是美丽的。”

说夫人高瑛是他的“饲养员”，这既幽默，又很准确。正是由于艾老有这样一位辛苦而精心的“饲养员”，他才得以延年益寿，能够不断给读者以精彩的新作。如此漫长时间的考验，也证明了夫人高瑛心灵美丽，我于是对高瑛说：“艾老的话对你是最高的评价。”高瑛不无欣慰地说：“他是在鼓励我呢！”

这时，王昆同艾青谈起延安时期的往事，有说有笑。王昆说：“那时我们常常朗诵你的诗，现在，你是诗坛泰斗，可要多多保重哪。”艾青幽默地说：“我不是什么泰斗，是小菜一碟。”

艾青关切地问起王昆最近在做什么，唱没唱歌？

王昆回答说：“不断地唱着呢。今年是纪念抗日战争胜利50周年，唱了许多抗战时期的歌曲。”说着，王昆问艾青：“你还记不记得‘大刀向鬼子们……’”

不料，艾青激动地和声唱起来：“大刀向鬼子们的头上砍去！全国武装的弟兄们，抗战的一天来到了！……”

王昆边唱边打着拍子，与艾青合唱，我们在场的人都受到了深深的感染。反复唱了几遍后，王昆要他继续往下唱时，艾青却笑笑说：“不唱了，鬼子已经打跑了！”

艾老虽说在养病中，依旧关心着社会生活，且思维清晰，记忆力也好。言谈中，他仍不失诙谐幽默，妙语横生。他是一位诗人，同时也是一位智者。同他在一起，不仅轻松、愉快，而且受到不少启迪，增长许多知识。

临近中午时分，我们不敢太多打扰艾老，便依依不舍地向他辞别，他紧紧地握着我们的手，直说：“今天很高兴！高兴！”

我们默默地向老人祝福，祝福他健康长寿。

1995年岁尾，京华

感念曾妈妈

曾志同志去了，静悄悄地去了。还是在6月底的一天晚上，几位作家朋友在北京方采阁聚会时，贺捷生将军首先告知我们这个噩耗的。随后在7月4日，中央电视台在《新闻联播》中播发了曾志同志逝世的消息，新华社也在同一天发了通稿。

当晚，看完《新闻联播》，我打电话给斯亮同志，表达我的哀悼之情。接电话的阿姨说，斯亮带着全家到井冈山、广州撒曾妈妈的骨灰去了。接着我又接到从维熙和缪俊杰的电话，他们也在寻找陶斯亮，对曾妈妈的逝世表示哀悼。因为，我们大家既是陶斯亮的朋友，也是敬重曾志同志的晚辈。曾妈妈去世了，斯亮没有及时告诉我们，朋友们多少有点“埋怨”，直到斯亮从南方撒完骨灰回京后，才回电话说:“这是妈妈的意思。她嘱托丧事从简，不搞追悼会和遗体告别。不要通知亲人和朋友们。希望身后静悄悄的。”陶斯亮说她是遵照妈妈的遗嘱，到南方把她的骨灰埋在井冈山小井村红四军医院后山坡上的一棵树下，因为那里曾是妈妈工作、战斗过的地方。另一部分埋到广州白云山有手印的那块大石头下面，和爸爸陶铸的骨灰合在一起。这样，也就完成了妈妈的遗愿。

我们也就完全明白了，理解了。

曾志同志，正如她女儿陶斯亮所说的那样，她所奉献的远远超过一个女人，所给予的远远超过一个母亲。

她是1926年10月仅15岁时入党并从此走上革命道路的。在漫漫70多年的革命岁月里，她经历了许多坎坷、磨难，在斗争中锻炼成一名坚强的革命战士。中华人民共和国成立后她先后担任过广州市委书记、广东省委书记处候补书记、中央组织部副部长等领导职务。特别是1977年至1983年，曾志担任中共中央组织部副部长期间，坚决贯彻执行党的十一届三中全会以来的路线、方针、政策，参与组织平反冤假错案，落实干部和知识分子政策的工作，使大批长期蒙受冤屈和迫害的老干部、科技人员得到了平反昭雪，恢复名誉，重新走上工作岗位。同时，她还深入基层，考察选拔大批优秀中青年干部充实到各级领导岗位。

后来，她患了淋巴癌，以87岁的高龄，与病魔顽强抗争的同时，只争朝夕地在病榻上完成了40万字的自传。她为我们留下了这笔宝贵财富，后来者是会感念不忘的。

如今，当我面对斯亮寄来的创意新颖的“告别卡”上曾志老人慈祥可亲的遗像时，我回想起一件难忘的往事。

那是11年前的1987年初，我当时担任一家大型文学刊物的副主编，经手发表了一篇引起争议和批评的小说。作为刊物的负责人，我在当时有关部门召开的一个座谈会上，就这篇小说的发表及其产生的不良影响代表刊物编辑部做了公开检讨。

第二天，首都各大报纸均在头版重要位置刊发了这则消息，全国各地报纸也发了新华社的通稿。一时间，小说事件轰动于世。

我的心情极为沉重。这可以说是我参加编辑工作以来最大的一次教训。然而出乎我意料的是，座谈会召开的次日上午，我忽然接到陶斯亮的电话，她说妈妈早晨听到中央台新闻联播后给我写了封信，要她今天就送给我。“上班后我会送到你手里的。现在电话里先给你念念……”

当天上午我很快收到了这封信，是曾志同志在一张道林纸上用铅笔写的，显然是“急就章”。字里行间充满关切与温暖。

信的内容是：

亮亮（即陶斯亮）：

周明他们的检讨，今天报上登载了，你应马上给他一个电话，给予鼓励与安慰。他们这种态度很好，争取了主动。检讨诚恳，大家是会谅解的。我想对他们的工作和信任不会有影响，尽可放心大胆工作，不要有任何顾虑。请代我向他们问候。

妈

1987.2.21

这信，是关心，是鼓励，也是鞭策。这封信，我一直保存着。我感念曾妈妈，感谢曾妈妈。如今她老人家去了，这封信更是我永远的纪念。

曾志同志虽是我党现今为数不多的1926年时期的老党员、革命老前辈、高级领导干部，但平时同她接触，同她谈话，她极平易近人，平等待人。你有什么问题，什么心里话尽可以向她述说，向她倾吐。说对了，她赞成；不正确的观点，她耐心说服和纠正你。既有革命的原则性，又会使你感到心悦诚服。

深圳特区开创初期，我要去深圳组稿和采访，有天在她家里随意说起我要出差的事，她便问我那边是否有熟人。我说没有。她说："那我写个信给深圳市的领导同志，你可以去见他们，采访他们。"

她给当时的市长梁湘和副市长周鼎同志写了信，我到深圳后拜见了两位市长，受到他们的热情帮助，工作开展得很顺利。就是这一次的深圳之行，我结识了文友林雨纯和刘学强，他们也给予了我工作上不小的帮助。我们的友谊一直延续至今。现在，深圳新朋旧友就更多了。

还有一次，我在《人民文学》杂志社工作时，因为一篇报告文学遇到一些麻烦，我跟曾志同志谈了，向她请教如何解决好。她听后讲了自己的意见。结果曾志同志当即带我和王南宁去拜访了中纪委一位主管书记，后来问题得到圆满解决。我和我的同事们都从心里感激她，我们一向也尊敬地称她为曾妈妈。

曾志同志生活上十分俭朴。在机关，她是部长。在家里，她常常亲自下厨，饭菜都很简单。在饭桌上，只要是孩子们撒了半粒米，她都要捡起来，从不浪费一点一滴。老人家知道我是陕西人，爱吃面，每次只要我在她家吃饭，她总是亲手给我做面。

每次到她家时，她总是关切地询问我们的工作情况，谈论国家大事。她总是要我们有全局观念，考虑大局，考虑国家利益。她谈得很平易、很亲切，以理服人。我们从她老人家身上学到不少东西。但她唯独不愿谈自己。按说她有那么曲折、坎坷而光荣的历史！那么丰富美丽的感情经历！却难得引她谈论这类话题。

曾妈妈是一位大写的人！我们永远怀念她——尊敬的曾妈妈。

1998 年盛夏 8 月，京华

豪饮依旧

年逾九十的香港老报人、作家、名记者卜少夫先生是赫赫有名的酒仙。他的酒风甚好，如同他的为人，真情、热诚、激情满怀。他招待朋友或朋友款待他，必有酒。而他是有酒必喝，喝了必醉，醉得十分可爱。每次喝酒，豪情依旧。

他又是一个大藏书家。早在抗日战争期间，他就在重庆、南京和上海从事新闻记者工作，后来到了中国台湾，之后又定居中国香港。漫漫大半个世纪的记者生涯，他曾采访和接触了国共两党许多政要，结识了政界、文化界以及各界许多名流，许多人曾签名赠书给他，加上他自己主办的已有半个世纪悠久历史的那份在海内外极有影响的《新闻天地》杂志，使他无形中成了一个大藏书家。最近几年他知悉，中国现代文学馆在建新馆，便慷慨将自己一生心血积累起来的珍贵藏书，分若干批无偿捐赠给了中国现代文学馆。1996 年和 1997 年我和舒乙分别在香港接受了卜少夫先生的赠书。这是一批极为宝贵且极有收藏价值的书刊。其中，有许多是当时的政要及文化界知名人士的签名本。为此，中国现代文学馆曾于 1997 年冬天在北京为他举行了隆重的“卜少夫文库”建立仪式。那次是由担任中国现代文学馆馆长的李準，以及舒乙、吴福辉等人出面招待的，他为自己的文库在北京建立，为自己给国家做出了贡献而格外高兴！又是快活地喝到最后晕了，醉了，由儿子卜凡保驾回到了宾馆。如今，中国现代文学馆新馆已落成，对作家整批捐赠的藏书及文学资料，文学馆都专门辟出房间或书柜，建立以其姓名命名的文库，目前已建立的有巴金文库、冰心文库、唐弢文库、俞平伯文库、张天翼文库、丁玲文库、夏衍文库、萧乾文库、叶君健文库、杨沫文库、邓友梅文库等五十多座。其中，港、澳、台及海外华文作家的文库有李辉英文库、林海音文库、卜少夫文库等。

去年是中华人民共和国成立 50 周年，国家除邀请了国内各界代表和英雄模范人物外，还特意邀请了港、澳、台及海外华人爱国人士出席了隆重的国庆观礼。香港观礼团中就有卜少夫先生。他于 9 月 28 日由儿子卜凡陪同，风尘仆仆地飞到北京，住在西长安街上的民族饭店。当日下午三时，他赴国务院台办，访问了唐树备常务副会长，交谈了两岸和平统一问题。晚五时，又赴人民大会堂，出席全国政协和中央统战部的国庆招待会。

“29 日晚，即邀约我的北京朋友杨一怀（外交部驻外大使）夫妇、丁聪夫妇、陈范夫妇和舒乙、周明等人共进晚餐，饮尽 Chivas 一瓶。”——这是他的日记记载。

那晚大家都很尽兴！为了中华人民共和国的 50 岁生日，普天同庆！卜少夫先生喝了一杯又一杯，为了友谊，为了祖国统一大业。同平时一样，喝起酒来，他从不吝杯，豪爽、大气加拼命，喝到后来便晕晕乎乎了，仍旧是儿子卜凡搀扶他回房间休息。而我们在座的均是后生晚辈，谁也比不过他的酒量。

据说几十年来在文化圈子里，他一贯是有名的酒仙。酒樽日夜相伴，逢宴必喝，且大多喝的是洋酒、好酒，逢喝必尽兴，即使烂醉如泥也在所不惜。家人和朋友常为此替他担心，时常劝阻他适可而止，他却以八十进军九十（1909 年生人）的高龄岁月，对于酒愈喝愈来劲，年岁增长，酒量不减，喝得痛快，活得快乐！真乃一位活神仙也。

有人醉酒后借酒发疯，或骂街撒泼，那叫“武醉”。卜少夫先生则不，他属于“文醉”，醉了满面红光，满嘴真言，极可爱。虽说他能饮、喜饮酒，但据他说，并非职业酒徒，而是朋友间欢聚才沾杯，才可能醉酒，因为心里高兴哇！

卜少夫先生毕生从事新闻、文化工作，才华横溢，好学敏求，知识渊博，勤于耕耘，故而一生成就卓然，业绩辉煌。他是一个性情中人，一个乐观主义者，一个不老的人。

2000 年 6 月

他从中原大地走来

活跃于当代中国文坛整整五十年之久的杰出的现实主义小说家、著名电影剧作家李準因脑血栓复发在医院昏迷十天后离别人世，令文学界和他的亲友们深为悲恸和惋惜。他才七十二岁哪，他还有许多创作计划未实施哪！可恶的病魔却过早地夺去了他宝贵的生命！

李準来自豫西，来自中州大地。他植根于中原沃土，极为熟悉故乡的历史文化，极为了解农村生活的变迁，深谙农民的复杂心理和人物性格，因而他是作家中反映和描绘当代农村现实生活的强手、佼佼者，是我国传统乡土小说的继承者和发扬者。

作为小说家的李準，自 1953 年 11 月发表在《河南日报》上轰动一时的短篇小说《不能走那条路》——《人民日报》及全国四十多家报刊均以整版篇幅相继转载之后，他坚持深入生活，深入群众，与时代同步，与人民同心，先后带领全家于 50 年代到河南荥阳、登封农村扎根落户，60 年代到郑州郊区祭城公社和屈庄黄泛区落户，与农民兄弟同吃同住同劳动。他先后写出并发表了多篇有影响的小说，包括《白杨树》《李双双小传》《耕云记》《信》《两匹瘦马》《清明雨》《两代人》《野姑娘》及粉碎“四人帮”后发表的《王结实》等 6 个短篇，中篇小说有《冰化雪消》，长篇小说有《黄河东流去》。其中，《王结实》获 1981 年全国优秀短篇小说奖，《黄河东流去》获 1985 年第二届茅盾文学奖。作为电影剧作家，他从 50 年代写出群众喜闻乐见的

《老兵新传》后，创作情绪高涨，一连写出了《小康人家》《冰化雪消》《耕云播雨》《李双双》《吉鸿昌》《龙马精神》。粉碎“四人帮”后，他精神焕发，以勤奋的耕耘和惊人的毅力，陆续写出产生更大影响的电影剧本《大河奔流》、《双雄会》、《牧马人》、《高山下的花环》（与人合作）、《清凉寺的钟声》、《老人与狗》等。其中，《牧马人》和《高山下的花环》相继荣获 1981、1982 年大众电影百花奖最佳故事片奖和电影金鸡奖。

李準还为热爱他作品的读者和观众写过豫剧、话剧和唱词、小戏。

我想，许多读者对于上述作品都是耳熟能详的。因为其中有些小说和电影已经成为当代中国文学的经典之作。作品中的人物诸如李双双、孙喜旺、李麦已是家喻户晓。李準在他半个世纪的创作生涯中，写出了这么多具有强烈现实意义的优秀短篇、中篇、长篇小说和电影文学剧本，足见他的才华横溢，他的辛勤劳作。他为社会主义文学艺术事业的繁荣做出了不可磨灭的贡献。

我接触李準同志始于 60 年代初。那时我作为《人民文学》杂志的编辑，常向他约稿和讨教。记得 60 年代初（1961 年），三年困难时期，我曾去郑州郊区的祭城公社寻访在农村落户的李準，约他为《人民文学》写稿。他在农舍里热情接待了我，并兴致勃勃地对我讲了许多农村生动的故事，其中谈到基层青年干部的培养与成长问题，我们都很感兴趣，我说你就写这个题目吧！他高兴地说，中！这就是后来发表在《人民文学》上的短篇小说《春笋》。

后来，1964 年他当选为全国人大代表和全国青联委员，时常开会，来北京的机会就多了。我和编辑部的同志也常拜访他，喜欢听他讲农村的故事。他讲起故事有声有色，娓娓动听，跟他写的小说一样生动、幽默、有趣，富有感染力。渐渐地，我们熟了，他问起我是哪里人，我说我是陕西人。他追问哪个县？我说，周至县。他像遇到故交，畅怀大笑说："我知道，我知道！你那个县名原来的繁体字好多人不认得呢！"我有点奇怪，问他："你怎么认得？"他说："我小时候，河南因连年受灾，逃难到陕西的人很多，老百姓常有家书往来，我在小镇当过邮递员，又常替人代写书信，所以我知道陕西有个周至县。"加上抗日战争时期，他在西安北关的河南流亡学校念过书，也熟悉陕西的县份。我这才恍然大悟。

作为擅长写农村生活的作家，李凖对农村和农民情有独钟，感情炽热而深厚。我和朋友们不止一次听他讲过"文化大革命"中他被下放农村"劳动改造"的事，他却不改初衷，冒着被批斗的风险，依旧和农民和睦亲近，默默地走家串户，深入了解黄泛区农民的家史，积累生活，为日后的长篇创作做准备。他的理想之火不灭，这期间，他还为许多亡故的普通农民撰写祭文，为百姓服务。

尽管 1981 年他从河南调到了北京，仍坚持利用一切机会到农村去深入生活，接触实际，了解和跟踪改革开放后农村的变革与发展，有时是回洛阳家乡，有时是去河北固安，有时是去别的省份。他始终保持了对生活的热情和对新鲜事物的激情。

由于工作的需要，1991 年 1 月起李凖担任了中国现代文学馆的馆长。恰好不久后，在巴金先生的积极倡议下，一座新的现代化的中国现代文学馆即将建立。李凖由于 1985 年起突患脑血栓，身心健康受到严重影响，不能正常上班，但他对馆里的工作，特别是对新馆的筹建仍然十分关心和热心，倾注了心血，尽心尽力。考虑到他的身体情况，文学馆的日常工作和新馆筹建的繁杂事务便由常务副馆长舒乙担当起来。后来，我和吴福辉副馆长配合舒乙工作，李凖便时常召集我们三人在他家里讨论、研究工作，尤其是新馆的筹备工作，我们经常交换意见。看得出，他是把这些工作放在心上的。有时他会出很多好主意，有时他身体力行地去做。这是令人感动的。可惜，新馆建成后，他已卧床不起，中风不语，一直住在医院里，无法走出来，看看他所关心的、日思夜想的文学馆新馆，这是非常遗憾的事。

这几年李凖同志由于健康的原因，已不能执笔写更多文章，这对于一个作家来说，是最苦恼的事。但他一直持乐观态度，坚持从事书法艺术事业。他热爱中华民族的优秀文化艺术，包括书法艺术。因而晚年潜心研究汉隶魏碑，反复琢磨，反复习练，结果他的书法形成了自己独特的风格，许多名胜古迹增添了他的书法碑石，使他的小说读者们大为吃惊！

可敬可爱的李凖同志离我们而去了，他人虽去，但他杰出的著作将会永远留在读者的心间，留在亲人们、朋友们的心间。

祝福远行的李凖同志，走好啊！

2000 年 2 月 22 日深夜，北京

生命之树长青

跨进新千年后的第一个春节，神州大地、长城内外、大江南北，普降罕见的一场大雪！瑞雪兆丰年。可以想见，这场持续多日的纷飞大雪给华夏儿女带来了多么大的喜悦和欢欣！这也给新世纪的春节增添了无比的喜庆气氛。

人们都说这是个好兆头。

春节，对于中国人来说，是大年，是一年中最为喜庆的一个节日。家家户户张灯结彩，挂对联，贴福字，喜气洋洋！

说起贴“福”，这是传统的习俗。人们“贴福迎春”，是为了祝福和企盼，企盼在新的一年有更多的福气到来。可见这一个“福”字，包含了千言万语，万语千言。

而我有幸在近年，连续几个春节，贴上了著名画家胡絜青赠的大红“福”字。这本身就是我的福气。怎么来由？这是由于年年的春节，我和中国现代文学馆的朋友总要去给胡先生拜年。每次，老人家均赐我们她的方形“福”字墨宝一幅。今年的除夕，我和吴福辉副馆长照例走进胡先生的家门，给老人拜年。要知道，如今，胡絜青已是96岁高龄的老人了，我不敢奢望再有她的赐“福”。然而不料，当我们规规矩矩地向老人家作揖、叩首之后，她咯咯地开怀大笑，高兴地说:“也祝福你们，祝福你们！”说着，让在场的舒乙去书房取出两幅已写好的大红“福”字，慨然赠送给我们。我和吴福辉为这意外的获赠而激动不已，直说谢谢胡先生了。仔细端详，上面她已签名盖章。

好一个“福”字，写得多么苍劲有力却又秀美！哪里像出自一位近百岁的老人之手？可这时她却伸出自己的胳膊和手，自豪地说：“你们看，我的手，我的胳膊，能伸能屈，硬朗朗的。写字儿，我手一点也不抖。”我和吴福辉顺势用手抚摸，真是这样，难怪她的字还写得如此得劲流畅呢！

我忽然想起几年前在报纸上看到的一则消息：90 岁高龄的胡絜青被光荣地评为“健康老人”。听说，她每天总要活动，坚持锻炼，不是到楼下街心花园里散散步，便是在家里练练胳膊压压腿。她相信生命在于运动，其中也包括脑力劳动。我们知道胡絜青自从中年拜师齐白石门下，一直在国画大师的熏陶、指点下，勤奋努力，刻苦习画，终成大器。漫漫几十年岁月里，她不断在思考和琢磨书画艺术。她认为艺无止境，必须倾其一生的心血而探索追求，登攀艺术的高峰。

晚年的胡絜青曾承受着老舍先生不幸过早辞世的巨大创痛，她历经坎坷，而能够坚强地生活，健康长寿，并在书画艺术事业上取得非凡的成就，这是值得庆贺的事。近年来，胡絜青在国内的北京、深圳，甚至海外多次成功地举办了个人画展和联展，出版了画集，还编写了有关老舍的许多书籍。有时她还外出去看画展、看演出，参加一些社会活动，精神状态极好。用女儿舒济的话说，母亲是个非常想得开的人。想得开，就是豁达、开朗、宽容、达观的精神。

记得 1997 年的夏天，我去看望胡絜青先生时，正好她的精美画册《胡絜青百菊图》由北京出版社出版。先生赠我一本，并亲切地题写“周明吾友存念”，使我诚惶诚恐。她在前言中说：“我爱花，爱看花爱画花，也爱养花。在花之中，我对菊花有特别的偏爱。”又说，“我是北京人，是满族人的后代。北京旗人有养菊的传统……菊的品种多，有悠久的培植历史，有无穷的变化潜力，能养出千奇百艳来，像一座挖不尽的宝藏……菊伴我长大。”可见老人对菊的熟悉，对菊的热爱，对菊的研究之深！因而在这本“百菊图”的画集里，千姿百态、各色各样的菊，栩栩如生、活灵活现的菊，令你眼花缭乱，目不暇接；令你赏心悦目，心旷神怡。画集中还附有画家本人的两首“吟菊”诗。

其中一首写道：“墨池为友拜菊师，卅载韶华描影迟，百态千姿摩不尽，留取观赏好赋诗。”如今，这本精品画集我已珍藏家中。有时翻翻，依旧爱不释手。

此时我又回想起胡絜青先生95岁华诞时，亲朋好友在北京首都宾馆为其举办的那次隆重而热烈的生日茶话会。旧识新交、男女老幼及儿女晚辈们200余人欢聚一堂。人群中有不少北京人艺的老艺术家。胡絜青身着喜庆的紫红衣衫，在鲜花丛中，被人们热情地簇拥着。大厅里笑语盈盈，热闹异常。人们不断上前向老寿星作揖、问安，祝福絜青老人生日快乐，健康长寿！

今年的春节，已是进入新世纪的头一个春节。当我再次见到文化界堪称人瑞的胡絜青先生时，惊奇地发现，老人依然不老，而且依旧充满活力，身健笔健，谈笑自如。真令后生晚辈的我等敬佩与敬爱。

祝愿胡絜青生命之树长青！

2001年3月4日

光未然的黄河情

朋友，你到过黄河吗？你渡过黄河吗？你还记得河上的船夫，拼着性命和惊涛骇浪搏战的情景吗？

此刻，我站在壶口瀑布的山坡上，脚下便是滚滚而去威震峡谷的黄河。

啊！黄河，母亲河！我来到你的身边，聆听你的涛声，感受你的温暖，我心潮澎湃。

一

忽然间，我仿佛听到远方传来激越的《黄河大合唱》，仿佛看见了词作者、诗人光未然（原名张光年）的身影。

《黄河大合唱》是光未然创作的大型组诗。它以黄河为背景，气势磅礴地歌颂了中华民族源远流长的光荣历史和中国人民坚强不屈的斗争精神，痛斥了侵略者的残暴，展现了抗日战争的壮丽图景，并向全中国全世界发出了民族解放的战斗警号，从而塑造了中华民族巨人般的英雄形象。

光未然刻画的黄河形象，充分调动了读者的想象作用，使读者感到奔腾咆哮的黄河就好像在眼前出现，在耳边呼啸。《黄河之水天上来》把黄河比作“一匹疯狂的野兽”，它“发起怒来，赛过千万条毒蟒，它要作浪兴波，冲破人间的堤防；于是黄河两岸，遭到可怕的灾殃：它吞食了两岸的人民，削平了数百里外的村庄”，所写的情景历历在目。《黄河颂》写滚滚黄河“浊流宛转，结成九曲连环”，在读者面前展现的亦是动态般的电影画面。其他各乐章刻画的黄河形象，也几乎触手可及，这均成了光未然讴歌黄河，与侵略者血战到底这一题旨的有力依托。

当时，冼星海为《黄河大合唱》谱出了全曲。全曲由《序曲》《黄河船夫曲》《黄河颂》《黄河之水天上来》《黄水谣》《河边对口曲》《黄河怨》《保卫黄河》《怒吼吧，黄河》九个乐章组成。

冼星海说：“这种雄亮的救亡歌声为中国几千年来所没有，而群众能受它的激励更加坚决地抵抗和团结，是中国历史上少见的一件音乐奇迹。”

二

清楚记得，1997 年冬天，我去了壶口。

冬天的黄河瀑布又会是怎样的情景呢？啊，雪落黄河，黄河竟成一片冰天雪地。河床不见了，水流无声了，那平日奔腾咆哮的瀑布也无声无影了。冰雪覆盖了大河上下，黄河突然变为茫茫无际的银色世界。据说，因为在腊月黄河突然涨了一次大水，接着又下了一场大雪，多年不遇的黄河冰冻就成了今天的景象，这是难得遇到的奇观呢！

为了探听黄河水流，我俯身趴在河床的冰雪上，倾听那冰下潺潺的流水声，感受到母亲河流的温暖与强大生命力。

春节后我返回北京，带着对黄河的眷恋之情，去看望已 84 岁高龄的光未然。我向他谈起这次壶口之行，以及看到的黄河冰雪奇观，还带了几张黄河雪景的照片给他看。

老人家仔细地看照片，不断地询问，哪儿是河床，哪儿是壶口瀑布，哪儿是当年船夫的渡口……

他深情地回忆说，1938 年冬天，由他率领的抗敌演剧队第三队，从陕西宜川县的壶口附近，东渡黄河，转赴晋绥吕梁山抗日根据地开展宣传活动。壶口是黄河有名的险峡之一，汹涌奔腾的怒涛狂澜，常常使渡客望而却步。然而他们这批抗敌演剧队的热血青年，个个生机勃勃，勇闯险滩，在经验丰富、有胆有识的船夫的嘹亮号子声中，渡过了惊心动魄的黄河。

这次渡河给他和演剧队战友们留下了不可磨灭的印象，也激发了他写一首讴歌黄河的诗的念头。此后在紧张的前线祝捷归途中，他不失时机地和战友们讨论“大合唱”的构思。

恰巧第二年（即 1939 年）的元月，演剧队第三队奉命开赴大家向往已久的革命圣地延安。不料在行军途中，他不慎坠马造成左臂关节粉碎性骨折，到达延安后便被送进二十里铺的和平医院。治疗伤病，更是他酝酿写作的时机。当时由于治疗，他自己不能执笔，便躺在炕上口授，由女队员笔录。“黄河之水天上来，排山倒海，汹涌澎湃，奔腾叫啸，使人肝胆破裂……”酝酿已久的诗词犹如黄河之水一泻千里。《黄河大合唱》的歌词，仅五天，就在病床边完稿。

说到此，老人家笑笑说：“这里还有一段插曲呢！《黄河大合唱》完稿后，我先是在延安窑洞里一个小型晚会上朗诵，自然是激情满怀地高歌。不想，引起在场的作曲家冼星海深深的共鸣。当我刚刚朗诵完最后一句时，冼星海便上前一把抢过诗篇，激动地说：‘我有把握！我有把握谱成好曲！’”

果然，冼星海在桥儿沟鲁艺窑洞里的菜油灯下夜以继日地冥思苦想，一个星期后，《黄河大合唱》插上了音乐的翅膀，回响在延水河畔，宝塔山下。

于是，1939 年 4 月，那部震撼人心的，由光未然作词、冼星海作曲的《黄河大合唱》诞生了！

《黄河大合唱》在延安的第一场演出，是1939年4月13日的晚上，地点在陕北公学大礼堂。光未然亲自登台朗诵了《黄河之水天上来》。只见他披着半身多长的黑斗篷，正好盖住了他受伤的左臂，他激情地挥舞右臂，向黄河倾诉民众的灾难。

当时，乐队只有两三把小提琴，二十来件民族乐器，低音弦乐器是用煤油桶制成的，打击乐器由脸盆、大把的勺子放在搪瓷缸子里来摇晃出效果……这支原始的乐队烘托着四十多位热血青年放声高唱。他们的感情是那么投入，几乎忘记了自己是在舞台上，忘记了台下还有观众，直到全部唱完，台下发出狂热而持久的掌声，他们才猛地醒过来。

观看这场演出的毛泽东主席在演出结束后，高兴地鼓掌、祝贺，连声说："好！好！"

《黄河大合唱》是民族的史诗，抗战的怒吼，是颂歌，也是战歌！屈指算来，它已经在黄河上下、长城内外、国际歌坛响彻了70多年！

三

晚年的光未然依然对黄河久久不能释怀。

我的一位在西安的画家朋友苗重安，不辞辛苦，从黄河源头走到黄河入海处，一路观察、体验生活，一路辛勤创作，用了几年工夫，创作出黄河系列组画。他计划在北京、上海，以及中国香港、澳门等地举办黄河画展，很希望光未然能为之题词。我便向老人家叙说，他很痛快地应允了。我知道他是不轻易题词的。

几天后，我去他家里，真叫人高兴，字不但写了，而且意思非常好！

题词是：

黄河远上接天宇，诗里黄河画里多。

题苗重安黄河画展

一九九九年一月　光未然

不久后，苗重安到了北京，我们相约去看望老人家。老人家见到苗重安后激动地说："你是画黄河的，我是写黄河的，咱们都是在歌颂黄河啊！"

老人家曾几次告诉我，自从1939年在延安写出《黄河大合唱》后，他再也没有去过黄河，去过壶口，到过延安。他要我陪他去。我也不止一次和我家乡西安的领导和朋友说过了，而且我们还暗地里谋划，等他到了激发他当年写出《黄河大合唱》的源泉壶口后，要请他提笔写几段《黄河大合唱》的诗句，以便镌刻在壶口渡口的大石山上，永久纪念。然而，这一切却成了无法弥补的遗憾。2002年初春，老人家离我们而去！

"我站在高山之巅，望黄河滚滚，奔向东南。惊涛澎湃，掀起万丈狂澜……"今天，我在壶口瀑布依然能感受到他的热情、激情、感情。

我相信，光未然与气贯长虹的《黄河大合唱》，将与千古黄河一起永恒地流传下去！

2002年3月

泪洒山川难慰心

诗人臧克家离我们而去了。他走得从容，走得平静，走得无怨无悔。他唯一觉得遗憾的是，没有能够亲眼看到两岸统一。足见诗人的拳拳爱国之心。

回想起来，我作为后生晚辈，作为刊物的一名编辑，同前辈诗人臧克家已有30多年的忘年之交了。我从他身上学到不少东西，吸取了不少知识，感受了不少鼓舞力量。他是我辈难以忘怀的良师！

就在此刻，当我提笔来写纪念他的文章时，思绪仍是乱成一团。太多的回忆，太多的难忘，无尽的思念，无限的悲恸，一时间不知从何说起！他那站在北京东城赵堂子胡同15号门前热情的招手，亲切的笑容，永远定格在我的脑海中。难忘啊，可敬可爱、可钦可佩的克家老人！

记得1998年冬天，我陕西家乡仙游寺文物管理所的几位朋友来京办事，我和所长王殿斌、副所长彭志团惦念着臧克家老人的病情，准备去看望老人。于是我打了电话给臧老夫人郑曼同志，说明来意，下午便到了克家老人晚年迁居的红霞公寓。待在客厅坐定后，只见老人身披一件棉大衣，手拄拐杖从卧室走进客厅，一见面便像往日一样热情地说："我们是老朋友了，你们来我很高兴！"不知是人老了容易怀旧，还是其他缘由，忽然克家老人动情地说："我是个重感情的人，古人有一句话叫作'衣不如新，友不如旧'，意思是说衣服是新的好，朋友越老越好！我们是老朋友了……"说着，他热情地握住我们的手，眼眶湿润了。

这是克家老人发自内心的话，也是感人肺腑的话。我心为之感动。我们关切地问候他的病情，他坚定地说："我情况不错。前一段病了，刚好转。"记得前年，10月8日，他97岁生日时，我和舒乙同志去给他拜寿。那时他的病情复发，躺在卧室的床上，却依然激情满怀地说："我要活到120岁！"我们自然由衷地祝福老人。临走时他突然主动提出，要我和舒乙站在床头和他合个影！他郑重其事地脱下御寒的小帽，换上一身制服，合影时两只手紧紧地握着我们两人的手！对于病，他总是持乐观态度。即使病了那么多年，每次我们去看望他时，从未见到他呻吟，有过病态，有过愁容。他总是热情洋溢地同我们谈天说地，谈诗，谈文学，甚至谈论国家大事，就是不提自己的病情。这给我和朋友们以错觉，认为他是因为上了年纪，有些老了，而并非病人，其实他已是报过几次病危的重病患者，岂止是一般病人呢。然而他始终坚定着一种强大的信念。他一次又一次地闯过了"红灯"，奇迹般地活到了神仙的岁数——九十九高寿！

此刻，他又握住我的手说，他"是一个重感情的人"，认定"友不如旧"的人。这是千真万确的，无数事实可以说明。据我的感受，克家老人可谓朋友遍天下。他始终怀抱一颗炽热的爱心：爱国家，爱人民，爱朋友，热爱生活。虽说他是一位诗坛泰斗，一位大师，可你同他接近，从不感到拘束，不会感到有距离。他平易近人，平等待人。在他所结识的朋友中，有领袖，有学者，有年轻的编辑、记者、演员、运动员，也有普通的老百姓。诗人作家中，更是朋友多多，老年的、中年的、青年的，还有少年的，几乎凡是同他打过一两次交道，情投意合者，就会成为朋友。即使在"文革"中他还总是惦念着远在各地的老朋友们处境如何。"文革"结束后，他首先忙着和各地的朋友取得联系，劫后重逢，兴奋激动之余，他写了不少致友人的诗作。对于他所惦念的三四十年代、五十年代所结识的一批朋友如姚雪垠、于黑丁、碧野、田涛、吴伯箫、何其芳、白寿彝、季羡林、曹辛之、徐迟、苏金伞、袁鹰、李瑛、刘征、程光锐等人，他们往来更密切，友情也更深厚了。除了频繁的书信来往，更有诗文互赠，他的确很重视感情，尤其是友情。臧克家身体并不好，每日需要有更多的休息时间。可是只要是朋友来访，任何时候去，他都要起身走出卧室，在客厅里会见和交谈。有时谈得很兴奋，时间也不短。然而送走客人，他便又卧倒在床。累呀！所以家人在这种时候常常提醒他，谈话“差不多了”，去休息吧！他却时常摆摆手，说：“没谈完呢！”这种对待朋友所表现出的热情、真诚和情谊，令人心存感动。

凡是和诗人臧克家接触的人，无不感受到他那种随时迸发出的“一团火”的精神。他待人亲切、和蔼、真诚、坦率。任何时候你同他接触，他总是热情洋溢，激情满怀。我最初和他的交往是工作关系。那时我在《人民文学》杂志做编辑，常常向他约稿。只要他有感受，定会写出文章，支持刊物的工作。久而久之，我们成了忘年之交。尤其通过“五七”干校同甘共苦、历经磨难，我辈对于臧克家前辈更有了深厚的感情。因此，除了工作上的事，有时个人的某些事，也免不了打扰老人家。

当然说是私事，其实也是公事。我的家乡陕西周至县一处山清水秀、风光宜人的名胜古迹仙游寺，是千古流传的《长恨歌》的诞生地。当年唐代诗人白居易任周至县尉时，与友人陈鸿、王质夫同游仙游寺，感怀于渭水之滨的马嵬坡及唐明皇与杨贵妃悲欢离合的故事，在这里写下了情文并茂的《长恨歌》，以记其事，成为文学史上产生深远影响的千古绝唱。一个偶然的机会，国家文物局专家罗哲文先生来仙游寺考察时，说起他曾从田家英（毛泽东同志的秘书）处看到过毛主席书写《长恨歌》的复印件，好像没有写完。文管所有心人王殿斌记住了这件事，立即打电话告诉了我，我又请在中央办公厅某局工作的乡友王添生同志帮助寻访。结果几经周折终于找到了，果然有这件事，原件珍藏在中央档案馆。后经交涉，我们终于拿到了原件的复印件。

当时在中央档案馆，我和王添生、王殿斌有幸看到了手书原件。毛泽东手书《长恨歌》共十张。草书、竖式，每页四行，每行多则七字，少则四字，疏密有致，结构奇绝，系书写在一种特制净白宣纸上。遗憾的是主席没有写完。白居易《长恨歌》原稿120行，通篇840字。而毛主席只写了32行，224字，即从开头“汉皇重色思倾国”开始，写到“惊破霓裳羽衣曲”止。大概是主席在繁忙的工作空隙所写。没有写完，更没有标题和署款。王殿斌向我提出，能否请一位诗人来写一个题跋？我们思来想去，认为臧克家先生最合适。因为他曾和主席在中南海谈诗论艺，对主席的诗词深有研究。好，就请他！于是我们俩带上毛主席手书复印件登门向臧老求教，不想臧克家一见，异常高兴，欣然接受我们的请求。他连说“写得好”，并说，没有写完也是一种残缺的美！他说只见过毛主席手书的白居易的《琵琶行》，不曾听说、更没见到过主席书写《长恨歌》。对此，他一遍一遍地观赏，爱不释手，并答应我们几天后写出题跋。

果真，四天后，我们如愿取回了臧克家书写的题跋，文字内容和书法均可弥补毛书的缺憾。可谓春兰秋菊，相得益彰。臧克家先生跋语的全文为：

毛泽东同志，是伟大革命家，卓越诗人。才高多能，致力书法，风格独具，为世所称。六十年代，曾书写白居易名篇《长恨歌》，行云流水，疏朗有致，显系忙里偷闲，游目怡情之佳作，惜世人罕见，今勒石流芳，以供欣赏。原作太长，未能终篇，缺陷之美，弥足珍重！谨缀数语于后，以表景仰之忱。

臧克家

辛未十一月于首都北京

现在，毛泽东手书《长恨歌》的墨宝，连同诗人臧克家的题跋，已在仙游寺刻石为纪。这不仅增强了人们对仙游寺历史文化的认识，也为后世留下了一笔弥足珍贵的文化财富。所以我和我的家乡人都非常感念臧克家老人！

无尽的思念，使我回忆起臧克家先生住在赵堂子胡同15号那座花木葱茏的四合院时，凡是拜访他的大大小小客人，临出门，他总是要送客到大门口外，即使冬季也要戴上绒帽、穿上外衣坚持相送。每次，他都是站在大红门前，把手举得高高的，亲切地微笑着送客。赵堂子胡同在东城不算太大，只是一条几百米长的小胡同，臧克家先生有散步的习惯，一年四季不管天热天寒、刮风下雨，他都坚持每天在胡同散步。他家隔壁有家幼儿园，那里聚集了一大群孩子。克家老人很喜欢孩子，每天他出门散步时，身上总要带一把糖果，走到幼儿园门前时，只要孩子看见他，都会甜甜地喊："爷爷好！"他便拿出糖果送给孩子。他的确是一个重感情而有爱心的人，在这条胡同里也交了不少普通老百姓朋友，胡同的大人小孩差不多都认识他，都知道这是一位善良、慈祥可亲的老人！原先胡同里的邻里街坊并不知道他是谁，可有时他家常来一些坐着高级小轿车的客人，比如朱德委员长、谷牧副总理，还有那些部长都来过他家里。那时小轿车并不普遍，到了一定干部级别才会有车。邻居们后来才发现这是大名鼎鼎的诗人臧克家哪！可他一点架子都没有，还那么亲近咱老百姓，亲近陌生的孩子！他在那个胡同人缘真好！

至于臧克家和运动员郎平，和小诗人田晓菲的忘年交，更是文坛佳话。

他就是这么一个人，一个把自己置身于普通百姓之中，置身于普通作家群之中，一个重感情重友谊的诗人、老人。这个拥有海内外众多忠实读者的诗人，一个拥有海内外众多朋友的老人，正如他那首为纪念鲁迅先生而作的、脍炙人口的、铭刻在几代人的心上、净化了多少人的灵魂，也道出了人间多少真理的诗篇《有的人》中所说：“有的人死了，他还活着。”是的，诗人臧克家还活着，永远活在我们心里。

2004年阳春三月，北京

驰骋文苑业绩在

依稀好像昨日，我仍在京西翠微西里小区一幢公寓楼的502房间的客厅里，同前辈作家周而复愉快地交谈着。谈他的长篇小说《上海的早晨》《长江万里图》，谈他的长诗《伟人周恩来》，谈他的报告文学《难忘的征尘》，谈他的散文，谈他的文艺评论，也常常兴致勃勃地谈起他的书法艺术……每次谈话中，他有时兴奋地开怀大笑，有时沉思不语，有时触及不愉快的往事或现实生活中的不良现象，激愤之情溢于言表。可以感觉到在他漫漫的九十年生命里，七十多年的创作生涯中，他历尽坎坷，饱经沧桑，其中的酸辣苦甜，大致反映在他等身的著作中。周而复是位多面手，一位多产的作家，一位勤奋刻苦、勇于创新的作家。直到晚年，他依然坚持刻苦学习，勤奋写作，一系列皇皇巨著相继问世。纵观他一生的创作成就，洋洋1200万字的巨大成果，就是一个惊人的数字！

然而这位出生于20世纪初，并于2004年元月刚刚度过九十华诞的老作家不几日后竟于元月8日驾鹤西去，永远地离开了我们。这无疑是文坛的一大损失。斯人已去，著作长存。他留给人间的杰出著作将是我们宝贵的精神财富。

周而复不仅是一位杰出的文学家，而且是一位出色的文化使者，著名的社会活动家。自20世纪30年代，他就参加了左翼文艺运动。他曾在左联出版的《小说家》担任编委，参加以鲁迅为首签名的《中国文艺工作者宣言》；参与发表《中国诗歌工作者宣言》，呼吁团结抗战。1938 年，他于上海光华大学英语系毕业后，奔赴革命圣地延安，后又转赴晋察冀抗日民主根据地，投身于抗日前线的战斗生活。这期间，他发表了不少讴歌抗战的短篇小说和报告文学。抗战胜利后，他又以新华社、《新华日报》特派员的身份，跟随军调处赴各地采访，迅速写出轰动一时的长篇报告文学《随马歇尔、张治中、周恩来三位将军巡视华北记》等。1946 年他到了中国香港，担任香港中共华南分局文化工作委员会副书记，《北方文丛》主编。这期间，他将解放区一批优秀作品《高干大》《铜墙铁壁》《小二黑结婚》《王贵与李香香》《洋铁桶的故事》等，用“解放区新文艺丛书”的名义，在香港陆续出版，使得解放区的文学作品在华南地区甚至海外传播，这件事功德无量，影响深远。

中华人民共和国成立后，周而复先后在上海、北京担任了统战、宣传、文化战线的领导工作。特别是担任对外文委、文化部领导工作后，作为新中国文化使者，他曾先后带团出访五大洲数十个国家，为我国对外文化交流事业做出了重要贡献。与此同时，他利用业余时间，写作并出版了大量记录访问这些国家的优秀散文《在古巴前线》《航行在大西洋上》《长良川畔》《欧陆风情录》《火炬》等，为中国了解世界、世界了解中国，促进中国与世界各国人民友好交流起到了积极的作用。

作为作家的周而复，富有历史使命感和社会责任感。他对于关系中华民族生死存亡的抗日战争，始终予以关注和思考。作为亲身参加过抗日战争的八路军战士，他觉得有责任把这场罪恶的战争记录下来，让历史不再重演。因此，他呕心沥血地用了整整 16 年的时光，终于完成了 6 卷本 375 万字的长篇小说《长城万里图》。这部鸿篇巨制规模浩大、情节复杂、人物众多、寓意深刻，是大手笔之作。小说出版后，立即引起社会和文学界的好评。评论界认为，这在我国当代文学史上开创了一个先例，即作者敢于把现代史上震惊世界的抗日战争这样极其宏伟复杂的历史，以他那高屋建瓴、石破天惊的文采，用数百万字的文学作品来真实地概括和表现，这部具有伟大历史意义和现实性的作品，必将成为世界文库的宝贵财富。

当年为完成这部巨著，他曾遭到误解，而后也得以澄清。他表示这件事已经过去了，解决了，就不要再提了。他将在有生之年，多写文章，完成他的创作计划。他认为作家应该做“时代的书记员、记录员”。祖国改革开放以来翻天覆地的伟大变革，需要作家投身生活的洪流，记录时代风云，努力反映变革时代的现实生活。

周而复作为老作家，他的创作态度十分严肃和严谨。他的作品大多是源于生活、深入生活的产物。他那部几乎家喻户晓的 175 万字的长篇小说《上海的早晨》，正是由于 20 世纪 50 年代他亲身经历了对上海资本主义工商业的社会主义改造，才用了 17 年的业余时间创作而成。这是一部反映中国民族资产阶级命运的力作。而他的 54000 多行、约 200 万字的长诗《伟人周恩来》，是以史诗的形式为周恩来书写的一部伟人传记，生动地再现了周恩来的革命历程和人生成就。为写这部长诗，他花费了不少心血，考证和研究了大量有关资料，有时甚至为了一个细节都要反复求证，力求真实、生动而准确。因此，在研讨会上，评论界给予高度的评价，认为这是一部中国文学史上的划时代之作。

晚年的周而复常感叹来日无多，他还有满腹文章要写呢，从而惜时如金。他的生活极有规律，一般是早起上午写作，下午读书、看报，会见朋友或客人。他几乎天天都要提笔写作，这种强烈的事业心和精神令人感动而敬佩。他书房里装满了书，桌上、地上、柜子上几乎全是书，他可谓坐拥书城，乐在其中。就在这一次住院期间，他还以与病魔战斗的顽强毅力完成了最后的作品《往事回首录》。他生命不息，笔耕不辍。27 卷的《周而复全集》也将由文化艺术出版社出版——这是他生前最为牵挂的一桩事，终于在中央有关部门的关怀下予以实现。我想，待全集出版后，人们会将它恭恭敬敬地供奉在周而复的灵堂前。安息吧！可亲可敬的周而复先生。

2005 年 4 月 8 日

我的捐献　我的珍爱

刘白羽同志是中国作协的老领导，是享誉海内外的著名作家。他的诸多作品在读者中产生了深远影响。如今，在纪念他百年诞辰的日子里，我想起他与中国现代文学馆的一段往事。

记得那还是 1998 年一个乍暖还寒的春日，我接到老作家丁宁同志的电话，她说刘白羽同志有事找我，希望我到家里去谈。当时我在西郊万寿寺西院办公，那是中国现代文学馆的老馆地址。接完电话，我就同舒乙商量一块儿去。一来我们作为晚辈，理应拜访他；二来代表中国现代文学馆看望白羽同志。次日，按照约定的时间，我和舒乙、丁宁到了位于东城红霞公寓的白羽同志住宅。

落座后，刘白羽同志先是关心地询问了中国现代文学馆的工作情况，见有舒乙来，他回想起从前和老舍先生的交往和友情。谈到老舍先生坚持写作的勤奋精神，谈到《茶馆》当时轰动的情景，谈到老舍深入生活、和普通百姓如何打成一片的往事……

谈了许多，谈得很动情。看得出，老一辈作家风雨中的深情厚谊是不会因为时光的推移而淡漠的。谈着谈着，他忽然话锋一转，严肃地说:“今天我请你们二位来，是想同你们商量我的‘后事’……”

“后事？”我们听了吓了一跳，赶忙打断他的话说:“白羽同志，您想多了。您身体这么好，创作力又这么旺盛，怎么……”

他说:“我们是唯物主义者，这是自然规律嘛！我现在已经过 80 岁了，该对以后的事有个安排。请你们来，就是看看哪些东西适合给文学馆，比如手稿、藏书、字画……”一谈到字画，他十分自豪地说，“我有岭南画派几位大家的作品，可以说是黎雄才、关山月、赖少其他们几个人的精品，这是我珍藏多年的。再就是一些古董文物。”他还说道，“我有个习惯，就是每次出国访问，总要带回那个国家有特色的纪念品。”说着，他站起身给我们介绍和指点着书架上摆设的造型奇特的各式各样具有异域风格的艺术品和文物。

此后，我和舒乙以及文学馆的有关同志又数次去他家，同他商量捐献的一些具体细节。在这个过程中，大家都很愉快。我们从他身上得到不少教益。他是一位对生活始终充满激情的作家。自改革开放以来，他笔耕不辍，在与病魔的不断搏斗中，以惊人的毅力，在短短十几年中，为读者奉献出洋洋数百万字的锦绣文章！其中呕心沥血完成的长篇小说《第二个太阳》获得第三届茅盾文学奖。他的创作始终保持着青春般的热情和活力。在他年届八十时，华艺出版社出版了10卷本的《刘白羽文集》，他在文集的序言中写道：“我老了，但我依然深厚地热爱生活，热爱文学，热爱美与崇高……”我想，他的这个“三热爱”正是他毕生的追求与生动写照。

当时，我们跟随他在书房、客厅和卧室巡视和观赏，听他一一热情地介绍。他时不时地拿起一件东西笑问我们：“这个，文学馆要吗？”我们迫不及待地说：“要！要！您这些东西对文学馆来说，都是很宝贵的。”他又笑着指着堆满书籍和稿纸的书桌说：“这个呢？桌子。”我和舒乙忙说：“好东西。但这个我们现在不能要，您还得写东西呢！”

他带我们巡视一番之后，回到客厅交谈。他说：“我希望我的这些书籍、手稿、文物、字画将来都能放在文学馆，捐献给国家，这才能有作用。为此，我已立了遗嘱，可以先给你们一个复印件。”他还说，两年前（即1996年），他已经将100多件珍贵资料捐献给了他的家乡——北京通县档案馆，“现在的这些就统统捐给你们了”。说毕，他嘿嘿笑了，显然有一种轻松感。

说实在的，当时，我们的心情很复杂，惊喜而又伤感。惊喜的是，刘白羽同志有这么多珍贵的东西要捐给现代文学馆，但同时我们又不情愿他过早地放下手中的笔。

如今，刘白羽同志已离我们而去了。后来我得知，他于2002年1月25日竟认真而更具体地又立了遗嘱，再次明确提出：在他百年之后，“我的手稿，我写的书，我编的书，我写作的桌椅及桌上的文具，我获得的奖章、奖状，我保存的各种艺术品、字、画，我所有的照片，以及我最爱的书，都全部集中交给国家——中国现代文学馆”。

2005年，在他不幸辞世的3个多月后，他的女儿刘丹代表亲属完成了他的这个心愿。刘丹将凝聚着刘白羽同志一生心血和一生所珍爱的手稿、书籍、字画、文物等全部无私捐献给了中国现代文学馆，共计845件物品，其中书籍411册、实物188件、字画26件、手稿141件，还有少量录音带和录像制片等物件。这些极为珍贵的资料，对现代文学馆来说，都是珍贵的收藏。

2005年，当我在中国现代文学馆捐献仪式上目睹这一情景时，我眼前又映现出1998年的那一天、那一幕……我想这个意义深远的捐献，圆满地了却了刘白羽同志的夙愿，九泉之下，白羽同志应是欣慰的。他这种崇高的境界和高尚的情操，将永远铭刻在我们心中。

严文井：没有讲完的童话

但我的心是柔和的，

不久前我还看见了归来的燕子。

真正的人正在多起来。

他们具有仁慈而宽恕的心，他们有眼泪，但不为自己哭。

我仍在路上，不会感到孤单。

我也不会失落，

因为再也没有地方可以容我失落。

——严文井《我仍在路上》

一个用了毕生的智慧和心血，以大众特别是少年儿童热爱的文学样式——童话，给人们讲述了一个又一个生动感人、启人心智而优美的童话故事，哺育了几代人的“童话爷爷”严文井先生，7月20日病逝于北京，享年90岁。按说，一位活到90岁高龄的老人，因病而逝，这本是正常现象、自然规律。然而严文井的逝世，却令人悲痛、惋惜和格外遗憾。为什么？因为，他还有满腹的文章要写，还有许多许多鲜为人知的美丽的童话没有讲完。

“我相信将来一切都会变得好起来”

生长于扬子江畔的武昌的严文井，高中时期就开始写作，并在报刊上发表散文。1935 年他到了北平，供职于北海旁的北平图书馆。在这个图书堆积如山的知识海洋里，他利用工作的方便及业余时间，如饥似渴地啃读着一本又一本书，汲取无尽的营养。这期间，他又在北平的报纸上发表散文，崭露头角，而且正式启用严文井（原名严文锦）为笔名。

抗日烽火燃起，在北平，作为一个爱国青年，严文井感受到灾难深重的旧中国无力站起来，前途黯淡。于是，严文井毅然奔向延安。他坦言自己当时的心境："22 岁以前，我是生活在一个小池塘里的一条鱼，或者甚至只是一只小虾。那个时候，乌云已经布满了中国上空，大风暴横扫全世界，而我却静静地待在一片死水里，虽然也有些不安……以虚幻为充实。只是后来那种即将成为异国人奴隶的压力压到我头顶上来的时候，我才被迫做出改变。我跳出了小圈子，去了延安。"

延安的宝塔山，延安的延河水，延安的人们，一切一切都使青年严文井感觉新鲜，感觉亲切。他感慨："这的确是另外一个世界。"很快，严文井融入了这个来自不同省份、讲着不同方言的革命大家庭，接受革命的洗礼，在这里锻炼成长。此时，他深有体会地说："我第一次从过去迷茫的雾中获得了方向感。"他曾在一篇文章中记述说：延安，"从清晨到黄昏，青年们的歌声响彻了山谷与河川"。延安充满了朝气和活力，从而大大激发了他的创作热情。1941 年，他的第一部童话集《南南和胡子伯伯》问世于延安。

从那时开始，他写作童话的热情高涨，陆续为孩子们写出了脍炙人口的童话作品《大雁和鸭子》《皇帝说的话》《希望和奴隶们》《丁丁的一次奇怪旅行》等等。

严文井的童话创作开端于战火纷飞的年代。他为什么选择了童话的样式？在晚年的回忆录中，他表露过自己当时的心情："那是因为，我相信将来一切都会变得好起来，许多想也想不到的奇异的事情将会发生。于是我想到了童话，并且用这个形式记下了我的一些朦胧而幼稚的幻想和爱憎。”所以，熟悉他创作的人们一定还会记得，在他的童话和寓言里出现的那些小松鼠、小面人、小老鼠、小溪流、石头、向日葵、蜜蜂和浮云，以及南南、丁丁等，他们都是诚实、善良、勤劳、勇敢的象征。

严文井的童话充满诗意，换句话说，他的童话是诗意的童话。它既有深刻的寓意和思想，又是极具感染力的艺术精品，启迪人心，耐人寻味。因而他的作品孩子们喜欢，大人也喜欢，可谓老少咸宜。他的许多作品被翻译成英文、日文、捷克文、朝鲜文、越南文等，同样受到外国读者的喜爱。应该说，严文井是从延安走出来的新中国儿童文学的奠基者之一。

我记得20世纪50年代和60年代那段岁月里，新中国的儿童文学形成了一支可观而强有力的创作队伍。那时冰心、张天翼、严文井、陈伯吹、金近等一批有影响的儿童文学家常常聚会在北京东总布胡同22号中国作协的会议室，商议如何促进儿童文学的繁荣与发展，并且不断呼吁作家们拿起笔来为儿童写作。这中间，严文井强调：“只要我们心中有孩子，眼里有孩子，就会有未来。”因此，他除了自己勤奋为孩子写作外，还在他先后担任的《人民文学》杂志主编和人民文学出版社社长、总编的位置上，注意发现和培养了一批文学新人。作为总编，他审稿时总是看作品不看人，常常是看到一篇好稿子，然后再去打听作者，而不是以作者有名无名来取舍。在忙碌的工作中，他还给许多青年作家亲切指导和热情帮助。这其中，有些人已是今日文坛活跃的实力派作家。

充满童心和爱心

严文井日常生活宁静、淡泊、朴素。他是一个极具爱心和充满童心的人。他最喜欢看的电视节目是体育节目和动物世界。他说他从小就喜欢动物。由于喜爱动物，多年来他也喜欢阅读描写动物的书，无论是文学性的还是科学性的。因而中央电视台的《动物世界》他几乎每集都看。有时看到荧屏上某类动物狡猾可爱的行为时，他会开怀大笑。他说过，如果没有鸟啼蛙鸣，即使有最美妙的音乐，这个世界也会是寂寞单调的。直到老年，他还说："不知怎么闹的，一转眼我就变成一个老年人了。然而我对某些动物的喜爱和对所有动物的好奇心并未衰减，只要有机会，我还要和猫、狗、鸡逗着玩儿。"足见他童心未泯。

对于动物，他说："和我最亲近的是猫。"他家一直养着猫，黑猫、花猫、白猫，大猫、小猫样样都养过，这其中有着不少动人故事。我之所以说"没有讲完的童话"，其中就包括他计划要写一部关于猫的长篇。那一定会很生动、很精彩！可惜我们不可能看到了。

说到爱心，那事例不胜枚举。这里，我只想说一说"文革"中严文井如何保护和爱护我们一批被打成"反革命"的年轻人。当时，在湖北咸宁文化部"五七"干校，我和阎纲、吴泰昌、杨匡满、汪莹等一批年轻人突然被揪出，打成"反革命分子"。就在我们被隔离审查的情况下，严文井、李季、郭小川几位老干部宣布"解放"。他们担任了连队（各单位都编为连建制）的连长和指导员。当时，我们干校文化系统的下放干部有五六千人，其中哪位干部一旦被宣布"解放"，便有资格回北京探亲。被隔离审查的人，不但没有探亲的资格，连通信自由也被剥夺。所以我们这些人已有很久没给家里写信了，家里人肯定疑惑和不安。这时，严文井得到批准回京探亲。令人意外的是，他在北京探亲期间竟去了我的家里，安慰我爱人刘琳说："我们干校很忙，所以周明好久没有顾上写信回来，托我来看看家里。"刘琳疑惑地问他："周明是不是出什么事了？"严文井说："他没有事，周明是个好人，你放心……"这些情况是很久后我"解放"了，回家探亲时才知道的。当时严文井先生回连队后并没有告诉我。反而是在一天黑夜里，他和郭小川在吃晚饭后，约我到连队食堂旁一个作为仓库的大棚子里谈话。我以为又会被逼迫、训斥，但是令我没有想到的是，他们的谈话不是训斥，而是询问我是怎么被打成反革命的详细过程，我又感动又委屈地哭诉着，他们安慰我说："你要相信群众相信党！问题一定会解决。真相会大白。"这在当时是了不起的行为！

毛主席劝他吃红烧肉

1992年4月，我的家乡陕西电视台为了纪念毛泽东《在延安文艺座谈会上的讲话》发表50周年，计划在北京采访参加过座谈会的老同志，其中就有严文井先生。

我同先生约好时间后，带着陕西电视台的朋友到了严家。那天文井先生精神很好，气色也不错。提起延安来，他兴致勃勃，谈锋甚健。谈起《在延安文艺座谈会上的讲话》，他兴致很高。他说毛主席在发表这篇讲话前，曾先后约了好多位作家、艺术家谈话和征询意见。找他的那次谈话是在枣园毛主席的窑洞里。两人谈得坦率而亲切，不知不觉间到了饭点，毛主席留他共进午餐。能和领袖在一起谈话和吃饭，他感到幸运，但毕竟有些拘束。主席见状，把在他一边的红烧肉缓缓推到严文井的面前，直说："不要紧张，吃，吃。"这是严文井在延安艰苦岁月中难忘的一幕。尽管时光已逝去半个世纪，回忆难忘的往事，文井老人仍然兴奋、激动。那一年，参加过座谈会的老同志已屈指可数。如今，严文井的离去和几年前先后去世的何其芳、陈荒煤、王朝闻，这些当年曾在延安"鲁艺"任教的青年教师，也就所剩无几了。

严文井先生辞世后，为了表达我深深的悼念之情，我去先生府上的灵堂，恭敬地向先生的遗像三鞠躬，请先生安息。我见先生遗像旁一对挽联上写着：风风雨雨稳站船头，坎坎坷坷走到彼岸。先生一生，正是风风雨雨、坎坎坷坷的一生，更是灿烂辉煌的一生。他的离去，留给我们无穷的思念。

2005 年 9 月 11 日

"不要让人家失望"

深秋时节，北方的黑龙江已是冰天雪地，寒风呼啸。而中原，八百里秦川放眼望去，杨柳依依，麦苗青青，田野里一片新绿！这令阔别大陆40年的河南籍台湾作家柏杨先生，以及头一次来大陆的他的夫人、中国台湾诗人张香华女士满心喜悦！

柏杨夫妇是由台湾回大陆探亲的。他们先是到了上海、北京，而后抵达古都西安。这儿，有他的女儿、女婿和孙辈，他要享享天伦之乐。而西安，这个黄河流域的古城又是中华民族的摇篮，有多少名胜古迹、文物国宝！有多少千古流传的历史故事！这也是十分吸引他们来的缘由。因为柏杨先生既是作家又是历史学家。

这天一早我们从西安出发，游览了乾陵、茂陵后，黄昏时分才到达马嵬坡的杨贵妃墓。同行者还有香港诗人犁青先生和夫人卡桑，以及西安的几位作家朋友。因为预定好今晚要出席西安一个晚宴和文艺晚会，我们还必须赶路。由于旅途劳顿，柏杨实在是疲劳了，上了车一合眼便发出轻微的鼾声，他毕竟是年近七旬的人了。

车子正在发动，有一群热心的读者，大多是年轻人，围拢过来，手里举着从贵妃墓买到的游览图和传说故事书，要求柏杨先生签名留念。柏杨惊醒了，忽地站起身，要下车，说："我去签个名。都是年轻人，不要让他们失望。"夫人提醒他披上大衣。他走下车去，揉揉蒙眬的眼，一一为这群读者签了名。其中一位来自广东湛江的青年，表示很喜欢读他的书，并发表了见解。柏杨仔细听着，握别时，他再三说："谢谢！"

并充满感情地为这位青年题写了一句“千里相会，万里祝福”的话。这位青年满意而去，柏杨也欣然登车。车子启动了，他还和蔼地向这群读者频频招手。

在西安，因为华岳文艺出版社出了柏杨的书，便邀他去为读者签名售书。头天下午约的，第二天上午就得去，出版社还来不及宣传，但那天上午，闻风而去的已有几百人。有的向他表示问候，有的提出问题请他回答，有的要他讲话，柏杨先生很是感动。看来签名是没有时间了，他便提议说：“你们把姓名、地址夹在书里，我带回宾馆签好后用挂号信寄给你们。”当场有人问：“你那么忙，会寄吗？”他笑着诚恳地回答说：“我会寄的。”果然，回到人民大厦，他静下来后，一一签好名并寄了出去。

有一位中学生递给柏杨一张条子，要求他签名赠书。回到下榻处，柏杨拿着这张条子，叮嘱家人一定要查到这位中学生的姓名。他说：“那个中学生很可爱，他想让我签名，却没有买到书，急得不得了。我说我会寄给你一本的，他不大相信。我一定不能让他失望。”这使我想起，在北京，柏杨住在北京饭店时，服务员们也要求他签名留念，他都是当即就签。临走那天，夫人和他正在收拾行装，他发现还有出版社送他的样书，便拣出几本说：“我想起一件事，这里宾馆几位服务员要我签名，可他们没有买到书。喏，这几本我去赠送他们。不能就这么走了。”说毕，他跑到服务台为那几位服务员签名送书去了。

这些也许都是区区小事。然而柏杨作为一位著有 300 多万字、已出版 100 多部书的海内外颇有影响的作家，面对读者，却是如此虔诚，如此热心肠。热爱读者，尊重读者，平等对待读者，不也可以小中见大，透视出作家的某种品格吗？柏杨经常说：“不要让人家失望。”他曾为一位读者题写过一句幽默而深有含义的话：“人，如果没有爱心，只不过是只破锣！”

让我们多一点爱心，多一点对人的热爱之情和负责精神吧！

1989年元月7日大雪纷飞时追记

走近柏杨

冬日布满雾霭的清晨，我和我的同事刘屏、王红一大早便到了首都机场。原定上午 9 时起飞的飞机，由于大雾弥漫，延迟到近午时才起飞。我们穿云驾雾，飞到中国香港，飞到海峡彼岸的中国台北，已是华灯初上的时候，害得热情来接我们的朋友张香华和台北市文化艺术促进协会执行长黄寤兰及副执行长连一玫几位女士苦苦等了我们几个钟头，唉，两岸要是直航该多方便呢。

这次，已是我有幸第四次访台，是来执行一项特殊的使命，即我们专程来台北拜望病中的柏杨先生，并在台北举行柏杨先生赠送我们中国现代文学馆 56 箱近万件的书籍、手稿、文物的捐赠仪式。在漫漫的飞行旅途中我的心始终不能平静，柏杨老人淳厚、慈祥的形象一直萦绕在我的脑际中。算起来，我和柏杨、张香华夫妇友好往来已经 20 年。20 年的情谊源远流长！如张香华撰文所说："周明与我们夫妇相识逾二十年，相当熟知柏杨的写作历程，加上中国现代文学馆新开甫六年，硬件设备如温湿控制系统都非常新颖，值得信任，又有国家的全力支持，馆藏与研究推广条件符合国际水准，柏杨考虑过后，才决定将这批文物交付旧识。"

柏杨先生此举惊天动地！在台引发多方争议，有人赞赏，有人反对。赞赏者认为无偿捐赠大陆，既是义举又是最好的归宿。反对者则质疑：柏杨吃台湾的米、喝台湾的水五十多年，最后，怎么可以把东西捐给大陆，让"文化资产外流"？

台湾一些官员也曾拜访柏杨，有意挽留。然而柏杨坚定不移。因为此举他是经过深思熟虑的。之前他的夫人张香华和他在大陆的女儿崔渝生都曾到中国现代文学馆访问和考察，情况及时报告了柏杨。

柏杨此举令我们深为感动。陈建功馆长和李荣胜常务副馆长当即果断决定委派我带上我馆工作人员刘屏和王红专程去台北举行接受捐赠仪式，以示隆重。2006 年 12 月，我们飞抵台北后，第二天即迎着霏霏细雨到了新北市新店市花园新城揽翠大厦柏杨先生寓所，拜访了先生和夫人张香华。只见先生寓所门前楼道摆满了香气袭人的百合花大小花篮。原来是昨日台南大学授予柏杨教育学博士学位时，朋友们得知而送来表示祝贺的。

我们一进门，张香华就热情地说："欢迎老朋友！"因为柏杨刚从医院回家，这一年来，柏杨已经从医院几进几出，身体比较虚弱，来客必须采取消毒措施，完毕，我们走进柏杨卧室，只见 86 岁高龄的柏杨插着鼻胃管，安卧在床上。他一看到我就高兴地说："应该我去接你，可惜我身体不能走动啊。"此时，我赶忙靠近床边安慰他说："你能回到家中康复，大家都为你高兴。陈建功、舒乙、李荣胜都托我向你问好！""谢谢他们！"柏杨说。随后他又问我："你这次住在哪里？"我说："住在亚太会馆，是文艺协会安排的，条件很好。"他打断我的话说："哪里，应该让你住家里。"因为以前我来台北开完会后曾在他家住过，他们夫妇待我亲如一家人。我又告诉他："你向现代文学馆捐献书稿的事，中国及新加坡、美国的华文报纸都刊登了消息，影响很大。"他却幽默地说："感谢你们看得起我。"

我们将从大陆带来的上好茶叶送给了柏杨先生，他很高兴，觉得来自家乡的东西十分亲切。

12 月 15 日上午 10 时，按计划我们在柏杨先生寓所客厅举行了一个简朴而隆重的捐赠仪式。出席者有柏杨的朋友、学生和各地驻台的媒体记者。

我在捐赠仪式上代表中国现代文学馆致辞。我说："柏杨先生是20世纪以来，在海内外具有影响力的一位杰出的作家和诗人，一位善于思考、勤于笔耕的具有非凡成就的文学家和思想家，是我们所敬仰和爱戴的前辈。近20年来，柏杨和张香华夫妇同我们现代文学馆有着密切的来往和深厚的情谊，他们曾多次连续不断地捐赠为数不少的各种版本的著作。此次，柏杨先生又将他部分重要的著作、手稿、录影和文物、文献、资料等无偿地捐赠中国现代文学馆，这必将大大地丰富我们的馆藏，也必将为研究者提供更充分的资料和方便条件。"

在致辞中，我又代表我方强调说明："此举乃柏杨先生的义举和善举，其意义重大而深远，这些宝贵的资料虽然为我们中国现代文学馆所珍藏，但它将为海峡两岸及港澳地区所共享……"

接着，出席捐赠仪式并与柏杨夫妇有着友好情谊和长期合作关系的远流出版公司董事长王荣文先生致辞说："柏杨的部分手稿捐赠到北京是好事。柏杨喜欢反复修改文稿，故从他的手稿中可以看出他思考的历程，共享中华文化的资源是有意义的。"

柏杨先生坐在轮椅上，用他洪亮的声音说："台湾人与大陆人同文同种，都使用的是华文，都是中国人！……"他说这句话时，我突然想起柏杨多年前在美国爱荷华大学讲演时，对某些人进行批驳说："大陆和台湾，有着同一血统，同一个长相，同一个祖先，同一种文化，同一种文字，同一种语言，只不过是住的地域不同而已，怎么会有这种现象！"他以严密的逻辑思维，明确而有力地论证了海峡两岸应当统一的看法。

短短几天后，我们在台湾的使命完成后的20日下午，我又是在蒙蒙冬雨中来到柏杨先生家中，向他告辞，因为第二天我们将离开台北返回北京。我轻轻走到他的床边向他说："我明天就回北京了，你保重身体，有机会我会再来看望你。”不料，他示意夫人张香华给他穿上衣服要到客厅和我说话。香华说：“周明很忙，明天一早就要赶到机场，你别起来了。”他却坚持起床。于是张香华扶他起身，给他穿好衣服，围上围巾，同护理工一起用轮椅把他推到客厅。他一开口便说：“这件事，是我们俩的缘分，我是不动摇的！你也看到了，这几天台湾的报纸，有各种说法和议论，还有骂我的呢！”

我们谈了很久，说了很多话。言谈中，他强调说：“希望大陆的同胞多到台湾走走，能对台湾增加好印象；希望台湾的人也多到大陆去看看，增加对大陆的好印象，这样，情况就会慢慢好起来。等我病好了，我还想回大陆呢！”

已是天近黄昏，窗外仍淅淅沥沥地下着雨。这次来台我们常常会遇到下雨天，真是“冬季到台北来看雨”。我起身告辞，请他先回卧室。我站在客厅目送老人，我看到他的眼睛湿润了，而我也同样落泪了。此时，只见他坐着轮椅进卧室，忽然他背着身举起右手向后摆了摆，自然是表示再见，却头也不回。啊，背影，此刻柏杨老人的背影深深地印记在我心中。

再见，敬爱的柏杨，我会再来看望你的。

2006 年 12 月

魏巍远行

在潇潇秋雨的夜晚，8 月 24 日，作家魏巍默默地走了。他走得平静，走得从容，走得坦然。然而他那些杰出的作品，却将永远留在读者的心间。

中华人民共和国刚成立后的 1950 年，抗美援朝期间，魏巍深入朝鲜战场，与在那里浴血奋战的志愿军战士同甘苦、共命运，他为志愿军官兵的英勇献身精神深深感动，1951 年 4 月 11 日在《人民日报》头版发表了脍炙人口的散文《谁是最可爱的人》，热情讴歌了志愿军的爱国主义和英雄主义。一时间，"最可爱的人"传遍中华大地，成为人们对中国人民志愿军的亲切称呼和代名词。这个篇名和称呼本身，正是作家敏锐的思想和眼光的体现。据魏巍回忆，《谁是最可爱的人》这个题目不是硬想出来的，而是在朝鲜战场上激动的情况下，从心里跳出来的。此后的岁月里，《谁是最可爱的人》陆续被编进教科书及各种散文通讯的范本，感动和影响了几代人。至今，年青一代不少读者还在阅读《谁是最可爱的人》。就在魏巍去世的第二天，我和作家崔道怡在北京志愿者协会同一批年轻的志愿者座谈写作问题时，那些二十来岁的文学爱好者谈及魏巍，还有同学说他能背诵《谁是最可爱的人》的选段呢！大约是在三年前，当魏巍在夫人刘秋华的陪同下来到中国现代文学馆参加一个学术活动后，走出会场，在大厅里突然被一群中学生和老师发现和包围，孩子们说："魏爷爷，我们读过您的《谁是最可爱的人》，特感动人。"他们一个个拿出练习本要魏巍签名、合影。一个作家的作品能有如此深远的影响，很不容易！

到了1982年，魏巍又一次轰动！他付出了近二十年的心血和智慧，所创作的革命战争“三部曲”长篇巨著中的《东方》荣获首届茅盾文学奖！另两部《地球的红飘带》《火凤凰》也是很有影响的作品，小说充满革命激情。而《东方》之所以能够获奖，是因为它在书写战争题材上有突破性，有新意，富有浓郁的时代精神。此时他已是年逾花甲的老作家，但宝刀不老，笔耕不辍。除了长篇小说，这期间，他还不断有散文、杂文发表。他是一位长期工作、生活在部队的军旅作家，他热爱祖国和人民，热爱党，他总有一种历史的使命感和作家的责任感，要把自己的军旅生活和战争经历写出来，留给后来者，今天它们的确已成为我们宝贵的精神财富。

作为前辈作家，魏巍对文学事业充满关怀之情。20世纪下半叶，我在《人民文学》杂志社工作时，魏巍长期担任《人民文学》的编委。因为工作关系，我常常拜访他，请教他。无论是在私下里还是在编委会上，他总是很直率而又热诚地对刊物提出意见和建议。对于刊物涌现出的新人新作，他很称赞，也很鼓励，他认为这是文学事业的希望。作为一位知名作家，他平易近人；作为长辈，他率真热情，温厚待人。我的家乡陕西周至县有个名刹仙游寺，是白居易写作《长恨歌》的地方，文学史上有记载。当时白居易任职周至县尉，住在仙游寺写出千古绝唱的《长恨歌》，现在那里是国家级文物保护单位。为了延续它的人文景观，1994年秋天我曾请魏巍为该寺题词。因为他既是诗人，又是书法家。不多时，他以遒劲有力的笔墨为仙游寺题诗一首：“诗圣仙游后二年，中原又生白乐天，篇篇歌哭生民泪，不绝诗魂千古传。”大意是说诗圣杜甫去世后二年白居易出生。史载，杜甫生于公元712年，卒于770年。而白居易出生于772年，卒于846年，的确生于杜甫逝世后二年。可见魏巍的创作态度多么严谨。这首诗堪称一首佳作。我在一些地方偶尔也看到他为当地学校或文学社团的题词，多是热情鼓励年轻人要树立理想，要热爱祖国和人民。搞创作的就要到人民群众中去……这一切，均表达了一位革命前辈、文学老人对年青一代的期望。

如今，魏巍同志离开我们远行了。斯人已去，但著作永存，精神永在。

2008 年 9 月 1 日

季羡林：若是批评，正是鞭策

迎着北方隆冬季节飕飕的寒风，当我走进国际展览中心2006北京国际书展大厅时，这里却是数百家国内外出版社琳琅满目的展台，人山人海，热气腾腾！我来，是为了出席哈尔滨出版社在此举办的《此情犹思：季羡林回忆文集》一书的出版发布会。没有豪华的布置，没有特殊的礼物，没有虚夸的讲话，有的只是近200万字的五卷本文集，以及会场周围墙壁上悬挂的十几幅季先生各个时期的放大照片。这使人有一种亲切感、温馨感。

能出季老的文集，多么不容易。季老为人平易、谦和、朴实、厚道，但他对于出书却是要求很严。事后我才知道，该书的两位主编胡光利、梁志刚原是季老北大的门生，毕业后一直和师长保持着密切来往。他们苦心说服老师能允诺他们编这么一套有意义的选本。季老却说："现在出书要讲经济效益，要挣钱的。我的书能有那么好的效益吗？你们要慎重考虑。"他还说，要是赔钱就不要稿费了。季老就是这样，凡事总是为别人着想，为他人考虑。被两位弟子的坚持和哈尔滨出版社的决心和诚意所感动，季老同意了。

试想，要从季先生几十年辛勤耕耘的1000多万字著作中选出近200万字的精华，谈何容易！我们真得感谢两位主编和责编们付出的心血和艰辛的劳动！因为这套书是值得珍藏品味和传之后人的。

这五卷本著作，从时间上收录了季先生自20世纪30年代到21世纪初的文章，体裁有诗歌、散文、日记、回忆录，内容涉及语言学、比较文学、佛学、印度学等。季先生曾说他是“翻译与创作并举，语言、历史与文艺理论齐抓，对比较文学、民间文学等也有浓厚的兴趣”，因而他谦逊地说自己“是一个典型的地地道道的‘杂家’”。好一个学贯中西的“杂家”，一位著作等身、影响深远的学术大师！据主编介绍，关于日记部分，时有错字、漏字或词不达意的地方，他们曾和季老商量过要不要改正，季老明确地说：不动，要实事求是。当时怎么记的就得留原样，不必加工。其实，要我们来想，几十年前的日记，若有错字、漏字或不妥，改改、加加无关大局，也并非作假，却也被一向做学问严谨的季先生回绝了。

当天的发布会，来了许多专家、学者和新闻界的记者，以及季老的学生等，虽然会场简单、简朴，气氛却热烈、隆重。不过，会场上有人悄声议论，怎么没有见有关领导同志光临？会场上也未见张贴季老和领导人的合影？原来，当出版社负责人和主编、责编前去医院看望季老时，当面向他汇报了将要举办发布会的事，并提出一些关于会场布置及会议开法的设想。季老嘱咐：一、不请领导同志，领导同志工作忙；二、不要挂我和领导同志的合影，不能借领导人的光宣传自己；三、不放录像，放几张照片可以，季羡林是个普通作者而已。季老还说，书出以后，如果人家说好，那是鼓励，若是批评，正是鞭策。要是有人讲得不对的，也要感谢人家。听到这些真诚的语重心长的话，我为之深深感动。老人这种虚怀若谷的境界，愈使我们对季老敬重和爱戴。

2006年1月21日

阳光伉俪的浪漫诗情

写柯岩，写贺敬之，谈何容易！他们的创作成就，他们在文坛所焕发的光彩，在社会上引起的反响，是多么令人仰慕和敬重啊！而且直到今天，不觉已是八十和八十开外高龄的这对文坛伉俪，仍不断有出色新作问世，不断用他们积极、健康、向上的作品鼓舞着一代又一代人。

贺敬之以《白毛女》(主要执笔)、《南泥湾》、《回延安》、《桂林山水歌》、《雷锋之歌》、《放声歌唱》等脍炙人口的名篇奠定了他在中国文坛的地位。柯岩则以《周总理，你在哪里？》《寻找回来的世界》《船长》《他乡明月》《癌症≠死亡》《“小迷糊”阿姨》等一批优秀儿童文学作品成就了自己的辉煌。

历经风雨的诗人贺敬之有着波澜壮阔、丰富多彩的人生。他的荣辱始终和中国人民的命运紧密相连。作为一位激情澎湃的诗人，他敏锐而坚定的目光一直关注最具时代精神的重大事件和火热的现实生活。他的诗歌抒发着人民大众激情昂扬的心声。直到21世纪的今天，诗人的许多篇章仍广泛影响着青年一代读者，时常被传唱，被吟诵。那年我去陕北神木，遇到年轻的宣传部部长雷江声，他竟然一口气背诵了《回延安》，还高歌一曲那动人的《南泥湾》。当地活跃的民歌手也喜欢唱《南泥湾》。由此可见诗人与陕北群众深厚的情谊，陕北人民一直惦记着并盼望着诗人能再回延安，看看今日山川秀美的陕北新面貌。

贺敬之虽然从领导岗位上离休多年，淡出文坛，他却依旧关注着文坛。诗人嘹亮的歌喉并没有因为离休居家而停歇，他很快找到了思绪飞扬的天空。近年来，他以变通的古体诗为载体，抒发他对改革开放崭新生活的感受和赞颂。他的诗词乃不运用不去掉声律和韵律，但不拘泥于旧律的新古体诗的形式。他提出，新古体诗要有诗思、诗情、诗意和诗味，要表现现代人的所见、所感、所思，不仅见喜，也要见忧，不仅见此，也要见彼。1996 年出版的《贺敬之诗书集》一经问世，好评如潮。应该说，贺敬之在新古体诗的创作实践和探索中的真知灼见，也影响和引导了一些作家踊跃尝试。

柯岩呢，读者朋友们一定都记得 20 世纪五六十年代有一首在青少年中广为传诵的诗篇《"小迷糊"阿姨》，其作者就是柯岩。从那时起，柯岩为新中国的青少年创作了大量受到喜爱的儿童文学作品。粉碎"四人帮"后，柯岩精神焕发，文思如泉涌，她的创作进入了繁盛时期。她那首曾经拨动了千百万读者心弦的诗篇《周总理，你在哪里？》，至今仍然常常回响在一些诗歌朗诵会上，并被各种版本的诗集所收录。

当 1978 年神州大地迎来"科学的春天"时，柯岩勇敢地投入自己先前并不熟悉的科学技术领域。她以诗人的热情笔触，向人们奉献出一篇又一篇叙写科学领域和其他战线先进感人事迹的报告文学：《奇异的书简》《船长》《癌症≠死亡》《一个诗人眼中的宋庆龄》等。由于这一系列具有深刻思想、强烈艺术感染力而大气磅礴的作品在社会上产生的影响，柯岩曾荣获全国优秀报告文学奖。这是很难得的事。

20 世纪 80 年代中叶，根据柯岩报告文学改编的电视连续剧《寻找回来的世界》轰动一时，在观众中激起热烈反响，一时间成为街谈巷议的热门话题，人们感慨唏嘘。

这期间，这位具有强烈社会使命感和责任意识的作家完成了从一个儿童文学作家、诗人到报告文学作家、小说家的角色转换。她从儿童文学这块生机勃勃的园地一路走来，风雨兼程，而最终成为20世纪中国文坛一位多面手和全能作家。新近出版的皇皇十卷600万字的《柯岩文集》便足以印证这一切。

如今，这对文坛伉俪同京城成千上万的普通百姓一样自由幸福地享受着温馨和谐的时光。贺敬之闲暇时常常挥毫泼墨，阅览报纸书刊。有时候读到陌生作者的好作品时，他非常高兴，还要仔细询问作者的情况，足见他十分关心年轻人的成长。书评家认为贺敬之的书法，汉隶、魏碑功力深厚，草书、行书造诣尤佳。古人说，文如其人，字如其人。贺敬之书法的风格正是他创作上恣意汪洋、生活上简约清爽的真实外化和写照。

说柯岩，朋友们都了解，她是个性情直率、快人快语的人，现在她每天还忙碌着自己的事业，有时伏案写作，有时整理文稿，有时应邀外出演讲。在大专院校，只要她讲课，会场总是里里外外挤满了人，听众常常为她精彩的演讲送上热烈的掌声。柯岩还十分关心并帮助着一批癌症患者，热情鼓励他们振作精神，与病魔抗争。许多人因此坚强地活了下来，恢复了健康。

其实，他们夫妇俩都是长期的“老病号”，先后得过不轻的病，时不时还要去医院看看病，甚至住院。可他们的意志力惊人的坚强，从不为病痛所压倒。他们的生活简直像一片灿烂的云霞，透明、亮丽而热情似火。伴随着岁月的艳阳丽日，他们携手走来，虽然各自都有繁忙的事务，却依然淡定从容地沐浴在快乐美好的时光中。

2009年炎夏8月

美的追求者

柯岩，诗人、儿童文学家，这个名字已为大家所熟知，自然是因她那才华横溢、热情奔放的美丽的诗章。近年来，诗人又激情满怀地涉足科学、财贸、远洋、工艺美术、工业、教育及艺术领域，她辛勤地劳作，为我们谱写出一篇又一篇激动人心的报告文学，她心中汩汩地流淌着一曲又一曲美的歌，光明的歌，热情的歌，希望的歌！这些热情洋溢、诗情画意般的报告文学，赢得了读者深深的热爱。它们宛若颗颗闪光的珠贝，给浩瀚的艺海增添了新的光彩，带来了新的思想、新的境界。

诗人由此又成为一名出色的报告文学家。

一

柯岩从事报告文学创作，应该说始于1978年的春天。那是全国科学大会期间，她和徐迟、秦牧、魏钢焰、黄宗英一起作为《人民文学》的特约记者，出席了大会。那时，她发表的动人心弦的诗篇《周总理，你在哪里？》《在周总理办公室前》《请允许……》已经在人民群众中广为流传，鼓舞激励着千百万读者。正因此，《人民文学》在组织这个记者小组时，很自然地想到了她，盛情邀约她。当时，编辑部的同志们想，她的诗写得那么好，那么有激情，这样的诗人如若写报告文学，一定会写得出众。同她商量后，她愉快地应允了。但她却谦虚地说，她愿意将此作为一次学习机会——向科学家学习，学习写作报告文学。

会议期间，我们住在西苑饭店。这儿距离她的家并不远，但她却带来了行装，和大伙儿住在一起，为的是专心致志参会，便于接触和访问代表。那次大会，那段火热的生活，至今想起来都令人难以忘怀！那济济英才满华堂，共商向四个现代化进军的动人情景；那无数科学家可歌可泣的感人事迹如同春风扑面而来。写什么人好呢？

出席大会的科学家中，无论是白发苍苍的老者，还是英姿勃发的中年人，抑或朝气蓬勃的青年一代，每个人几乎都有一段攻关的艰苦经历和一部攀登科学高峰的动人事迹。记者小组的同志一边旁听会议的讨论发言，一边翻阅大会印发的材料，寻觅着、寻觅着各自感兴趣的对象。一天，两天，三天过去了，其他人大体都找到了满意的“对象”，已经开始了采访，唯独我们的诗人柯岩还没有物色到理想的“对象”。她有点着急。突然有一天，新华社一位同志给她送来了几封奇怪的信。那是两位天各一方的青年科学家关于探讨高能物理、天体物理、超导物理基础理论研究的通信。据说，他们的这种通信，已经持续了整整十年！而十年里大约有两千封之多呢！仔细看那信笺，上面几乎尽是些密密麻麻的方程式和形式各异的数学符号。这无形中引起了诗人的极大兴趣。她立即追踪到两位写信人——两个腼腆的年轻科学家。初次交谈，她为他们追求理想、刻苦钻研科学的奋发精神所深深感动。她决定写他们。经过一段时间的深入采访、酝酿和构思，而后她把自己关在了家里，大约鏖战整整一个星期，终于完成了她的报告文学新作——《奇异的书简》。

我和王南宁有幸成为她这篇新作的最初的读者。

那是一个和风煦煦的春夜，在西苑饭店，她向我们朗读了刚刚脱稿的《奇异的书简》。她是含着眼泪朗读的，而我们也噙泪倾听。作为读者，我们被深深地打动了。许是由于编辑职业的关系，遇到像这般优秀之作，总是按捺不住兴奋的心情，恨不得让它早点同读者见面。本来那一期刊物的稿子大约已经发齐，而我们却猛生一个念头，想争取将《奇异的书简》挤上去！这自然要由编辑部讨论决定。为了争取时间，作为责任编辑，我和南宁连夜驱车先将稿子送到编辑部负责同志家里，向他举荐。第二天，编辑部进行了传阅研究，获得一致好评，决定发表。《奇异的书简》同读者见面后，很快引起注目并受到好评！

这使诗人也受到鼓舞，增强了她写作报告文学的信心。她意识到，作为文学轻骑兵的报告文学有着其他文学样式难以替代的战斗作用，她由此对报告文学产生了浓厚兴趣。因为，作为一位作家、诗人，她可以掌握、运用多一种战斗的武器了。

从此，她活跃在报告文学战线上。她以对现实生活敏锐的观察力和感受力，以及独有的优美的艺术风格，赞美着、讴歌着社会主义祖国的美好事物、新生事物。

啊，这，就是柯岩。

二

有心的读者也许注意到了，柯岩继全国科学大会之后，又马不停蹄地奔波在财贸、医学、教育、公安以及工艺美术战线，频繁地采访写作，热情讴歌为祖国四化建设卓有贡献的新的人物，新的风貌。这期间她还作为中国人民的使者，出访日本等国，为我们谱写了友谊的篇章。她怀着强烈的政治责任感，运用报告文学，迅速地及时地向党和人民忠实地报道时代前进的步伐，报人民喜中之忧，报忧中之喜；颂人民之大喜，分党之大忧，为促进现实生活的发展起了积极的作用，为无产阶级文学画廊增添了新的人物形象。

柯岩报告文学作品的基调是健康、明朗而昂扬的，是引人积极向上的。这自然同作者的世界观，同作者的生活经历密切相关。

柯岩，原籍广东南海，出生于1929年。父亲是个铁路职工，靠个人奋斗，半工半读，后来当上了工程师。但她的家境是贫穷的。父母终年要为衣食奔波。少年时代的柯岩跟随父亲沿着蜿蜒曲折的铁路线四处漂泊，几乎走遍了小半个中国。她和她一家深受旧社会的苦难。因此，当1949年苏州解放，新社会使刚刚年满二十岁的她感到莫大的喜悦和温暖。为了加入解放大军的行列，她弃学报名参军。本来是要南下，赶巧这时北京的中国青年艺术剧院来南方招生，当时她在苏州社会教育学院念的是戏剧系，人又聪明伶俐，刻苦好学，便被青艺选中。由此南下变成了北上，她高兴地踏进中华人民共和国的首都，成为中国青年艺术剧院一名年轻的创作员。

1949年10月，在那金秋送爽、全民雀跃的大喜日子里，她站立在天安门广场成千上万的人群中，目睹中华人民共和国第一面五星红旗升起在世界的东方！开国大典的激动人心的场景，永远镌刻在她年轻的心房！

在那火红的岁月里，在中华人民共和国那黄金时代，作为一名新文艺的创作员，她积极深入实际，体验生活；到工厂、到基层，同劳动人民同吃同住，风雨与共，受到深深的感染。无数活生生的事实告诉她：只有共产党才能救中国，她坚定了对党和事业的信念。由于新生活的激荡，她不由得拿起手中的笔，尽管稚嫩，然而她大胆写作并发表了最初的作品——一些短诗和独幕剧。上学期间她就已经发表过散文，那自然都是习作。作品的发表，对她无疑是一个鼓舞。1950年全国掀起轰轰烈烈的抗美援朝运动，这是关系党和国家前途命运的大事！年轻的柯岩也为之热血沸腾！她一面写作，一面参加了中国青年艺术剧院文化列车上的独幕剧——《中朝人民心连心》的演出。

此后，她又陆续写出并发表了许多优秀儿童文学诗篇和剧本，受到少年儿童的欢迎和喜爱。她在50年代、60年代相继发表、出版优秀诗作，如《大红花》《“小迷糊”阿姨》《我对雷锋叔叔说》《讲给少先队员听》等以及在北京、上海儿童剧坛轰动一时的剧本《相亲记》、《双双和姥姥》、《走出地球去》、《水晶洞》（与罗英合作）等，读者、观众都还记忆犹新，留有深刻印象。

哦，光辉灿烂的50年代哟，那是人才辈出的时代，那是火红的年代，那是共和国的黄金时代哟！

我们大家常常感慨于此。诗人柯岩也常常感慨于此。1978年夏天，全国财贸大会召开，柯岩在会上发现了来自河南穷乡僻壤的一位身不离劳动，心不离群众，把为人民服务当成生活第一需要的雷锋式的农村税务员（后被提拔为县财政局副局长）吴丙治，她的心情十分兴奋、激动！她被吴丙治的献身精神深深感动，且深有感触。大会代表中，许多是具有全国影响的人物，其模范事迹也相当突出，而一个普通税务员的事儿能闪出多少光彩？如何写得好？——大家这么疑虑。但是柯岩并不这么看。她决意写他。

她想，这么多年啦，雷锋精神不见了，党的传统丢掉了，这是多么可怕的事！如今，眼前的吴丙治，作为一个农村“收税人”，为什么能够如此日日夜夜地全心全意为人民服务，帮助社、队发展集体生产？作为一个基层领导干部，为什么能够这般百折不挠、千方百计地把手中有限的权力变成无尽的义务，让自己永远在真理的大路上行走，去争取洒满阳光的人生？为什么？为什么？

吴丙治，正是我们时代具有高尚情操、美好心灵的佼佼者！因此她决定写他。

当她听说吴丙治在开会期间做了大量好事，其中包括每天起早贪黑帮助招待所餐厅抹桌子、摆餐具、择菜切肉、洗碗刷盘子时，为了深入观察和探索人物的心灵世界，她曾几次也起个大早，清晨里，迎着晨风，蹬上自行车赶到吴丙治所在招待所，同吴丙治一起义务劳动。劳动中，她细细观察着，琢磨着，思索着……啊！找到了，找到了！十年内乱后，如今她终于又找到了追赶太阳的人！十年，漫长的十年！几回回梦里魂牵梦萦，多么希望再看到昂首前进的人们，如今，在吴丙治身上，在出席财贸战线先进工作者大会成百上千的代表们身上，不正又看到了中华民族那重新焕发出的革命豪情和精神嘛！

“四人帮”毕竟不可能割断历史长河。而他们，已必然被滚滚的历史潮流无情地吞没。

那中国大地上啊，火红的岁月，五彩缤纷的生活，人们忘我的劳动精神，建设社会主义的昂扬意志，共产主义的思想风格，将更加发扬光大！天长地久！

三

近年，柯岩的报告文学常常激起读者很大的反响。我想这有两方面的缘由：一是其具有鲜明的时代精神，二是其富有强烈的艺术感染力。很显然，柯岩的报告文学，从思想到艺术都别具特色。就我印象所及，截至目前，她已经发表的为数不少的报告文学中，所写题材多数是为人们所关注的重大社会问题。这是最能够拨动时代之弦的声音，能引起读者的共鸣，当然也是最富有现实意义和鼓舞作用的。她的作品在思想上、艺术上总具有相当的魅力，饱含着深厚的爱国主义思想，洋溢着浓烈的革命激情，富有浓郁的诗情画意、深邃的哲理，给读者以强烈的艺术感染力和振奋心灵的艺术力量，从中又可受到美感教育。

细心的读者不难发现，柯岩在她的报告文学中，总是以美的感情、美的语言、美的手法，为读者描画出美的心灵、美的事物，而给人以光明、希望、鼓舞和深刻的启示。

不是吗？只要你仔细回味一下她的作品，就不难发现。这里，我们先来看看《美的追求者》和《船长》。

《美的追求者》写的是画家韩美林。写作年月为1979年10月至11月。那时这位年轻的画家还并不被很多人所注意、所知晓。我想起，我最早知道韩美林，大概也是在这段时间。有天，我偶然在冯牧同志家的墙壁上看到一幅小小的动物组画，署名韩美林。当时晃眼一过，主要是感到陌生，然而那别具风格的动物画还是给我留下了印象。我还听说作者是安徽的一位年轻画家，其他就一概不知了。

过了一段时间，我听说画家到过柯岩同志家。据说，头一次韩美林到柯岩家时，比较沉默寡言，什么话也没说，但他却留意观察了柯岩那天真可爱的女儿小风，有意为她画像。待了一会儿，他便铺开纸，着意画了一只狐狸。并非人像，然而却又有点神似。正巧，家人都认为小风从小就像小狐狸。大家为之惊异！

小风也惊喜地笑了。

接着，他又为柯岩的儿子小雷"造像"。他先是画了一个小傻熊。

"噢，这回可错了。"柯岩说，"你再仔细看看。"

韩美林又仔细端详了一眼贺小雷，然后画了个绿色狐狸，还斜着个眯缝眼哩。

大伙儿高兴地拍起巴掌，说："像了！像了！"立时，聪明的画家引起人们的兴趣。

就这样，他开始了同诗人柯岩的来往。慢慢地，接触多了，熟了，相互了解了，他的话也就多起来了。他可是一位叫人意想不到的受了大苦、经历了坎坷人生的年轻人哪！他多次详尽地向诗人叙说了他的苦难的生活经历。诗人专注地倾听着，倾听着，常常是满含泪水，眼睛蒙眬起来。然而她的心却更加明亮！画家的经历，是多么令人同情，而又不能不令人感到愤懑！

诗人被这样一个青年画家在困境中依然那般执着地追求理想，追求艺术，追求美的求索精神所深深打动。谈话中，她忽然萌发了一个念头：啊，要是把它写出来让更多的人知道该有多好！

于是她录了音。事后，每当稍有闲暇时便独自放听。听着，听着，感人处她泣涕如雨。

她还做了笔记，有空儿便翻看。看着，看着，动心处她忍不住眼泪哗哗。

她忍不住要写他。终于，经过久久的酝酿、思索，可以说水到渠成，她落笔了。怎么？这支笔突然变得千斤重呀！她努力克制自己那为画家的遭遇而愤愤不平的感情，极力用冷静然而热烈的情绪、温馨的感情去诗化她的主人公。此时，她笔下的感情、情绪自然地与作品中描写的人物融为一体：她爱他之所爱，恨他之所恨。她感觉这样一篇文章仿佛不是用笔在写，而是她用心在呐喊，在歌唱。

她终于奋力完成了《美的追求者》。

这篇报告文学一经发表，立刻传诵一时。它，激励着、感染着、震动着多少读者的心灵啊！至今，人们还印象深刻、难忘，回味无穷！

再说《船长》。

读者一定还会记得船长贝汉廷的那许多生动感人的事迹吧。的确，那是一位多么了不起的英雄船长呀！

开始，我们结识他，还真得感谢中国远洋公司的介绍呢。先是听过介绍、看过有关他的材料后，诗人对这个人物就产生了浓厚的兴趣，决定采访他。可我们一联系，发现他不在国内，此时正游弋在太平洋哩。过了一段时间，我们又询问，说他回国了，然而停泊在中国香港，不久又要远航。真是相见难哪！也许好事多磨。

还是柯岩有耐心。她说：“没关系，咱们就等下去，总会见着的。”但是，暂时见不着船长的面，也不能让时间白白浪费过去。怎么办？她于是借来一大批有关贝汉廷的材料。其中有关于他模范事迹的新闻报道，有各式各样的业务报告（包括汉堡港运载的专题报告），有他给国内港口的讲课稿，有他和一些外国港务官员的谈话记录，有“汉川号”在地中海抢救希腊沉船的嘉奖令，以及国内及国际友人的许许多多感谢信……还有其他关于远洋航运的技术知识书刊。翻阅着这些感人的、生动有趣的材料，一个精明干练，具有高度民族自尊心、强烈主人翁精神的活生生的形象，隐约出现在诗人的眼前。这正是她在生活中所寻求的社会主义新人物的形象。

她多么急于见到他啊！

终于，等待了漫长的两个月之后的一天，突然消息传来：“汉川号”远洋归来，即将停泊在天津新港。然而停泊时间极有限，只有一个星期，需火速赶往新港采访。这已经是 9 月初的时节。

柯岩立即动身赶到新港。由于双方的时间都很紧迫，她“缠”住贝汉廷不放，很快，他们成了知己，倾心交谈。她还抓紧时间，夜以继日地访问了“汉川号”的有关人员：政委、大副、二副及一些普通船员等。船员们一听说要写他们的汉川号，要写贝船长，都很乐于提供情况，乐于配合作家的采访。

入夜，在燥热的船舱里，在机房日夜不停的隆隆声中，她挨个地访问、交谈，观察、思考。面对茫茫无际的大海，诗人的脑海里立时编织着蓝色的梦。啊，是梦，也是现实呀！

她边谈边记录着。有时，一个火花迸发了，她便赶紧记在背面。这也是她采访的特点。她并不是摆出一副架势，从对方那里“掏”材料，而是首先向自己的采访对象交朋友，交心，向对方学习。她并非有闻必录。她是凭着激情，凭着对生活真挚的感受来记录。她写东西是有感而发，绝不无的放矢，无病呻吟。因此她在构思《船长》的过程中，“在反复琢磨如何刻画主人公时，心里同时想着我的许多年轻的朋友和整个青年一代，希望我对待生活的看法能多少对他们有些影响。希望他们和我一样，能从令人敬重和喜爱的人物身上吸取力量，使主人公成为吸引他们并成为他们愿意效仿的榜样”。

究竟该怎样认识、理解和评价贝汉廷这样一位看起来平凡却做出了非凡贡献的人物呢？柯岩是经过一番认真的分析、研究和思考的。最后她终于找出了一个既简洁、扼要而又概括的题意，即“邓小平式的船长”。她想：从邓小平到贝汉廷，从一个杰出的党和国家的领导人到一个精明干练的普通的船长，这就是不同类型的中国脊梁的典型代表，这就是中国实现四个现代化的希望所在！

怀着浓烈的感情，经过几天的日夜奋战，《船长》终于诞生在第五天清晨的微曦中。一个具有中国气度、中国作风、中国魄力的“邓小平式的船长”的形象活灵活现地呈现在读者面前。

《船长》立刻引起了强烈反响！

读者交口称誉，说这是一篇动人心魄而发人深思的作品，是一篇多么好的鼓劲儿的作品！有的读者来信称赞作者说：“你是个勇敢的人，因为没有勇敢的精神，就无法透视‘船长’深邃广阔的胸怀；你是个诚实的人，因为没有诚实的态度，就不敢写出船长的苦恼和忧虑；你是个热爱祖国、热爱事业的人，因为没有这种深切的爱，也就没有勇敢的精神和诚实的态度，你是在唱着，哭着，叫着：前进，前进啊！”

还有的读者热情期望说：“如果我们正在前进的社会主义祖国能多几个，几百个，几千甚至几百万个像贝汉廷这样的船长，那么，我们祖国实现四个现代化的前进步伐不就可以大大加快了吗？”

《船长》的反应是强烈而广泛的。

恰好，当《船长》发表不久，我到了上海。一天夜里，我去拜访了刚刚远洋归来的贝船长。家里除了他的妻子和女儿外，在座的还有他的几位老同学——也都是船长。他们自然地谈论起这篇文章，特别是贝汉廷的那位老同学，称赞不已。他们说写得像，写得好！是那么回事儿。船员们看了很受鼓舞，觉得终于有文学作品开始反映他们的生活了，而且又是值得仿效的贝汉廷船长。家属们看了也很激动，因为丈夫常年漂泊在海上，顾不上家，甚至有的连自己的孩子怎么成长起来也不明白，妻子自然怨气冲天。可是许多人听说后，找来了《船长》，读得烂熟。她们表示理解了、谅解了自己的丈夫，不仅如此，还对做船员的丈夫表示深深的敬意！——这些是我们原先意想不到的。

当然，贝船长很谦虚，他说文章对他是过誉了，那只是他的努力方向。

诗人本人也收到大量来信。秋夜里，多少个不眠之夜，她翻阅着一封又一封热情洋溢的信，不禁泪下沾襟。她想了很多很多：想到了报告文学的战斗作用，想到了一个革命作家的职责……她立志要用自己手中的笔，更多地描绘祖国四个现代化的壮丽宏图，塑造为四化献身的那些艰苦卓绝的创世者、奋斗者形象！

从此，她更加精神抖擞、马不停蹄地奔波在许多条战线，投身于火热的生活，接触许多模范人物，采访写作报告文学。继《船长》之后，她又陆续写作并发表了《东方的明珠》《她爱祖国的明天》《美的追求者》《特邀代表》《从一个孩子看中国》等名篇佳作。我们只要留心看看这些作品写作及发表的时间，就可以发现近几年柯岩是如何勤奋地写作、辛勤地耕耘：这些作品几乎是一篇接着一篇完成的！众所周知，写作报告文学，不同于其他样式的创作方法。它是必须花相当的时间，付出相当的辛劳，进行大量的采访活动、调查研究工作，有时甚至是疲于奔命才能创作完成的。而柯岩，长期以来身体并不怎么好，体弱多病。但她从不顾及自己。她总是拼命地工作和写作，没明没黑，没有正常的休息。有时她感到胸部难受，孩子们疑虑：是不是心脏病？她总是乐呵呵地说，不会。她是凭着精神工作的。1978 年后，由于沉默了多年，实际上也是积蓄了多年，她的动人的诗篇、优美的散文、引人入胜的剧本、撼人心弦的报告文学，宛若喷泉似的喷涌而出！诗人的艺术生命掀起了一个新的高潮，走向了一座新的高峰，这是可喜可贺的！

然而她毕竟太劳累了。虚弱的身体已经大大超负荷。

她突然病倒了，那正是她雄心勃勃酝酿写作长篇时。闻讯者，无不感到十分惋惜，十分关心。

由于病情突然，又较为严重，很快，她被“关”进了医院。

四

在医院里，本来应该老老实实地卧床静养，可她并不是一个“安分守己”的病号。她在医院里，照样看书学习，照样料理工作。人家住院，桌子上一般都放满了大瓶小瓶的药，她的桌子上却摆满了书籍和报刊，还有近期的某些公开的政策性文件（当然必备的药品也有）。她除了读书、看文件，还时常偷偷地约人去谈工作。这哪里是住院？实际上不过是易地工作。医院反而成了更为安静、更为理想的读书室、办公室。

探视者络绎不绝，有老有幼、有男有女，来自许多不同的岗位。人们关切地询问她的病情时，她却常常是“顾左右而言他”。她反过来利用这个机会，向对方问长问短，了解情况。或者向你津津乐道于她正在看一本什么书，有什么样的感受，什么样的收获或者是受到了什么启发，有时她就索性向你详细做介绍，讲这本书的故事情节，讲人物刻画，讲细节描写……而且给予评价。还有的时候，她会高兴地向人推荐她刚刚看到的某刊物上某位作家的新作。人家写得好，或者是有了进步，她抑制不住地表示高兴。几乎我们每次去，她都会不假思索地说出一连串作家的某些新作。

其实，大伙儿真是心疼她，由衷希望她能够利用住院机会一面接受治疗，一面休养生息，争取早日恢复健康。何况她还是重病号呢！有一阵，医生怀疑她患有不治之症，当然后来经过专家会诊，打消了此种怀疑。这使大家都一块石头落地，放心了。但她患有严重的冠心病哪，怎么不令人揪心？可她一向是个乐天派。她并没有被病魔吓倒。即使充当“嫌疑犯”期间，她仍然是个乐观主义者，而且当时她想的依然是工作，是写作。

记得那时候我去看望过她。我一到，她示意我坐下先听听音乐。我说什么好曲子？她微微笑了，打开录音机，是作曲家谷建芬的声音：

假如明天我就死去，
朋友，请不要为我哭泣。
因为我永远不会和你分离，
因为我永远不会和你分离。
那长长的白杨林带
是我们一起栽的；
那无边无际的良田
是我们一起开的；
那宽阔平坦的大路
是我们一起修的；
那遥远的雪山
是我梦里的歌曲……
……
假如明天我就死去，
朋友，请不要为我哭泣，
因为我永远不会和你分离，
因为我永远不会和你分离。

曲子委婉动听、扣人心弦。歌词当然更为动人。可我一听，马上产生了一种联想，心头为之沉重，霎时间发愣了。她却畅怀大笑，说：“你怎么没有这么一点幽默感。这是我新近写的一首歌词，刚刚请谷建芬谱了曲，你觉得好听吗？”我还是不知所措地点点头。她这才认真告诉我，所以写出这首词，是因为她在 1980 年秋天随王震同志去新疆访问时获得的感受，现在把它完成了。当然，这是不言而喻的事。但这首歌曲，却是一曲多么强烈的洋溢着革命乐观主义精神的最强音！她说：“因为生活中经常充满风雨，我从来害怕哭哭啼啼和软塌塌的人物，而喜欢强者。”

诗人，在生活中不也正是一个搏击风浪的强者吗？

这里，我忽然想起一件事，也许是小事。柯岩住院期间，在一次输液时，不小心扭伤了右脚。她的生活、行动突然不那么方便了，包括上厕所。按理，像这种情况，如上厕所时，护士理应照料，可她坚决不干。去时，便用手扶着椅背艰难地挪步前进，汗珠滴满额头。女儿小风来探视，见此情景，几乎心疼地哭出声来。而她呢，却依然乐呵呵的，并且告诉女儿说，一个人的生活不能给别人增添麻烦，即使在困难的情况下，也要养成自强不息的精神。

她具有顽强的意志力。这次发病是在 1981 年 4 月。后来时有好转，也时有反复。所以她从医院几进几出了。由于她对生活充满了热爱，对群众充满了热爱，她在前后几次住院期间，结识了许多新朋友，其中自然大部分是病友。她和这些病友总是互相帮助、互相鼓舞。她只要能动弹，就时常去串门，看看其他病友。闲聊中，她无形中了解到许多人的经历，因为她住的是部队医院，又是高级干部病房，许多病友大都有一部可歌可泣的光荣历史。她真想把它们写出来，可是现在她心有余而力不足。那就积蓄起来吧！终归有一天会喷涌出来。

后来由于某些病友的关系，她又结识了那位鼎鼎有名的气功专家郭林。她是充满信心要战胜病魔的，因而当她发现气功疗法有一定疗效后，便开始跟班学做气功。她是为了争取早日治好病，恢复工作！做气功，要起早贪黑。她每天清晨四点半就起床，做气功。慢慢地，她感觉到自己的身体情况日渐好转。又听到许多病友的好消息，她对气功产生了浓厚兴趣。接触多了，情况也了解得深了，她决心写写气功疗法。她寻思，为什么老是中国发明创造的东西，一经外传，外国人稍加改头换面，又投入中国市场，却成了响当当的舶来品、进口货？岂有此理！我们要树立中华民族的自豪感！

从此，她又在病房里“偷偷”地写起报告文学来，题目就是《癌症≠死亡》。整整几个月的工夫，她集中全力，应该说是吃力地，然而心情愉快地完成了这一篇重要的报告文学！《北京文学》在显著位置刊登了它，并产生了广泛影响，它已经和正在获得国内外广大读者的注目和欢迎，也引起了卫生界的重视。

现在，她的病情大有好转。这正是我们大家所希望的。因为从报告文学到生活，她是人们信赖的朋友。1982 年 9 月，当我在祖国西南边陲、遥远的世界屋脊城——西藏拉萨进行参观访问时，传来了党的十二大胜利召开的喜讯。欣闻柯岩同志作为代表出席了这次隆重的大会，我相信，在新的历史时期，她将会为我们写出更多更好的作品，谱写出更多当代英雄的热情颂歌！

朋友，请接受我来自西藏高原诚挚的祝福——祝福你：扎西德勒（藏语：吉祥如意）！柯岩同志。

1983 年元旦脱稿，京郊北苑

相约仙游寺

海峡两岸开放以来，我曾六次访问中国台湾，走遍宝岛的东西南北，拜访和结识了文化界诸多知名人士，唯独无缘与纪弦相见。

纪弦是台湾当代诗歌的奠基人，现代派诗歌发轫者之一，我国优秀的跨世纪诗人，被誉为“不老的槟榔树”。

说是无缘却有缘。纪弦 1913 年出生于河北清苑，2013 年在美国加州家中去世，享年一百零一岁。对此，国内和海外报纸都曾经以醒目的标题报道。从报道中我才得知，纪弦的祖籍，原来就是我的家乡陕西省周至县。但他成长、奔波于扬州、南京、武汉、香港等地，1948 年去宝岛台湾，1976 年移居美国加州，却从未回过陕西。

纪弦原名路逾，他的二儿子路学恂 2014 年回国探亲时，才来到他的老家周至县终南镇。路学恂见过家族亲人，了却一桩心愿，然后经由陕西省文物局的朋友刘合心介绍，到北京来与我见面。他也是代表他哥哥、弟弟和妹妹来的，专程参观中国现代文学馆。

中国现代文学馆的建筑，新颖别致，典雅恢宏；中国现代文学馆的收藏，琳琅满目，蕴含厚重。路学恂被吸引了，深为感动，热切希望能够把父亲的文物、文献捐赠过来，也列进这座国家的文学殿堂。他认为父亲的著作、手稿如能在这里收藏、展览，和读者见面，将是一件幸事。当时，正在西安市挂职副市长的吴义勤馆长知悉此事，表示大力支持。他认为，纪弦是一位有着爱祖国、爱家乡情怀的诗人，中国现代文学馆收藏纪弦的文献、文物，更充实了宝岛台湾的文学成果，是非常有意义的。

路学恂返回美国后，多次与我和梁海春副馆长电话联系，沟通情况和交换意见。征得家人赞同后，他们决定捐赠，我们商定于2015年在北京举行仪式。北京四月天，春暖花开，风光明媚。4月15日，“台湾诗人纪弦文物、文献资料捐赠仪式”在中国现代文学馆隆重举行。路学恂和他的夫人李剑年、他的妹妹珊珊及妹夫李发泉等八人出席，他们在会上介绍了纪弦的生活与写作情况。文学馆馆长助理、作家李洱和诗评家北塔先后发言，高度评价纪弦诗歌的成就及在文坛的影响。李洱表示，随着这批文物、文献入藏中国现代文学馆，相信会有更多人关注并研究诗人纪弦的文学价值和意义。

此次捐赠的资料，有近千册重要书刊，有纪弦部分手稿和照片，有诗人用过的床、书桌、书柜、椅子、台灯等物品，有170多封信札，包括纪弦与施蛰存、徐迟、邵燕祥、钟鼎文、余光中、痖弦、洛夫、张默、吴奔星、非马等友人来往的书信。

捐赠仪式上播放了纪弦在美国之华人聚会时朗诵的《还我钓鱼台》（大陆称钓鱼岛）的影像，引起与会者强烈共鸣。他在诗中呐喊：

“还我钓鱼台！还我钓鱼台！凡我中华之领土，每一寸都是神圣，不可侵犯不可侮！还我钓鱼台！黄帝子孙齐怒吼：我们先礼而后兵，一定把它拿回来！！！”

纪弦晚年，眼见日本安倍内阁肆无忌惮复辟军国主义，极为愤慨。他患病住院期间，时常对儿子谈起从东海油田到曾母暗沙的话题。路学恂回忆：“我想，父亲是在提醒我，人虽然在海外，但不可忘了自己的国家，我们永远是华夏的子孙。父亲诗中，强调炎黄子孙先礼而后兵，他深知，若用礼行不通，不用兵如何能伸张正义！”

除了这首诗，纪弦还给他钟爱的子孙们写过另一首深情叮嘱的诗：

“哦，孩子们，我的有志气的孩子们：等将来长大了，你们当了海军将士，一定要好好保卫我们神圣的领海，保卫东海、黄海、南海和台湾海峡，以及东沙、西沙、南沙、大大小小的海岛，不许任何国家任何人侵犯它们；还有那被偷走了的钓鱼岛，也要把它拿回来！”

按约定，在中国现代文学馆捐赠仪式后，我陪同路家的几位朋友前往西安，出席21日将在周至县仙游寺举行的“纪弦亭”揭幕仪式。

当初，我们和路学恂商议时，他提出一个愿望，即在周至县仙游寺能为其父建一座碑亭，让其父“叶落归根”“魂归故里”。缘由是他们路家的祖坟当年就在仙游寺旁，这里环境好，风光美，又是国家级文物保护单位，真是风水宝地。这件事，我同当地有关部门的负责同志商议后，大家都认为是件好事，热情支持。

仙游寺位于周至城南的黑水峪口，四山环抱，一水中流，峰峦叠翠，甘泉飞瀑，是一处融自然与人文于一体的优美景观。这座隋开皇十八年创建的古老寺院，具有灿烂的历史文化，流传着许多民间故事。相传秦穆公之女弄玉，自幼擅长吹箫，后与才华出众的萧史结为夫妻，就住在寺边的玉女洞。超凡脱俗的箫声引来祥龙瑞凤，双双结伴成仙而去，是为“乘龙快婿”典故的由来。

这里有历代文人墨客的逸闻遗迹，特别是唐代诗人白居易在周至任县尉时，在仙游寺写下了以李隆基和杨玉环爱情故事为主题的长诗《长恨歌》，成为千古绝唱。白居易在周至还写有《送王十八归山寄题仙游寺》：“曾于太白峰前住，数到仙游寺里来。黑水澄时潭底出，白云破处洞门开。林间暖酒烧红叶，石上题诗扫绿苔。惆怅旧游无复到，菊花时节羡君回。”

如今，这座《长恨歌》的诞生地，又迎来一位周至籍的当代著名诗人纪弦，岂不更加增光添彩！

纪弦一生在外游历，虽未回过陕西，却在他的诗篇中屡屡表露出深切的怀乡之情。他怀念终南山，怀念大秦岭，怀念家乡的山山水水。他在《梦终南山》一诗中，热情赞美：

作为秦岭之一部分，
而且又是最最有名的一部分，
终南山啊，你多美啊！
就在你的脚下，我的祖籍，
盩山厔水，如画如诗，人家说。
而我却从未一睹你的山姿与山色，
岂非生平一大遗憾乎？
但我不是没有用我的两臂
把你抱得紧紧的，
如抱一个情人，在那梦中，
在那哭醒了的梦中。

就在这山上林木葱茏、山下流水潺潺的终南灵秀之地，一座庄重的“纪弦亭”巍然屹立。在碑亭揭幕仪式上，路学恂和家人面对如画如诗的美景，触景生情，激动地说：“父亲虽然没有来过家乡，但他经常提到自己梦见自己回到家乡而泪流满面。我想，我今天是代表父亲站在家乡土地上的，相信他在天上能看到这一切，他一定会很高兴的！”

此刻，我们站在仙游寺山峰上，遥望遐想，仿佛听到了纪弦朗诵《还我钓鱼台》那洪亮、激昂的正义之声！

纪弦回家了，回到他朝思暮想梦绕魂牵的故乡了。

2015 年

一边落叶，一边开花

抒雁走了，走得从容，走得平静，然而走得却让人难以接受。一个朝气蓬勃、激情满怀、有说有笑的雷抒雁怎么会突然离我们而去了呢？初五的当晚我还打通了他的手机，想约时间和阎纲一起去看他，不料家人接电话说，他接不成电话。我以为他正在治疗，一点都没意识到他此时正处在病危期间，当晚后半夜一点半他就安详地辞别了人世。

抒雁的去世，无疑是文坛不可弥补的损失。他在诗歌创作上的杰出成就，以及近年来又一批极富特色的散文、随笔的结集出版，构成了他在中国文坛应有的重要地位。1979 年，他以诗性的敏锐、激越的心情体现自我反思与批判意识，书写出震惊文坛的名篇《小草在歌唱》，感动了一代人！由此，《小草在歌唱》成为新时期政治抒情诗的最高成就之一，诗人雷抒雁因此名声大振。此后，有许多人常常在第一次见到雷抒雁时就说："《小草在歌唱》太感人了，我们能背下来呢！"接着，他的新作不断地涌现。后来，他的创作更倾向于短小抒情诗，在内容上更注重观照人生的现实。在诗风上，他追求深沉、凝重而又不失飘逸的风格。他始终认为"诗篇不过是诗人心灵的脚印"。近年，他一边写诗，一边从事散文、随笔的写作，凡是发生重大事件，如南方冰雪灾害、汶川地震等，他都有独具特色的诗作发表。他的随笔和散文，有往事的回顾，有对现实的关注，还有针砭时弊、思想深刻的锐利篇章，故乡八百里秦川、许多风土人情的记忆，也时常出现在他散文的字里行间。正当他创作力旺盛之时，2003年他不幸患了癌症，病魔缠身，但他坚强面对！手术后他很快恢复了常人的生活，常人的心态。十年间他深切思考，勤奋耕耘，好诗、好散文常见于各大报刊，并屡屡获奖。他的创作取得了很高的成就，赢得了多项荣誉。然而，这时他却谦虚地说："除了兢兢业业地劳动之外，哪怕一丝沾沾自喜和夸耀，都将是轻浮和无知的。"他真是文坛兢兢业业的耕耘者，他几乎是以带病的身体和坚忍的意志坚持写作的。令我惊讶的是，他为了让"远古的歌声自由歌唱"，竟花了多年时间，完成了一部近40万字的《诗经读本：国风》。这是一项了不起的艰辛劳动，一件非凡的工程。

《诗经》是我国第一部诗歌总集，两千多年来专家学者对其注释、解读的版本很多。而雷抒雁的这部厚重的专著《诗经读本：国风》，是在他认真研读、翻译、思索的基础上，从新的视角，以新的观点，解读"一个民族从远古发出的第一声歌唱旋律"，以便让今天的人们更加认识中华文化的悠久与灿烂！这部书一经昆仑出版社出版，就受到读者的喜爱。

此刻，我想起抒雁在20世纪90年代担任《诗刊》副主编时，在1994年为《诗刊》写的一期卷首语中，曾以自拟问答的形式提问：

没有诗的日子将如之何？

我们说：无诗的日子如同无盐。

……没有好诗的诗坛将如之何？

我们说：平庸的诗坛如同灾年。

于是，我们总在向社会呐喊：不可忘记诗！

于是，我们总在催逼诗人，拿出力作！

这岂不是诗人"催逼"自己，要求自己，"拿出力作"的最好诉说吗？

抒雁是个乐观主义者。他生性正直、热情、坦诚而达观。十年前他不幸患上重症，却采取了“既来之，则安之，然后战胜它”的乐观态度。他从来没和我们谈起他的病，他的痛，而总是泰然处之，一切如常人。实际上他一直在默默地同病魔做斗争。这几年，我们总是常在一起开会、参加活动、到各地去采风，只要有他，大家都觉得热闹，觉得和谐、愉快。凡在人群中，他总是有说有笑，气氛活跃。他精明睿智，极富活力，思想敏锐，反应敏捷，你如同他讨论某个问题，只要你话到嘴边他就会马上接茬，迅速反应，使得好多人往往“甘拜下风”。他幽默，甚至有时候还有点淘气。他常常在某些会议上用一张信纸或纸条写诗、写感言，这种幽默其实是智慧的表现。2009年8月，我同他在烟台参加中国残联征文活动评委会时，休会期间，他在会场利用烟台宾馆的一张信纸，即兴写了一首小诗给我，我和在场的同志看了捧腹大笑。标题为“送周明兄”，诗的内容为：“胡子一刮，精神焕发。说过七十，好像十八。一边落叶，一边开花。人生至此，值啦，值啦。——抒雁 2009年8月6日”

现在看来，这“一边落叶，一边开花”，不也正是他本人的最好写照吗？想想看，他生病的十年，居然写了那么多诗和文章。他还有满腹文章要写呢！

雷抒雁为人处世很阳光，他热爱生活，热爱人民，热爱家乡。他对于生养他的故乡陕西充满热爱之情，对陕西那片黄土地的眷恋洋溢着感念之情。其实，我们对家乡的情结同样很浓。在北京的我们这伙“老陕”，到了一起就说家乡的变化，家乡的新事物，家乡又出了什么好作品……只要家乡文艺界有会议，有活动，需要我们，我们都会结伴而去。去年《西安晚报》的纪念活动邀请我们回去，都和抒雁说好了，大家一起回陕西，但因与其他一个要紧会议有冲突，我们没回成，只有李炳银、白烨去了。阎纲、何西来、雷抒雁和我又约定，今年春暖花开时一同回陕西，去感受家乡的新变化。然而，这一计划无法实现了。

平日，我们几乎三天两头热线联系，或商量事，或对某部作品交换意见，或讨论某个问题，有时电话里聊聊天。每每电话铃声响起，我一接，便听见“老周，我抒雁”，这亲切的声音再也听不到了。

几十年来，我们如兄如弟。生活上相互温暖，事业上互相支持，万万没想到，我过早地失去了这样一位好朋友，好兄弟！你说，我如何能接受这残酷的现实！

抒雁啊，抒雁，一个从黄土地、从八百里秦川农家走出的诗人、歌手，激情地歌唱了一生。如今他人虽然离开了我们，但他抒情的歌声永远回旋在广大读者心中。

2013年2月18日凌晨

钟 情

说来我和周颖南先生还是有点缘分。除了我们是本家外，记得20世纪80年代有一天，我去北京东四八条71号拜访叶圣陶先生时，在叶老家有幸见到刚刚由新加坡飞抵北京的周颖南先生。叶老介绍说:“这是新加坡一位华人作家，我的老朋友。”

那时，我在《人民文学》杂志编辑部工作，办公地点就在东四八条52号，和叶老家正好是对门。或组稿，或请教，我是时常去的。这次，叶老既然是有朋自远方来，当然不亦乐乎。他们谈得很热烈，我不便打扰，只是坐在客厅的沙发上静静地倾听。他们谈些什么，我记不清了，但是周颖南先生对叶圣陶先生的敬重和谦逊的态度却给我留下了深深的印象，此后，我又不断地从内地和香港的一些报刊上读到周颖南先生的文章，这就更加深了对他的印象。

1988年，龙年除夕，叶圣陶先生离我们而去了，我在不平静的心情下，写了一篇题为《一座大山倒了》的文章，发表在香港《文学世界》杂志上。该刊主编、诗人犁青是我，也是周颖南先生的朋友，真巧，犁青兄在我文章中添印了一帧照片，正是叶老和周颖南先生亲切交谈时的合影。

又是新加坡周先生，周颖南。

这就更加深了我对周颖南先生的印象。

叶圣陶老人的遗体告别仪式举行时，正是北京的严冬2月，周颖南先生竟也冒着风寒由新加坡飞抵北京，加入八宝山长长的告别队伍，沉痛地向老人挥泪送行。

我当时在行列中远远地看到了他，心为之一动。我对于这样一位爱国华侨作家，一位如此虔诚、热爱和敬重前辈文学大师的周颖南，留下了更加深刻而良好的印象。

这使我又联想起，我国前辈作家艾青、萧乾、萧军出席过 1983 年新加坡“第一届国际华文文艺营”回国后，他们发表的一些诗文及谈话中曾多次提到周颖南，赞美周颖南。1987 年 4 月，我随萧军老人作为中国作家代表团访问香港时，萧老在香港还和我们谈起新加坡有一位热心文化交流事业的周颖南，他本身既是作家，又是企业家，很有奉献精神。

后来我又不断获悉，周颖南先生由于对祖国和祖国建设事业的热爱之情，常常不辞辛苦，千里迢迢飞回“娘家”，做了无数了不起、了不得的好事！他在国内企业界、文化界、出版界、新闻界、政界、知识界广交朋友，善结人缘，新朋旧友数不清。如果要列个名单，那将是一长串名字，特别是在文艺界，几位文坛大师，如巴金、冰心、夏衍，国画大师丰子恺、刘海粟、李可染，他都过从甚密，同他们成了难得的“忘年交”。早在 1964 年的雅加达，他就结识了出席亚非作家会议的代表、中国作家杜宣，后又陆续结识了画家唐云、陆俨少、吴作人、肖淑芳、关山月、黄胄、黄永玉、朱屺瞻、谢稚柳、胡絜青、韩美林，作家秦牧、沙汀、艾芜、丁玲、陈明、施蛰存、徐中玉、郑逸梅、季羡林、臧克家、夏承焘、钱钟书、杨绛、赵朴初、冯其庸，电影表演艺术家白杨、秦怡、孙道临、王丹凤等。

他每次“回娘家”——他自己习惯把回中国内地称为“回娘家”——每到一处地方住下，电话铃声不断，客人络绎不绝，房间里总是高朋满座，热气腾腾！

周颖南先生善于“以文会友”“以画会友”“以乐会友”。他同朋友们见了面，谈诗论文，吟诗作画，唱歌听曲，好生欢愉！何况交谈间还互有启示、互有收获、互为鼓舞呢！

颖南先生为人坦诚、率真而富于热情。同样，他的为文也是真情实感，富于激情。这说明作为一位作家，他的为人为文是和谐统一的，是值得称道的。他和这么多作家、艺术家的交往中有许多感人的故事，有的被传为佳话。

听说有一次他到了上海，挂电话给巴金老人，巴老说这几天他身体不太好，一般不见客，但小坐片刻，他倒很欢迎。周颖南赶忙驱车前往。途中，他发现一家水果摊，便跳下车去买水果。那成堆的梨子让他挑了个遍，总想选些饱满的精品送给巴金。小贩见他挑得如此认真，便连开几个纸箱任他挑选。这足见他对巴金至诚的敬仰与爱心。

作家杜宣一次和他闲谈时，偶然说到他曾看见旅居中国的美国著名女记者安娜·路易斯·斯特朗有一根藤木好手杖，拿在手里很轻，拄在地上很稳，是越南胡志明主席赠送的。说者无意，听者有心，周颖南将此事记在了心里。谁料，几年后，周颖南再到上海时竟带回一根从印尼买的藤木手杖送给杜宣，为腿脚不很灵便的老友助行。杜宣深为感动，逢人便说："颖南真是重友情的有心人！"

萧军因病住院时，周颖南在漫天飞舞着大雪的雪夜里闯进海军总医院，去探视萧老。由于患者的病情，医生未让见面，周颖南只好遗憾地给病人留言，写了一段慰问的话，怅然离去。几个月后，萧军老人不幸逝世，他遗憾之至，悲痛不已！

去年，我收到河南青年诗人陆健寄赠的他的一本装帧、印刷精美的诗集《窗户嘹亮的声音》，系在新加坡出版，原来正是周颖南先生帮助出版的。这是颖南先生扶持后进的功德。他还帮助一些书画家出版了精美的书画册。

哦，周颖南！我看到的周颖南，听到的周颖南，读到的周颖南，是一个多么令人感到亲切、感到可钦可敬的人！

他既是一位成功的企业家，又是一位出色的作家。他名震东南亚，在海外有着巨大影响。然而我们从他的行为和诗文的字里行间，显然地感觉到，真正能拨动他的感情之弦的，还是祖国大地的山和水、人和事。不言而喻，他是情有独钟。

身居海外、闯荡世界的周颖南，尽管他游历了世界很多国家，到过许多也一定是美丽的地方，然而他的心却始终向着东方，向着华夏大地。情系中华，钟情于中华。

这是无论如何无法改变也无法动摇的事实。

这，就是周颖南。

1993年12月10日凌晨，北京

回望忠实

春节我还和陈忠实通了电话，询问他的病情并拜年。他说，还稳定，在积极治疗呢，让我和北京文学界的几位乡党放心。谁知4月29日噩耗传来，忠实走了！整个29日上午我的手机响声不断，西安的许多朋友，平日联系密切的和不常联系的，都在告诉我这一不幸的消息，我几乎是含着泪接听每一个电话的。此时，许多往事涌上心头。

我首先想起了《白鹿原》。这部厚重、深沉、结构宏大而又精雕细刻的50万字的皇皇大著，影响深远，已被列入“百年百种优秀中国图书”及“中国文库”系列，且先后被翻译成多国文字，被改编为电影、电视剧及多种戏剧曲目在红火演出。

陈忠实是一位热爱生活、热爱农村、扎根农村的人，在他的一生中，前前后后在农村生活达半个世纪。他太熟悉农村了，对农村太有感情了。农村的过去和现在、历史和现状他都了如指掌，所以《白鹿原》才能出自他手。年轻时，他曾说，他人生最大的理想，就是能当一个专业作家。后来他当了，20世纪80年代初，他从西安市郊的灞桥区文化馆如愿调到了陕西省作协，按说当作家的愿望实现了，但他很快又决定回到农村老屋去。他认为那里可以“接通地脉”，感受“生命之雨”。正是在他回乡生活的10年间，萌发了写长篇的心愿。他在白鹿原下，从1987至1992年间，酝酿、构思、执笔，完成了《白鹿原》。他在这期间，除了自己多年积蓄的丰厚的生活，还到周围各县和村庄深入调研，寻访有关的人物，查阅有关的地方志和历史档案。我就曾听时任长安县委书记的程群力同志说过，老陈为写《白鹿原》下了大功夫呢！当年他还帮助协调，给陈忠实提供了长安县的许多珍贵资料。由此他们成了好朋友。

短篇小说《信任》，应该是陈忠实早期小说创作的成名作。陈忠实在读中学时就爱上了文学，开始写诗，后来写散文，写故事，内容多为农村新人新事新生活。这之后，他就专一从事小说写作。1979 年 6 月 3 日刊载在《陕西日报》的短篇小说《信任》，一经发表，便引起关注。陕西省作协的前辈作家很看好这篇作品。《人民文学》于当年第 8 期予以转载，更引起读者注意。当时，我在《人民文学》编辑部工作，为家乡涌现这样一位新人而十分高兴！编辑部分管西北地区的责任编辑向前立即和陈忠实取得联系，热情关心和鼓励这位创作上富有潜力的青年作家。随之编辑部向全国小说奖评委会重点推荐了《信任》。

当时文坛的情势如茅盾先生所说："作家们解放思想，辛勤创作，大胆探索，短篇小说园地欣欣向荣，新作者和优秀作品不断涌现。"在茅盾先生的支持下，中国作协委托《人民文学》编辑部举办了全国优秀短篇小说奖的评奖。结果，陈忠实的《信任》获得 1979 年全国优秀短篇小说奖。正如茅盾先生在《小说选刊》的发刊词中所说："名标金榜，尽是后起之秀。"这次获奖，对步入文坛不久的陈忠实，无疑是极大的鼓舞！

从此，陈忠实更加勤奋努力，刻苦钻研，写了短篇，又写中篇，几年间，陆续出版几部中、短篇小说集。他的创作不断提升，逐步走向成熟。从 20 世纪 80 年代起步，到 10 多年后的 1993 年，一部史诗般的长篇巨著《白鹿原》问世。

《白鹿原》的问世，轰动文坛。

1997 年 12 月，《白鹿原》迎来获中国作家协会第四届茅盾文学奖的喜讯。次年 4 月 20 日，陈忠实在庄严的人民大会堂光荣领奖。陈忠实的创作，由此登上了一个新的高峰。

2008 年 4 月 27 日，中国现代文学馆、北京出版集团、北京十月文艺出版社在中国现代文学馆联合召开《白鹿原》创作 20 周年暨荣获第四届茅盾文学奖 10 周年纪念及四卷本《陈忠实集》出版座谈会。与会领导和作家、评论家纷纷评说和高度评价了《白鹿原》，认为小说以家族的兴衰反映民族与时代的风云变迁，艺术风格悲怆雄沉、开阔大气，以厚重的历史感、丰富的文化意蕴和复杂的人物形象，在同类作品中脱颖而出，成为当代文学杰作之一。大家说，一部作品经历 20 年，读者对它的热情不但没减，反而越来越受到更多读者的欢迎，这正说明了《白鹿原》是一部经得起时间考验的有生命力的好作品。

在我国，为什么文学界和作家们格外重视和看重茅盾文学奖？这确是一项重量级的奖项，也是茅盾先生为我们留下的一笔财富。我记得这是茅盾先生在 1981 年 3 月 14 日，在他生命弥留之际，让在病榻前的独生子韦韬记录下的、他清醒地说出的遗嘱。在给中国作协书记处的遗言中，他深情地说："亲爱的同志们，为了繁荣长篇小说的创作，我将我的稿费 25 万元捐献给作协，作为设立一个长篇小说文艺奖金的基金，以奖励每年最优秀的长篇小说。我自知病将不起，我衷心地祝愿我国社会主义文学事业繁荣昌盛！"末了，他用颤抖的手签上了"茅盾"二字。这就是后来此奖冠名"茅盾文学奖"的由来。在这之前，有一次在谈话中，先生曾对我说，他看到"四人帮"粉碎以来，新老作家思想解放，意气风发，年年都有好的长篇小说出版，应该设法奖励其中优秀之作！他特别谈到应该奖励优秀长篇小说，因为长篇容量大，能够反映一个时代的面貌和精神。果然他老人家践行了这一心愿。

一时间，《白鹿原》风行全国并多次获奖。2008 年 12 月 5 日，在由深圳读书月组委会、深圳报业集团主办的“影响中国人的30年30本书”评选中，《白鹿原》被评列其中。

再说2008年4月27日的座谈会。当天下午，我陪陈忠实在中国现代文学馆的园林中瞻仰茅盾先生铜像时，陈忠实默默地长久注视着先生，虔诚地向先生三鞠躬，然后恭敬地站立在先生的“身”旁，告诉我说：“老周，你给我和先生合个影，咱得了茅盾文学奖，还没见过茅盾先生，今天就算见到了。”那朴实、真诚的言语和行为，至今让我记忆犹新。

那天晚上，我们在北京工作的陕西籍的几位乡党——阎纲、何西来、白描、白烨、李建军和我，以及《白鹿原》的责任编辑何启治在一家火锅店庆贺这桩喜事，大家仍然兴高采烈地继续谈论《白鹿原》。我说，《白鹿原》出版近20年，影响如此之大，忠实却一贯低调。白描、白烨几乎同声说，可是，《白鹿原》可能成为世界名著！阎纲说，《白鹿原》是个里程碑！他说忠实经过多年的经历和磨炼，创作出了史诗意味的长篇。何西来接话说，所以，李建军编辑、人民文学出版社出版的评论集就叫《说不尽的〈白鹿原〉》。阎纲高兴地说，是啊，西来为建军编的《说不尽的〈白鹿原〉》写了长篇序言，分析得到位，雷达还为《白鹿原》出了批注本，“你们都有功啊”！

这时，陈忠实说：“写《白鹿原》时，我的心情非常复杂。当时，生活很困难，娃上学的学费几乎都拿不出来。我给老婆说，写作这事要是弄不成，咱就回老家去，回去养鸡，写作为辅。要是这事弄成了，咱就写作为主，养鸡为辅。”当时，《白鹿原》完稿后，他抱着稿子忐忑不安地请评论家李星看看成不成，弄得咋样，结果若干天后，李星告诉他：“这事叫你给弄成了！”一块石头终于落地。

后来，人民文学出版社决定出版《白鹿原》，陈忠实给老婆说：“咱不用养鸡了！不用养鸡了……”他绘声绘色的描述，逗得我们大家捧腹大笑。

那一天，我们大家都倾心而谈，谈的话题很广泛，谈论的气氛很热烈。最后集中到白烨的话题。他说，虽然如周明所说，忠实非常低调，但是,《白鹿原》独步文坛，为什么不可以期望《白鹿原》问鼎诺贝尔呢？

现在回想起来，那是一个多么难忘的夜晚啊！

2016 年 5 月

完美的人生

百岁高龄的老人杨绛先生走了。她安然地平静地走完了她完美的一生。正如她曾说过的："我没有'登泰山而小天下'之感，只在自己的小天地里过平静的生活。细想至此，我心静如水，我该平和地迎接每一天，过好每一天，准备回家。"现在，她回家了。杨绛先生她们仨再无生离与死别，终于在天国团圆。

杨绛先生一生淡泊名利、正直敦厚不求名位，一生只靠写作谋生。她早年创作的戏剧作品《称心如意》《弄真成假》曾被誉为"喜剧的双璧"，夏衍和李健吾倍加称赞。她的多部高水平的译作，也受到朱光潜等人的赞誉。20世纪80年代以来，老树发新枝，杨绛又以新著长篇小说《洗澡》及散文随笔集《干校六记》《老王》《隐身衣》及《我们仨》和《走到人生边上——自问自答》赢得广大读者的喜爱和欢迎，风靡海内外。

直到晚年，杨绛依然笔耕不辍，著作丰厚，影响深远。虽然她一生命运曲折，经历坎坷，但她以坚韧的生活信念、品格和力量，走完了令人敬仰的传奇的一生。她的著作，始终以充盈的向上之气，给人们以温暖、鼓舞和力量。这是最为难能可贵的。哲人虽去，著作永存。

大家都熟悉钱钟书先生的那句赞美杨绛的名言：最贤的妻，最才的女。两人自1932年在清华相识，1935年结婚，恩爱60年，育有一女（钱瑗），感情甚笃。钱先生去世后，杨绛忍痛忍劳为先生"打扫战场”，一边细心整理钱先生留下的文字，一边坚持自己的写作。夏志清说：“整个 20 世纪，中国文学界没有一对像他俩这样才华高而作品精、晚年同享盛名的幸福夫妻了。”

我在中国现代文学馆工作期间，曾有幸拜访过杨绛先生。她家住在北京西郊三里河南沙沟的大院里。我第一次踏入先生的家门时，这个家非同寻常的简朴令我惊讶，家里没有任何装修，地面是水泥地，墙壁是原样灰墙，甚至有些墙面还有些黑乎乎的印迹。屋里家具的陈设也很简单。据说单位曾几次提出装修，都被老人拒绝了。她说习惯了，就这样蛮好。真是做人作文质朴一生。

尽管家中简朴到不可思议，但杨绛老人待人接物落落大方，保持着江南女子的自信、自尊和精干，温婉灵秀。她的笑容很温暖，谈起人生纷杂之事，淡然一笑。

谈起中国现代文学馆，她突然问我：“听说你们的大展厅里，有我的照片和介绍，可是你们却把我跟几位女作家放在了一起，是吧？”我说：“是这样，先生的意见呢？”她便提出：“把我和钟书放在一起。”她说得很诚恳。回到馆里我同馆长舒乙商量之后，尊重先生的意见，把先生的照片和介绍移到了钱钟书先生旁边，让这两位深情伉俪在中国现代文学馆中永远聚在一起！

2017 年

宗英卓玛

今夜，是甲子年最末一日的神圣时刻。再过几个小时，当午夜的钟声响过，我们迎来的将是一个更加明媚的早晨，更为灿烂的年月。

此刻，窗外漫天飞舞的雪花纷纷扬扬，飘落下来，撒遍京城大地，铺满京郊四野。啊，一片闪光的银白世界，多么迷人，多么富有诗意！

风雪中，远处、近处，声声繁密而响亮的爆竹，绿的焰、红的火、黄的烟、白的光，不时发出阵阵巨响，映出灿灿光亮，弥漫太空，染红了故都半边天宇。

多么热闹欢畅的北京除夕之夜啊！

然而此时，我心中却升腾起一种莫名的惆怅之感，落月屋梁之思。我忽然想起古人的两句诗：一年将尽夜，万里未归人。

其实，我的家、我的孩子，都在北京，就在我的身边。我自然不会有游子思家的惆怅。我苦苦思念的是远在千里之外的几位朋友！

其中一个就是宗英。其实两天前的晚上，她还在北京，我们还通了很长一次电话。很快就是春节了，我满以为她肯定会在北京过年，因为这里有她的哥哥、弟弟、嫂嫂、弟妹，还有许多要好的朋友，大家肯定欢迎她团聚一起，高高兴兴过个年。谁知，电话中，末了，她向我宣告：明天（腊月二十八）中午她就要飞了！提早相互拜年。

我听了一愣，劝她留下来。她怎么也不肯。我又满以为她一定是回上海过年。不料，她说："哪里，我想念蛇口了，回蛇口！那里有我的事业！……"

回答是斩钉截铁的。自然毫无商量的余地。

但是她也说了不回上海的原因之一，是最近几天，她忽然觉得阿丹回来了！这分明是幻觉，不是事实。也许由于年节将到倍思亲；也许由于她几年来四处奔走，过于疲劳了，一旦有个喘息的机会，便会忆及往事；也许因为几天前她刚刚看过一部关于赵丹艺术生平的纪录片，从而引起了绵绵思绪。使得她，一个坚强的女人，一颗已经逐渐平静下来的心，又掀起一阵波澜，所以她抑制不住地哭了！整整两天，她没有迈出房间半步，她食不下咽，泣不成声。知悉这一情景，我的心极不平静！

我想起近几年她常常说起的一句玩笑话："我是没有家的。"开始，我听到她这样讲的时候，从她的表情和语气，我理解是因为失去阿丹的伤感。自然不排斥这个因素。但是，久而久之，我发现这话不无道理，她讲的和做的言行一致。几年来，虽说她在上海有一个家，一幢漂亮的花园洋房，一个舒适的家，然而她却很少沾家，很少留恋大都市。她舍弃了一个"小家"，却一头撞进繁花似锦的"大家"。她几乎常年奔波在外面，投身于火热的群众生活中。

如若我们稍稍留意，就会发现，黄宗英果真是精神焕发，意气昂扬。虽说已是一位年近花甲的女同志，却随时响应生活的召唤，投身于各条战线，采访写作，辛勤耕耘。短短几年中，她涉足于祖国的东南西北，踏遍祖国的千山万水。她先后到了陕西、广东、甘肃、福建、山西、湖北、北京、天津、四川、西藏等省区市，以及南京、重庆、苏州、济南、柳州、南通、延安等地。如今，她又"落户"到了深圳特区的蛇口。记得她刚到蛇口时，曾在给我的一封信中深情地说："如果我知道特区是这样的，我早就来了。繁华对我从来没什么吸引力，而艰辛总是使我一见钟情，又难以自拔……”她宣告她要在特区“扎”下去啦！这是1983年冬天的事。如今，她果然在特区“扎”下来了，而且还开创了新的事业。特区的人大概都已忘记她是作家黄宗英，而公认她是个名副其实的都乐文化娱乐公司的总经理。她自己当然不会忘记她既是经理又是作家的身份。她一再兴奋地说：“在特区，我看到了一种创业精神，我要写希望。”

也有人担心，她会不会由于当了经理，被卷入事务的旋涡，她会不会被拴住？而黄宗英明确表示：“拴住是好事。我从来不愿做生活的旁观者，而要做生活的参加者、搏击者。”她还深有感触地说：“以前，我写的《大雁情》《橘》，直到《小木屋》等，都是呼吁文学。虽然在读者中引起了广泛反响，但我并不满意。我现在更想写的是在四化中比较能掌握自己命运的人。这些人是中国20世纪80年代的勇士，我是在追踪勇士的脚步向前行。”

是呀，黄宗英，正是一位追踪勇士的脚步向前行的作家，一个马不停蹄、追赶生活浪花的人！

这使我不由得回想起，在她57岁那年——1982年9月，我们和她作为中国作家协会派出的第一个进藏的作家访问团的成员，访问西藏的那几十个日日夜夜的难忘情景。

去西藏！这是我久已向往的了。多年来由于我在一家文学刊物做编辑工作，又专门担负着散文、报告文学的相关任务，因此除中国台湾外，全国的省区市，我几乎跑遍了，唯独不曾到过西藏。我曾发誓，这辈子一定要去西藏，不到西藏心不甘。曾经有一次机会，即前几年中国登山队要进藏，准备攀登珠穆朗玛峰，登山队长史占春同志盛情邀我们去。我的几位担任记者工作的朋友都如愿以偿，快活地去了。而我，因当时手头有紧要工作任务，未能“得逞”，我伤心极了。

想想看，现在真的能去西藏的机会到来了，我是多么兴奋激动！

同样，我发现访问团的其他七位同志也和我一样高兴！黄宗英更是喜出望外！正在这时候，西藏自治区文联来了长途电话，告知中国作协：凡进藏的同志一律都要进行体检，如患有严重心脏病或高血压，不得进藏。因为西藏是高原地带，是世界屋脊，空气稀薄，供氧不足，上述两种病患者在西藏容易发病，甚至有生命危险。说实在的，我们真不愿意进行这种“倒霉”的检查，万一被“刷”下来了该多遗憾，而且还可能是终生遗憾。所以我们按既定方针在北京办理了入藏手续，没有检查身体。

可是由于北京没有直飞拉萨的班机，必须在西安中转，因此我们商定先走一站到西安去做体检，也许可以随机应变，蒙混过关。我们一行八人中，数一位老作家年岁最大，65岁。其次就是领队黄宗英，57岁。年纪最轻的一位是王家斌，43岁。其余像郭蔚球、黎焕颐、饶阶巴桑、王燕生和我，均系四十来岁或五十岁上下的中年人。估计身体问题不大吧。

当时，黄宗英还在日本，是去出席《一盘没有下完的棋》在东京的首映式。但是，她怕误了去西藏的日程，在东京，当日本首相刚刚接见完中国代表团，她就匆匆飞回北京，又匆匆赶到西安，和我们全体成员愉快地会合了。在西安，体检的结果，我们大都无事，唯独黄宗英心脏有些疑点，医生叮嘱她千万注意。她说：“我皮实，没事儿。”就这样进了西藏。

9月，正是西藏欢庆青稞丰收的季节，也是气候最好的时节。9月4日，当我们乘坐的飞机刚刚降落在拉萨贡嘎机场时，便受到了自治区文联同志的热情欢迎。两位藏族女同胞向我们献了哈达——这是隆重的礼遇，顿时使我们感到格外激动，格外亲切。我们由机场又乘车沿着美丽的雅鲁藏布江前行，整整两个小时后才抵达自治区首府——拉萨市。进入市区时，隔着老远，首先映入眼帘的就是金碧辉煌的布达拉宫！我们兴奋得几乎要在车里跳起来。

哦，拉萨，啊，布达拉宫，几回回梦里梦见了这里，向往这里。今日相见，虽是头一回，却并不陌生。多么眼熟，多么亲切！

真巧！我们的驻地就在布达拉宫脚下的自治区第一招待所。这自然是主人的精心安排。盛情的主人好心劝告我们，先休息三天，适应后再活动。就是说头几天，要老老实实地睡几天觉，以便适应高原反应。这一点，我在离开北京时，曾志同志也告诫了我。她说不久前有几位老干部在西藏，头几天没注意休息便开始活动，结果病倒了，送回北京了。所以我们都相约，睡他三天吧！实际上不睡也不行。按我平日的身体状况（无病，从不进医院，连医疗证丢弃哪里也不知道），我想逞逞能，试着不休息就活动。于是我请负责接待我们的藏族小伙子格列，把他的自行车借我骑骑看。好在拉萨市区街道很宽，路上行人和车辆都很稀少，即使有个意外，也不至于发生什么事故。但是，格列和敏吉却一再叮咛我注意安全。我心想，我从北京来，北京是有名的自行车城，我在那里骑了二十多年自行车，还会在拉萨出事故吗？

不想，刚刚上车，本来够宽阔的街道，人又稀少，我却摇摇晃晃，扭扭歪歪地行进起来，感到头重脚轻，晕头晕脑，想蹬快也蹬不起来，腿上无力呀！真见鬼！没骑多远，只好“返航”，老老实实地躺到了床上。待开饭时，我们漫步在招待所的院子里，都说感觉头有点晕，脚有点轻，迈不开步子。可黄宗英乐呵呵地说：“我也头晕。不过，在北京，在上海，我也有头晕的时候，谁知现在是不是高原反应症，管他呢！明天，咱们就开始参观，先游览一下市容也好哇。”

于是第三天，我们跃跃欲试，便索性不睡了，爬起来上了八角街（拉萨老城的繁华区），并且参观了大昭寺。出乎意料，我们中间最年轻的王家斌，却是一躺三天，茶饭不思，还呕吐不止。王燕生也意外地病倒了。黄宗英呢，也天天觉得头晕，却闹不清是不是高原反应，也就没有老实休息。结果五天后，当我们在山南市的琼结县境内参观藏王墓时，黄宗英突然脸色发青，头晕，呕吐不止，出现高原反应症。我们把她送进当地驻军医院，输液，休息。但当她在病床上知悉第二天我们大家要去55公里之外的沃卡电站参观时，她却躺不住了，一定要去！她埋怨自己干吗跑到西藏来生病，这千载难逢的机会，她多么想多看看西藏的新面貌哪。

将要陪同我们前往的当地同志劝她好好歇息，养好身体，并告诉她，沃卡电站规模不大，仅四台机组，是一百来人的电厂。但是它在西藏，在山南，就算得上像样的电站了，其主要为山南市供电，在促进当地工农业生产和改善群众生活方面起了很大的作用。去沃卡，要渡过雅鲁藏布江，还要通过一段险峻的山间简易公路，因此他们更不主张她去。宗英急了，她说："这些我都不怕，怕的就是你们好心不让我去。我去，一定去！我要看看西藏同胞自个儿建设起来的电站。"

就这样，在她的坚持下，她带病同我们一道乘车上路了。在地处深山荒坳中的沃卡电站，她仔细看仔细询问，当听说西藏水源充足，但是没有煤，没有电，尤其迫切需要电力，而沃卡电站正是在汉藏同胞团结奋战下用四年胜利建成时，她为汉藏职工们团结奋斗的创业精神所感动。她动情地说，应该为沃卡电站工人谱写一首赞歌。根据她的提议，我们大伙儿去访问了电站工人家庭，直到傍晚，亲切的话儿还说不完，之后我们才依依惜别。

9月12日，黄宗英和我们访问团的同志从山南返回拉萨后，一天也没有休息，就又踏上了新的旅途。到纳木错去！—— 一个更为迷人的目标吸引着作家和诗人们。"纳木错"，就是藏语"天湖"的意思。它是世界上最高的咸水湖，因而蒙古语称它为"腾格里海"，即"天池"之意。

关于纳木错，在藏族中流传着许多神奇的传说：纳木错是位最美丽的神女，念青唐古拉（山）是一位英俊王子，他们遥遥相望，情丝缠绵。人们把纳木错比喻为一位神女，说明她的容貌必然俏丽迷人。然而这座世界上最高的湖泊之所以使作家、诗人们向往、迷恋，不只是她的绝伦美貌，有意味的是，黄宗英和伙伴们将她视为攀登创作高峰的一个象征。因为在此之前，还不曾有任何一位作家登上峰峦高处，走近她的身边，观瞻她那妩媚的姿容和旖旎的风光。

黄宗英劲头十足，决心登攀上去！

纳木错，海拔4700多米。要到达目的地，中途须翻越海拔5000多米的那拉根山口。5000多米，这可不是一个简单的数字，那是一座需要经受严峻的考验才能登上去的雪山高峰！看看眼前这样一支刚刚从书斋中、平原上走出来的书生队伍，敢不敢登攀？能不能翻越过去？这可使陪同的藏族同胞捏了一把汗。车子上倒是备有氧气袋，可大家谁也不愿用，挺一挺，也是一个锻炼。

汽车沿着弯弯曲曲陡峭的高山公路爬行似的进入那拉根山谷。一路上受到风、雨、雷、电、雪和冰雹的袭击。9月的季节了，还必须穿上羊皮大衣呢。开始，路还平整，不久就变得又险又陡。路面常常被冰雪融化而成的拉根洞冲断。走到后来，山坡上连一根小树也看不到了。只见顶峰上覆盖着一片白茫茫的雪，厚厚的雪，宛如朵朵白云游动在山巅。那景色是十分壮丽、十分迷人的。然而空气却愈来愈稀薄，呼吸渐渐困难。我们讲起话来都感到气短。好心的司机几次停下车，拿出氧气袋，问老同志们，问黄宗英，要不要吸点氧，补充一点氧气，他们都婉言谢绝了。黄宗英笑嘻嘻地说：“不用。吸氧还算什么英雄。我就是要检验一下身体，看看能不能攀登上去！我还要跑好多地方呢，爬很多山哩，写好多东西呢。”

车到顶峰后，司机停下来，有意让我们领略一下雪山风光。我们也早已憋不住了，欢呼着从汽车上跳了下来。谁知，我们个个都不约而同地感觉飘飘然如腾云驾雾！稍稍安定之后，环顾四周，啊，蓝天下高耸云端的巨大雪峰，在阳光下熠熠闪光，发出耀眼的光芒。眼前一片辽阔的银色世界，使人顿时感到心情格外舒畅，格外开阔。我和黄宗英站在雪峰上，裹着皮大衣合影留念——这可真是一张宝贵的照片。我们为作家访问团第一次登上了5000多米的高峰而骄傲，也为我们取得了“团体冠军”而自豪！

大概是过于兴奋了，我向同行的藏族女同胞敏吉挑战说：“来，咱们在这高峰上比赛一下跑步，看谁跑得快！”不料，跑了大约十步，我的腿就迈不开了，气喘吁吁的。“缺氧！”司机发现了，赶忙劝阻我止步，说这样跑会出危险的。本来黄宗英也要和我比赛的，听司机这么一说，只好作罢。

我们的队伍中还有当雄县副县长的吴文春——他是东北人，中国农业大学的毕业生，志愿进藏工作，已经整整16个年头了，并且和一位藏族女同胞结了婚，在草原上落了户。他曾在纳木错区工作过3年，所以对这一带的农牧业情况、风土人情都了如指掌，还讲得一口流利的藏语，开始我们还以为他是当地藏族干部呢。由于职业的习惯，这个人物立即引起了黄宗英的注意。她暗示我和老吴坐到一辆车上去，多聊聊——说不定是个人物呢。

当我们的车队再度启动后，不久，车子拐出一个山谷，老吴高兴地望着远方指给我们看：

“纳木错！”

啊，天池！神女！一汪湛蓝的湖水！一片浩瀚的高山之海！

我们没有料想到，纳木错如此辽阔，如此壮观，风光如此美丽！环绕湖水的岸畔是一片片地毯似的平整而青青的草地。我们一个个不由得倾倒在柔软的草坪上，观赏着、迷恋着这带有极大神秘色彩的世界著名的高山之湖，直至黄昏时分才依依不舍地离去。

当晚，我们返回并歇息在海拔4700米的当雄县招待所。由于心情激奋，难以入梦，草原又是歌舞之乡，我们便点着蜡烛唱起歌，跳起舞。宗英和我们同欢唱，共歌舞。不过，跳着跳着她就上气不接下气，无法起步了。毕竟这儿是高山地带呀。宗英和我们便提着灯摸到了吴文春家，进行了一次难忘的夜访。

第二天清晨，天放晴了，吴文春副县长带领我们访问了藏北著名的羌塘草原。一路上只见漫山遍野的羊群、牛群和成群结队的牦牛，自由自在地“游动”在白云下广袤无垠的草原上。

这天中午我们就在草原上的帐篷里同牧民们欢聚一堂，共进午餐—— 一顿极为丰盛的草原风味的午餐。盛情的主人先是招待我们喝青稞酒、酥油茶，吃“退”（一种用红糖、奶渣和黄油合成的食物），而后送上了刚刚宰割、炮制的全羊肉——这是用来招待远方来的贵客的。说实在的，我们之中好几位还不习惯吃。可是黄宗英不但样样都尝，而且吃得很香！就连那有点半生不熟的羊肉，她也用手抓起一个肘子就啃。那青稞酒，那酥油茶，那酸奶子，连藏族同胞都担心她这个“大上海”来的名演员名作家会不会不习惯吃，会不会咽不下口哩。其实，不习惯也是很自然的事，因为毕竟各个民族都有自己的风俗习惯。她却吃得这般香，这般自然，使得好客的主人十分高兴！席间，藏族牧民同胞们竟兴奋地弹奏起、歌唱起富于草原风味的藏族民间歌曲来。乐曲动听，歌声悠扬，几位身着漂亮民族盛装的藏族女同胞不由得随着乐曲翩翩起舞。在主人的盛情邀请下，我们也手舞足蹈起来。这情景多么动人心弦！啊，霎时间，一曲民族团结的颂歌飞扬在辽阔的草原上空。

这时，我忽然发现：怎么？我们访问团中的藏族诗人饶阶巴桑溜号了？要说跳藏族的舞，他是最拿手的一个。几天前，我们在雅鲁藏布江畔访问西藏“邦典（即围裙）之乡”时，热情的能歌善舞的藏族同胞曾邀请我们跳舞。我们只好硬着头皮同她们瞎跳了一次“踢踏舞”——对我们来说，是名副其实的踢踏舞。而这一次，饶阶巴桑却大显身手，他十分活跃地和对方对跳，手舞足蹈，口中还念念有词，跳得满头大汗，跳得气喘吁吁。其实他不仅救了我们的“驾”（我们访问团多亏有他—— 一位藏族本民族的诗人），还做了一次出色的表演。由此，我们放心了。因为每到一个地方，主人差不多都要用热情的歌、尽情的舞蹈欢迎客人，而且总是诚挚地邀请客人一同联欢。现在我们发现了我们队伍中这位诗人兼舞蹈家的饶阶巴桑，真正是喜出望外。对于“舞盲”“乐盲”的我们来说，压力自然减轻了。

因而我奇怪，眼下这么热闹的场面，饶阶巴桑怎么不见踪影了？

我悄悄溜出帐篷循迹而去。唔，原来我们的诗人诗兴发了，瞧，他正舒展地席地坐在草原上，用手中的笔疾速地在他随身所带的那个小本子上流利地书写着什么。

写什么呢？我走近一看，是诗。哦，他已经写了几十行喽。

“巴桑，你在写什么诗？”我好奇地询问。

他抬起头，眯缝着他那善良而又充满智慧的眼睛，回答说：“我很有感触。我在为黄宗英写一首诗。”

“是吗？”我感到意外，便说，“能让我先看看吗？”

他诚恳地说：“欢迎你看。不过，还要修改。我先给你念念吧！”

此时，帐篷内乐声歌声此起彼伏，依然热闹异常。帐篷外，诗人饶阶巴桑，忽而仰起头来，面对蓝天里的朵朵白云，忽而低头向着茫茫草原，轻声地然而是激情满怀地朗诵着他刚刚完成的诗篇：

雪山筵

——致黄宗英

《橘》的六十元稿费买的风衣上，
带着旅途飘动的兴致，
带着黄浦江

浪沫堆叠的诗行，
你在激动了
不加约束地倾泻在
五千米高处的羌塘。
一如浪的体态
　　滑近，滑远
终于寻找到
海的乳胸的宽广。

你顺着西藏之谜的航海图。
不嫌其遥远、迷茫，
穿着在上海买的登山鞋，
走进一个又一个
　　一片又一片
牛群、羊群、马群
飘浮起来的帐房。

牧人顺手从草原上，
抓起几只高角大羊，
用牛粪火烤炙，
插上一把也许是杀过人的藏刀，
请你启齿一尝。

庞然像小丘一样的酒坛，
外面是古老的凸纹兽象，
里面是青稞的醇浆。
恭敬地放在你面前，

请你放开
演戏时逼真的海量。

不是机制的乳酪、果脯，
而是牧人粗糙的手掌
乱捏成的奶饼、乳条、酥油、糌粑，
制作它的
　　是部落时代有的
感情的半成品，哈达的全包装，
加上无齿的牛犊吃剩下的乳，
便是
　　牧民真诚与厚朴的立方，
成块成堆地放到待客桌上，
——款待一个
　　大都市的女郎，
请你表示牧女般的豪放。

远方来的客啊，
你带着大雁情，
来高原拜访，
听六弦琴的音响，
看生活穿着古装，
借简陋之帆，
粗犷之舟，
进入
　　丰富的大洋；
在西藏之谜的航海图上

漂游着

　　一个女性探索狂……

至此，诗人突然终止他的音符，做了一个表示完结的手势，客气地说："请提意见吧。这是我刚才信笔写来的，一个初稿。"

啊，多么富有激情的一首好诗！

我发现，此刻，广阔的草原宁静极了，成群的羊、牛、马，还有那一群群被誉为"高原之舟"的牦牛，也都仿佛竖起耳朵在静静地倾听诗人动情的朗诵。

我情不自禁地说："好诗！巴桑，你拿进帐篷念念吧！让大家听听。"

他不好意思地微微一笑，说："我一路上再改改，回到拉萨再公开吧。"

我说："那也好。"

我们一同走进帐篷，只见我们访问团的伙伴们，不知是青稞酒喝多了，还是被牧民们热烈的情绪所感染，大都已经"进入角色"，迷迷瞪瞪了。然而在牧民们响亮的六弦琴的热烈伴奏下，他们依然和牧民们欢快地跳着、唱和着，陶醉于融洽的气氛之中。

我和饶阶巴桑赶忙加入人群，舞之蹈之。

好快活，好欢乐，好尽兴！

我们的感情、情绪和牧民同胞愈来愈接近、愈来愈深厚了。

这时候，牧民中不知道谁忽然用藏汉语混杂的声音喊出一句："她，我们的宗英卓玛！"啊，啊，宗英卓玛，这是藏族同胞对黄宗英多好的评价！从此，我们也这么称呼她了。

直到日落西山，车子已经发动起来，我们才恋恋不舍地离开热情好客的牧民同胞，离开晚霞映照的美丽的草原。

哦，这是一个多么令人难忘的节日般的一天哟！

谁都知道，到一趟西藏绝非容易！也许是我们每个人一生中唯一的一次。所以我们在西藏参观访问的日程安排得很紧很满。我们希望多走些地方，多看些东西，多接触些人，多呼吸些新鲜空气，多吸收些营养，以便开阔眼界，增长见识。因此我们格外珍惜在西藏的每时每刻、每处地方的访问。

当我们从藏北草原回到拉萨后，在拉萨市区参加了一个五省区藏族文学创作座谈会，之后立刻马不停蹄地离开拉萨，奔向另一个我们深深向往的阳光最多的古城——日喀则。

日喀则这个地名，我早在中学时代念地理课时，就有了一个印象。但是，稍微熟悉一点日喀则，却是在 1975 年中国登山队潘多等九位同志登上珠穆朗玛峰之后。他们回到北京休整时，我曾有幸采访过登山队，从队员口中不断听到日喀则，日喀则。因为它是登山队向珠峰进军的必经之地，也是可靠的后方基地。从此我又加深了对日喀则的印象。

但是，究竟日喀则这个西藏古老的名城是什么模样？我只能想象，只能向往。

没想到，如今，我真的要投向它的怀抱了，要有幸亲眼观瞻它的容貌了。可以想见，我是多么兴奋和激动！

清晨，我们乘坐的汽车从金碧辉煌的布达拉宫脚下出发，穿过雅鲁藏布江大桥，越过崇山峻岭，爬过险坡要道，又经过美丽的高山湖泊——羊卓雍湖，走了大半天的光景，临近黄昏时分才抵达江孜县城。在江孜，我们稍事休息，并用过晚餐后，七点半钟又继续沿着湍急的年楚河，途经白雪皑皑的群山，翻山越岭，向日喀则进发。晚上九点半后才顺利抵达日喀则城。

因为是夜里到达，又经过整整一天旅途的颠簸，我们都感到有点疲惫不堪了，所以睡了个早觉。然而毕竟是新到一个地方，又有那么一根神经极度兴奋，第二天又都不约而同地早早醒过来了。

呀！就在我们住所不远的地方，只见日照峰下那高高的晒佛墙衬托着一座雄伟高耸的赭红大殿和那闪光的金顶，那是什么？噢，那就是驰名中外的扎什伦布寺。

日喀则，海拔4000米左右，举目四望几乎是光秃秃的山头或荒凉的沙坡。人们向我们介绍说，这儿日照长，夜雨多，昼夜温差大，因而大大有利于农作物的光合作用，是促进高产的有利自然条件。但是，高寒天气又对农作物有极为不利的一面。因此有人主张，日喀则，只能发展牧业，不利于农业。不信，只要瞧瞧那寒冷无水的山头，连树也不长，连草也不生，就够令人望而生畏了。

“有一个人却打破了传统观念，破除了迷信，在这里培育出了无数青稞良种：高原早，白朗兰，喜马拉雅一号、二号……而且还从别处引种成功了日喀则从前见都没见过的苹果、雪梨，还进行了系统选育的科学实验……”地委负责同志热情向我们介绍说。

“这个人是哪个单位的？叫什么名字？”对科学和科学家最为敏感而热爱的黄宗英急切地问道。

地委负责同志回答说：“叫谭昌华。在地区农科所。不过，这位同志有病，不适合在高原工作，现在已调回四川老家去了。”说着，这位负责同志流露出不无遗憾的心情，“他走得早了点。他的闪光的事业刚刚开始哩！他对高原很有感情，走的时候是流着眼泪走的！”

黄宗英一听，忍不住了。按原定计划，下午我们是要去参观那座建筑面积20多万平方米的庞大而又赫赫有名的大寺院的。她建议改一下日程，先去访问农科所。我们当然毫无疑问，赞成她的提议。

日喀则农科所，真是宛若高原的一块绿洲，一块绿色宝石。这儿有树木参天的林荫道，有多种农作物竞相生长的庞大的实验室，还有设备良好的科学研究室，有丰硕果实的展览室，等等。它曾因科研成果而获得国家级（集体）奖三次，个人奖两个；获自治区（集体）奖两次，个人奖两个；获地区奖（集体）五次，个人奖47个；1979年

12 月，还荣获国务院嘉奖。

单单是从上述奖励的情况，就可想而知，他们确实取得了了不起的成绩！而这一切，又是跟他们原所长、一位志愿进藏工作的农学院毕业生谭昌华同志的贡献分不开的。所以人们怀着深深的感情向我们述说了谭昌华的动人经历。这使黄宗英、使我们深深感动。我们多想见一见谭昌华啊！

可是人们说，他回老家了。由于日益严重的心脏病，1978 年他正在地里收莲花白的时候，突然昏倒了。经医生检查，不宜继续留藏工作，便送他回家乡。他是哭着走的。在老家，他在病床上还不断写信关心和指导农科所的科研工作。现在他的病情有所好转。他的父亲是省里一位民主人士，按理，他完全可以留在省城工作，可他不！他又几经联系跑到江津地区农科所去工作。在那里也干得很出色，还时常有信来。

听着听着，黄宗英落泪了。我们也深深感动了。黄宗英忍不住激动地说："我到四川后要追踪他，寻访他。多么有志气的一位科学家！"

黄宗英就是这么一个人，她对生活，对科学，对科学家，对那些为祖国四化付出了辛劳，做出了贡献的，哪怕是极为普通的人，她都充满了喜悦之情、热爱之情！她一旦接触，情有所动，心笔相通时，便抑制不住内心的激情，要写，要反映，要描绘，要颂扬，要呼号，要让天下的人都知道，在我们 960 万平方公里的祖国大地上，有这么多可敬可爱的人，他们为了振兴中华，为了祖国的富强，为了人类的进步，付出了多么大的代价，焕发出多么可贵的精神！

用一句老话说，日月如梭，光阴似箭。在西藏，很快，一个月的时光过去了。按照原定计划，我们过了国庆节就该踏上归途了，真有点留恋不舍了。刚刚对这块陌生的土地滋长了感情，对这块神秘的地方有所了解，对千百年来生活、耕耘在这偌大土地上的藏族兄弟姐妹也刚刚熟悉并增进了一点感情，却要离开了，这使我们的心情十分矛盾。我们是多么迷恋这块神奇的土地啊，然而又不能不走。因为我们都还有工作在身。

行期决定了，没想到，回去的飞机票却意外地发生了问题。据说买飞机票已排队到两三个月之后。我们自然有点焦急。真得感谢自治区的领导同志和文联的同志，好不容易帮助我们弄到了回程的机票。不过不能是同一天同架飞机飞返，而需分两批走。这样，我们已经心满意足了。

这来之不易的飞机票刚刚拿到手，起飞的头天晚上，伙伴们都在忙碌地整理行装。我怕黄宗英又落了什么东西（这对她来说是家常便饭，所以我们多年前就送她个“迷糊大姐”的称号），便走进她的房间，想去照料一下她。

唔，她真沉得住气儿。都啥时候啦，她竟还端坐在沙发上，低垂着头，沉思默想，手里还拿着织毛衣针和正在织的毛裤的毛线呢！那大小旅行袋，乱七八糟的衣物，有的还在她的脚下，有的还原封未动，好像是正在整理又未见整理。难道她灵感来了，正在构思文章？可为何又在赶织毛裤？

我感到奇怪，问她：

“宗英卓玛，你怎么还不着急？要我帮忙吗？”

她猛然抬起头对着我说：

“我要退掉飞机票！”

我不相信。因为她也十分清楚这些天为买飞机票的烦人周折和这几张票的来之不易。我说：

“为什么？”

她说：“我要留下来，跟一位女科学家到原始森林去！”

我更是丈二和尚摸不着头脑。怎么，哪儿又冒出个“女科学家”？这究竟是怎么回事儿呢？

平静下来后，她这才解释说，今天下午，她在招待所院里散步时，意外地碰到了四年前的秋天她在成都旁听一个学术会议时所认识的一位女科学家——林学院的生态学者徐凤翔。这位女学者在发言中建议在全世界建立几个森林生态定位考察站，因陋就简盖一座“小木屋”进行工作。她说：“我愿长期参加这一工作，把自己的一切献给西藏的大森林！”徐凤翔的发言深深吸引了黄宗英。那时，她已向往这个为开拓祖国边疆宝藏的前哨——西藏大森林里的小木屋了。如今，她又碰巧遇到了进藏来的徐凤翔，她自己现在又身在西藏，怎么能错过这个难得的机会呢？所以她固执地坚持着。

天哪！这真是我们意想不到的事。难怪不甚了解不太熟悉她的人，觉得她有点“神经质”。我自然不这样认为。可眼前发生的事又该作何解释呢？

就在两天前，我们几个和她应邀到上海进藏工作的几位年轻人的家里去做客，那几位小伙子还无意中谈到，原始森林里是如何恐怖，如何危险。密密森林里，由于能见度有限，说不定啥时候走着走着，撞上了大狗熊，被抓被扒被吃掉！其中一个身强力壮的小伙子就曾被狗熊撕破了脸，他还用手指给我们看了看那残留的伤疤。不过当时我们只是听听而已，并不介意，心想反正这趟我们也去不了原始森林。可现在这些话回味起来又引起我的疑虑，引起我要说服黄宗英：不能留下，不能进原始森林，应该跟我们走！跟我们一道安全“返航”！

我们争执着，谁也说服不了谁。她好像铁了心。我有点急了，便跑到另一个房间去，求助“援兵”，告知访问团的王燕生和王家斌同志，请他们一道来做说服黄宗英的工作。特别是王家斌，年轻时当过勘探队员，对荒山野林是深有体味的。他用自己的“现身说法”，讲得声色俱厉，依然没能动摇黄宗英。王燕生更是苦口婆心相劝，也不见效。

时间这般紧迫，自治区有关部门也已安排了明天送行的事宜。出了这么个岔子，这该怎么办？

这时，王家斌又想出一个招儿，以情动人呗！他说："老大姐，咱们还是先一起坐飞机回成都。几天前你在山南不是刚病倒，还输了液嘛。现在你很有必要到成都喘口气，我也加点冬装，然后恢复过来后，我陪你再次进藏！"家斌的态度是诚恳的，也确有这么做的打算，但也不灵光，她只是迟疑地笑笑。

我们三个还暗地商量，如果最后真的还是说服不了，那我们就要设法把她骗上飞机。要是允许绑架，我们也宁肯把她背上飞机。

我们双方都认真地争执甚至近乎"争吵"一通之后，依然谁也说服不了谁，便"停战"了。她索性从沙发上捡起一团毛线，又织起毛裤来。她说要赶织到林区去穿用的毛裤呢。看来她真的下定决心了，就像是一个任性的孩子，犯起脾气，即使八抬大轿，十六头牦牛也抬不起、拖不走了。

见我们这般执拗劝阻，她也有点激动了。她说，为了寻找这位女科学家，她曾费了多少心机！这次到西藏来，内心里就有这个愿望，希望能得到她的消息，顶好找到她，和她一起进林区。所以她说："这次，我为什么比你们带的东西多？羽绒大衣、睡袋、毛袜、棉鞋、毛衣……我就是暗自打了这个算盘。今天，这么巧地果然碰到了她，我多么高兴啊！我的心愿无非就是要去原始森林帮这位女科学家乞求一座小木屋。我的文章的题目都想好了，就叫《求》，求求人们理解，求求人们支持，同情我们的女科学家。这位可敬的女科学家，也已年过半百了，可她致力于为祖国生态学搜集宝贵的资料，家都不顾了，而有人还议论她'出风头''求名利'！真是咄咄怪事。"

听她一席谈，我们也为之动情。是啊，这么一位不畏艰苦，不惧怕困难，富有强烈事业心和开拓精神的女科学家，怎能不令人肃然起敬！

我们也很矛盾。她留下，会好好写出这个科学家，鼓舞更多的人。但是万一进了原始森林发生什么意外，怎么办？所以我们仍再次恳求她先一道回成都，待休整后，同北京也做个商量，哪怕派人陪她再进藏。她还是不肯改变主意。我真急了，她也真发“火”了。

“周明，”她激动地说，“你我是老朋友了！你应当理解我呀，应该支持我呀！我这个年龄，还能有几次进西藏的机会呀！……”

我受到了震动，心灵上的深深触动。这也是我和她相识近20年来头一次遇到的“不愉快情况”。我懂了，她是为了事业呀！一项重大的事业！我还能再说什么呢？

我们只好“妥协”了。她高兴地跳起来，连连拱手说：“够朋友！好朋友！”

夜已深，拉萨城四周白雪为顶的巍峨的群山，已被夜幕深深笼罩。布达拉宫长年不熄的灯火也已朦胧无光，只是天穹中的繁星仍在熠熠闪耀。此刻，人们都已进入甜蜜的梦乡。我们只好“不欢而散”，各自休息了。

第二天黎明，我们乘车去机场。我们极不好意思地向主人说明黄宗英同志因要去林区采访，临时决定不走了，请主人继续关照。主人也感到意外，当然表示欢迎她留下。

当拉萨城还沉浸在梦中，布达拉宫上空闪耀着冷峻的晨星时，我们乘坐去机场的车子启动了。就在车子开动的前一分钟，黄宗英交给我一沓需要邮寄的信，要我带到成都发出。但她特意抽出其中一封，悄声告诉我：“这个，给你，保留下。现在不必发，也不许在路上偷看。到北京后如果有万一的情况再邮出。”

原来她写了一夜信。

这些信中，有给老朋友的，有给她儿女的，有给她哥哥弟弟的，也有给她所在单位同志的。

为了“小木屋”，我们就这样暂时分别了。

到达成都后，我遵嘱将她托付的那一厚沓信件一一塞进邮筒。我忽然想起她要我保留的那封信来。一看，是她写给她所在单位同志的。信封上用红笔写明：周明保留。留底？这引起我的伙伴们的纷纷猜测，都说咱们打开看看。我有些犹豫，因为她交代，这封信保留着，遇有万一情况再发出。现在什么情况也没有发生，索性"保留"着吧。伙伴们却坚持说，哎哟，已经到成都了。不要紧的，打开吧！看看究竟怎么回事儿。

天哪！这是一封类似"遗书"的信。

现在，事情已经过去两年多了。由于当时没有发生"万一"的情况，这封信我按照她本人嘱咐，一直由我"保留"着，不曾也不必发出。恕我今天把它抄录出来，我们也可从中看出黄宗英当时为了采访女科学家，为了"小木屋"，她下了多么大的决心，又是多么诚挚由衷！

此刻，10月3日晚上十点钟，中国作家协会赴藏参观访问团已完成任务，整装待发——乘明晨往成都的飞机返程。而我一个人准备留在这里继续深入生活。

1979年，我碰到援藏女教师——南京林业大学的副教授徐凤翔同志，她在援藏期满调回后，曾到科委、林业部去请求建立西藏森林考察队，她愿继续在西藏工作。后经科委与林业部商讨，成立考察队，人员编制、经费等都有困难，但对她的态度表示支持，批准她个人继续入藏考察的计划和经费。几年来，她每年都来西藏一趟，三四个月吧，带一个助手，钻深山密林。我曾与她相约，候机会随行。现在我们在拉萨碰面了，三四天后，将雇车前往林芝、波密、昌都，历时一个半月。进林区后，宿帐篷，进行考察，然后乘车由雀儿山往成都。徐已经五十二岁，患关节炎。我想科学家能去的地方，我这个文学家也是去得的。

你们了解我，也一定支持我的。谨此汇报，并致

敬礼！

黄宗英

1982 年 10 月 3 日于拉萨

她在同一封信中的另一张纸上又写道：

……

此行多艰难，万一发生意外，作为共产党员，是无憾的。一个党员作家，首先要有热情把自己贡献给美好的、有希望的、有利于人民和祖国的事业。

作为母亲和妻子，有几件家务事，请求组织照顾，并协助安排：

……

黄宗英

匆匆含笑留言

1982 年 10 月 3 日于拉萨

我想读者读过这几封信后，一切都会明白了，用不着我再啰唆什么。

此后，她真的跟随女科学家历尽千辛万苦，冒着生命危险，钻到西藏高原深山密林里去了！一去就是将近两个月！

四位藏人，五位汉人，在海拔 3000 米的深山密林里支起三顶帐篷。黄宗英还临时改行当了炊事员。面对高原缺氧的空气，面对使这位血管性头疼患者所畏惧的海拔高度，黄宗英满不在乎，毫无惧色，依旧整天乐呵呵地充满乐观主义精神工作着。

两个月后，她跋山涉水回到了成都。本来打算去江津采访谭昌

华，不巧，在成都，她崴了脚，于是只好直接回上海治疗。这时已是寒冬腊月了。她真着急，多想早点写出她的“小木屋”哇！她已经是激情满怀，水到渠成了。她必须落笔了。她不顾尚未痊愈的脚伤，提笔伏案写作起来。

已是岁末年三十夜了。家家户户张灯结彩，鞭炮齐鸣，辞旧迎新，有的人家正欢聚一堂吃团圆饭呢。而黄宗英却在这时候——1983年的除夕夜，铺开稿纸，奋笔疾书，从夜晚一直鏖战到初一拂晓晨光熹微时，她的报告文学新作《小木屋》出世了。

当她写完《小木屋》最后一个字之后，面对窗外一株含苞待放的蜡梅，长长地舒了一口气。她如释重负似的愉快地微笑了。

《小木屋》刚一问世，就受到各方的关注和读者的热爱。嗬！黄宗英，你舍生忘死地去寻访“小木屋”，你奋不顾身地去讴歌“小木屋”，你四处奔走，八方求援，为“小木屋”呐喊呼号，究竟是为了什么？答案是明确的。

记得你1983年5月13日给我的一封信中曾经提及《小木屋》。你说：“我喜欢自己这部新作，不是因为它怎样的了不起，而是因为它居然写（记）下了从22岁的小李子到80岁的侯老，这样的一批‘知识苦力’的素描般的形象（当然也包括我自己）。写了我们的意志、向往、欢乐与辛酸，但它毕竟也并不是什么了不起的作品。我喜欢它，就像年轻的妈妈爱向人家述说，她的小宝贝会咂嘴了，会笑了，会挠手了……这一切，对别人来说是无所谓的。不是吗？……”

我相信她的话。当然她是自谦。实际上，直到今天，这部引人注目的作品仍在读者的心灵中引起深深的共鸣。

可喜可贺的是，报告文学《小木屋》发表一年后，黄宗英又和徐凤翔结伴，还有一个精干的电视剧摄制组，他们勇敢地二进西藏，又经过了一番艰辛的磨炼和生活的体验，完成了电视版《小木屋》。在其中，徐凤翔主“演”，黄宗英也露面，既真切，又感人！一部创新的纪录性电视剧报告文学艺术片，在观众中产生了极大影响！

啊，黄宗英，她两次进藏的经历多么非凡，多么曲折，多么富于传奇色彩。自然也对人们会有很多启示。

本来，那年我们刚从西藏回来，有家刊物编辑部的同志听说黄宗英在西藏的事儿后提议我写一篇报告文学，题目就叫“宗英卓玛”，内容自然是描写她对西藏高原的深情。可我一直没有动笔，一来是工作忙，二来也是由于没想好。可是如今，不知道为什么，我居然写起来了。而且凑巧的是，我这篇不成器的文章也是在年三十夜动笔，一直写到初一、初二、初三。然后又是连续几个日日夜夜加工修改。不过，不是在当年，而是在访问西藏归来两年之后了。其原因很简单——这些事深深地印记在我的脑海里，久久难忘。

于是，我写了出来。

这使我又想起了在西藏高原那段难忘的生活；想起了那奔波在雪山、草原、青稞田里、密密原始森林里，匆匆留下了身影和踪迹的黄宗英，被藏族同胞亲切地誉为“宗英卓玛”的黄宗英。

她对西藏高原充满了何等热爱之深情哟——宗英卓玛！

1985年春节夜，京郊北苑

在台北，看望罗兰

20世纪80年代国内书摊上突然出现了一本中国台湾作家的书《罗兰小语》。那时书摊上很少见台湾作家的书，两岸还没有实际的沟通和交流。我印象中只有柏杨的《丑陋的中国人》，琼瑶的系列小说，还有随后余光夫的诗集等。出于好奇，我买了一、二辑两本，原打算翻翻看，不料，我被它那简洁的文学、流畅的语言、宽广的题材深深吸引。那些所谓“小语”，大多是针对现实有的放矢，有感而发，并不因为它篇幅短小而容量小，实际上篇篇都有深刻的内容、深远的寓意，且极富思想和哲理。为此，我由敬佩而想知道作者的经历，想知道作者究竟怎样会写出这样的锦绣文章。

一个偶然的机会，我在1998年的《人物》杂志上高兴地读到了姚同发先生的一篇研究罗兰的学术文章，才得以更多地了解罗兰女士。原来原名靳佩芬的罗兰，系天津市郊芦台镇人，出身于一大户豪门。这个小镇，文风甚盛，加之罗兰出身书香之家，她在读书期间，就千方百计地寻找和阅读了大量20世纪30年代的现代文学名著，尤其是巴金的作品。她从这些作品中汲取了中华民族传统文化的滋养，为后来的创作奠定了良好的基础。

音乐也是她人生的热爱，她学过音乐，教过音乐，还在天津广播电台做过音乐节目。本来她决心去考天津女师音乐系，但进校门后，发现由于战争的破坏，学校空无一人，她失望而归。

1948年，29岁的罗兰，由于渴望多年的大学之梦破灭，无奈，她萌生了远走高飞的意念，去追求真正的人生理想。偶然得到的一张船票，让她漂泊到了海峡彼岸的宝岛台湾。

到了台湾，天茫茫地茫茫，举目无亲。然而幸运的她在第二天便意外地考进“台湾广播电台”，因为她有天津广播电台的资历，她会写稿，会管理唱片，会讲国语（普通话），而被顺利录取。

于是她在这里开始了“主持人”的生涯，并开始以“罗兰”为笔名，在音乐节目中广播自己撰写的短文小语。她面对听众谈生活，讲事业，谈友谊，说爱情，内容无所不包，她以一种亲切、平易的语言，同听众交心、交流，使得节目大受欢迎！久而久之，有些听众——用今天的话说就是她的“粉丝”，每天必听她的节目，喜欢上她的节目，有人还要求她把这些精彩的短语短文辑印成书，以便精读。于是《罗兰小语》便这样诞生了，一辑一辑地出版了，走红了，形成了一种独特的、颇受读者喜爱的“罗兰体”。由于这些富有诗意和哲理的精短文章大多是人生的感悟、哲理的小品，因此有人称它为新时期的“论语”。

后来，再读《罗兰小语》，我便有了更深的体会和感受。的确，正如人们所说，罗兰的小语，哲理如诗，鼓舞上进；罗兰的散文真情实感，充满情趣；她的小说更为雅致。总之，她的创作在台湾独树一帜，影响深远。

终于，2000 年 6 月，我随中国作家访台代表团在台北的一次晚宴上恰巧和罗兰女士同桌。同桌的作家还有大陆作家袁鹰、叶辛，及台湾几位作家。那次由于头一次见面，未得多谈。但我向她表示了我的敬意。她也简单回答了我关于写作“小语”的一些情况。真有缘。

我们再相见时，已是 2006 年 12 月，那次我去台湾是为了接受柏杨先生捐赠而召开新闻发布会。同行的还有中国现代文学馆的刘屏和王红同志。

我们事先和罗兰女士约定 14 日见面，同她商谈她为中国现代文学馆捐赠书刊资料等事宜。到了她敦化路的家里后，罗兰女士十分热情地带我们参观了她林立书柜中的藏书和写作的有关资料。落座后，我们同她一起商量了捐赠的事宜，向她介绍我们需要的书籍资料包括哪些方面。她当场慷慨地把已经整理出的一批著作及资料交给了我们。她听完我们介绍后，觉得还有很多可以捐赠，便说回头再整理出来。临近中午时，我们想请她出去吃顿饭，她却说："你们来台北是客，怎么能让你们请客呢！我请。"执意不过，我们只好依她。结果在台北市的一家星级福华饭店由她做东，我们同她愉快地共进了午餐。

不料，次日下午我们回到住宿的酒店时，收到罗兰送到酒店的一包书、一封信。这是一封热情感人的长信，我们深深为之感动。这封信，我本想摘录几段，以飨读者朋友，然而又不忍"断章取义"，还是将全文抄录出来，相信读者朋友会和我一样感动和感激。

信的全文如下：

周馆长、刘主任：

今天这2006年12月14日，真是个难忘的好日子，能有缘在台北接待你们，使我也见识到现代文学馆是如此有效率而又优秀。可惜时间不允许我与你们再多相聚一两次，不但有些需要请益的事来不及谈起，即连一些我历年累积的照片剪贴附有简单散文诗说明，逐篇记录的资料也没时间问你们是否需要。尤其感到歉疚的是只被匆匆应对，未及深思你们希望多要些书的好意。直到你们告辞之后，才静下心来理解到你们此行的难得与可以想见的准备工作及行程的紧凑。无奈，只得今天再设法补送一些书，包括《罗兰小语》第3、4、5辑各五本，《诗人之国》五本，《绿色小屋》五本，分两包奉上。此外，我要拜托你们帮我带《岁月沉沙》《飘雪的春天》及《彩绘日记》

各一套，共五本，给舍妹靳方，她把自己原存的我的作品都给出版社送去做样书了，使我很替她划不来，那些书往往是一去不回头的。后来我听说大陆的“版权公司”替作家送样书给出版商，是找人家要钱的，现在我只得再补寄一些给靳方，麻烦你们不知是否太过重了？我猜想你们此行一定“负担沉重”，如果太不方便，也请不要客气，把这包要给靳方的放在旅馆柜台，我派人去取回即可。

其实，我真正的意愿是你们能抽出时间再光临一次，看看我的照片资料（都是有关我到大陆或其他地方访问的照片、记事，不只是照片簿，上面每张都附有记事小品），也许你们可以帮我决定有没有必要以后交给你们现代文学馆。

《绿色小屋》是以天津为背景的一部包括家庭教育、爱情与婚姻的浪漫故事，在台湾畅销四十版，先请王红小姐过目。女孩子不像男人那么只重理性，不重视感情（我的小说和琼瑶的不一样）。

祝愉快！

罗兰　2006.12.15

我之所以愿将这封长信原文照抄，是因为从信中可以看出罗兰女士这样一位蜚声海内外文坛的文学大家，办事是如此认真，考虑是如此缜密、周到，这同时也是一篇为人处世的精彩“短语”啊！

然而罗兰女士的认真、执着在她随后又给我的一张便笺上更可见证。她说：

有件小事，在此拜托：我常常看到有人在报端称“冰心女士”为“冰心老人”，觉得人不是一辈子都“老”，称她冰心女士不就行了吗？所以我希望如果要报道我的时候，称我“罗兰女士”就好了，当面称我“罗兰老师”，有个“老”字也就代表一切了，“罗兰老人”多难看呀！

谢谢！

罗兰

这件事，虽说是“小事”，也被这位经常针对“生活小事”发表意见和指正谬误的大作家所注意。说得多么好哇，人不是一辈子都“老”，怎么能称这个“老”，那个“老”？人们啊，永远年轻！永远要保持年轻的心态和活力！正像罗兰女士，虽说年逾八旬，却依然耳聪目明，思维敏捷。她那娇小的身影，走起路来更是轻如春风。在她身边，你会感到亲切、平易、近人，且极富生活情趣和青春活力！

虽然近几年我没有再去台湾，但我时时想起她，思念她——海峡彼岸可亲可敬的罗兰女士！

2011 年初夏 5 月

百年逐梦终不悔

庚子年春节前夕，正当家家户户喜气洋洋地张灯结彩、张贴春联之时，我意外地收到了远在成都的老作家马识途老人捎来的一幅他软笔书写的大红“福”字，欣喜万分。想想看，这可是一位106岁高龄老人的祝福啊！

这使我想起之前的2005年的“马识途文学创作70年暨《马识途文集》出版座谈会”“马识途九十寿辰书法展”，2014年5月的“马识途百岁书法展”和2018年10月10日的“马识途书法展暨《马识途文集》北京首发式”，这些活动均先后在中国现代文学馆隆重举行。那时的热烈情景，历历在目。

2014年5月24日“马识途百岁书法展”开幕式上，马老在致辞时信心满满地说：“我还要来北京参加下一次的展览！”在场的我们都报以热烈的掌声。果然4年后的2018年10月，马老的宏愿得以实现，他的第二届百岁书法展开展，人们纷纷上前同他握手，向他问候和致意。中国文联主席、中国作协主席铁凝在致辞中动情地说：“从马识途先生的身上真正领会了‘革命人永远是年轻’的意义和丰富内涵。”

展厅里162幅大小尺幅不同、真草隶篆各异的书法作品美不胜收。这些精美的作品可都是马老近年的新作呢！尤为难能可贵。这次书法展同时也是新版《马识途文集》的首发式。

新版《马识途文集》是一部共700余万字的18卷厚重之作，对比2005年四川文艺出版社出版的12卷480多万字的那套《马识途文集》，所辑作品显然更为全面，更为丰厚！

皇皇700余万字的新版《马识途文集》收入了马老不同时期、不同体裁、不同题材，在读者中产生广泛影响的代表性作品，如《清江壮歌》《风雨人生》《夜谭十记》《巴蜀女杰》《京华夜谭》《马识途讽刺小说集》《沧桑十年》《百岁拾忆》等。对于文学创作，他自谦地说，“作为写作者，我只是一个业余作家”。而对于他专长的书法创作，他也从不以书法家自命。他感慨地说：“若得十年天假我，挥毫泼墨写兴隆。”

作为后生晚辈，我真是十分敬佩不老的马老！

不久前，我打开电视，忽然看到荧屏上马老正在接受央视《国家记忆》栏目《解放军入川》一集的访谈，话题是关于解放成都的历程。只见马老精神依然，意气风发，侃侃而谈，他正在讲述1949年解放成都时的历史情景。他作为四川地下党的有关负责人，在隆隆炮火声中带领贺龙察看国民党军在成都的军事要塞和布防，好摸清哪里有什么军事机构、什么重要建筑、什么重要党政人物住宅……这是何等重要的使命啊！

这之前马老还受邀在央视讲述过他在西南联大做地下工作时的亲身经历，当时那可是需要冒生命危险的啊！他的这些非凡经历原本计划写一本以“我这八十年”为题的书，这方面的资料札记、日记也已积累了几大箱子呢！然而他感叹说恐怕没有时间写了。

马老入党80多年，几乎经历了整个20世纪。这是一个大动荡、大变革的时代，既有风起云涌的大革命，也有云谲波诡的复杂社会现象。马老与时代同步、与人民同心，以他生花的妙笔，真实、真诚、真切地记录了风云变幻的大时代。在他90多岁时，还坚持每天写日记和随笔，还从1988年便开始用电脑写作，竟然写了几百万字呢！他103岁那年亲笔写给我的一封回信，竟长达3页，思路清晰，文字顺畅。

2002年马老突患肾癌，顺利做了手术。当子女们事后告诉他真实的病情时，他坦然地说："我从革命战争年代走过来，多少战友都牺牲了，我这命是捡来的，得癌有什么大不了！"为此，他在北京书展的会上致辞时，风趣地说："我没有做完我要做的事呢，阎王爷却打发几个小鬼来找我，我说我不去，不去，就是不去！结果我战胜了小鬼们，健康地活下来了。"

这些年马老曾多次乘高铁、坐飞机到北京参加全国人大、中国作协等各处的会议和活动，都顺顺利利，平安抵达。马老说他的身体之所以很棒，完全是凭借着两样精神支撑：一是乐观，二是运动。另外还有两个字，就是战斗。他一生正是在坎坷的经历中战斗过来的。常有人问他："你经历那么多的磨难和曲折，加之又遭遇过病魔的侵袭，怎么还活过了百岁呢？"他说："秘诀就是乐观，凡事要拿得起放得下，要乐观看待。包括面对疾病，既来之，则安之，然后战胜它。"

2017年，中国现代文学馆为了拍摄一些老作家的影像资料，馆里几个年轻人去采访马老。马老一见，便问："你们周馆长情况怎么样？"小伙子们回答："周馆长好着呢！马老你们早认识？"马老笑着说："早认识呀。我可'恨'死他了！"小伙子们吃一惊，急忙解释说："我们周馆长人挺好的，马老怎么'恨'他？"马老嘿嘿一笑说："你们年轻，不知道。20世纪60年代我在成都的西南局任宣传部副部长时，工作非常忙，周明从北京来成都找我，约我写稿。那时他是《人民文学》的编辑，我说我工作多得忙不过来，哪有时间写稿，再说我也不是作家，哪能写小说？他说，他的领导说我有满肚子革命故事可写呢！派他来就是为了催生这些故事出世。"当时在不经意间，马老被我诱导着讲起他的经历。我听得入神，不时说这个可以写，那个可以写。那个年代，《人民文学》连续发表马老许多作品，一时间，马老名声大振。到了“文革”期间，红卫兵批斗马老时硬说他在《人民文学》发表的作品，都是大毒草，好一通残酷斗争，“你们说我不‘恨’周明‘恨’谁”！听完马老的一番讲述，小伙子们才明白原来这都是马老的幽默。马老在 2017 年 8 月 29 日给我的一封信中曾简单谈过，他说：“我读了你的《我多想让你恨我一回》的文章后，感慨颇多，回想锒铛入狱六年，弄得我家破人亡、生死难卜时，我的确对你这位第一位拉我进文坛的人恨过一回。”这后一句话当然是马老的自谦了。

庚子年春，全球突发新冠肺炎疫情，马老一直关注事态的发展，3 月 4 日，他为支援抗疫捐款 2 万元，并为抗疫作词、挥毫。这项活动系北京大学校友会发起。作为在四川的北大校友的马老，还呼吁天府北大人积极参与此次活动，希望大家伸出援手，支援前线奋力战“疫”。

近日，我知悉马老新作《夜谭续记》问世，感慨不已，想着给马老打电话祝贺一下，并向他讨要一本亲笔签名书，不想，马老的另一个决定让我意外——他决定就此封笔了。他说：“我年已一百零六岁，老且朽矣，弄笔生涯早该封笔了，因此，拟趁我的新著《夜谭续记》出版并书赠文友之机，特录出概述我生平的近作传统诗五首，未计工拙，随赠书附赠求正，并郑重告白：从此封笔。”马老的决定让人惋惜却又令人敬重，我在心中默默祝愿马老健康长寿的同时，又想起他常常说的那句话：凡事要拿得起放得下……

马老马老，令人敬爱的马老，百年逐梦终不悔……

2020 年

花香弥漫

多年了，在我的书房里悬挂着几幅我所喜爱的字画，有的每隔一段时日总要换一换，挂上别的，可唯独罗国士的“月季”不曾换过，许是由于过分偏爱吧。看到它的人无不在画前流连，赞叹不已，都说他的月季画活了。

说来也巧，画家罗国士还是我的学友呢。当然他年长于我，是学兄。因为20世纪50年代初他在西安曾就读于西北艺术学院美术系，而我那时刚刚跨进西艺文学系。我们并不认识，只是到了30多年后的1986年，经友人李敬寅介绍才结识。我首先认识的是他的画——他的月季花，当时我很惊讶：家乡有这么出色的画家，我竟不知，后来，交往多了，我看到他的画也多了，更是被他所画月季花那特有的风采和神韵深深感染，以致神魂倾倒。他不愧为“月季王”，当然他也擅长山水，擅长动物画，擅长书法，书画俱佳，多才多艺。

一般画家描绘月季花，往往追求“栩栩如生”的效果，并以此满足。而罗国士画的月季花，则脱胎于自然，注入了画家的情感、情绪、情怀。笔情墨趣，刻意求新。他既运用传统写意的笔法，又大胆吸收了西洋画的某些表现技巧，寥寥几笔，便极为生动地勾勒出潇洒飘逸、亭亭玉立的枝干，婀娜多姿、楚楚动人的花朵，惟妙惟肖，令人赏心悦目。难怪法国总统夫人达妮埃尔·密特朗看到他的画后兴奋地说：“真是太好了！简直可以闻到芳香。”1985年、1986年罗国士先后访问美国和日本时，他的画也是以月季最为轰动。外国朋友称他的作品是“真正的艺术，了不起的东方艺术”，称他本人是“艺术魔术师”。

去年，在中国台湾举办的“名书画家作品展”上，他的“月季”被评为“最佳作品奖”，也受到台湾同胞的喜爱。王任重同志赞他“画中有神”。诗人臧克家称誉他的画“传神”。作家冰心女士看了他的月季后，高兴地问他：“你是怎么画的？这么有神！”老人家说：“真好，你把月季画活了。”美学家王朝闻认为罗国士的画“最好的是月季”。他向罗国士指出画月季大有可为，要画出各种不同情调的月季，如水中月季，月下月季，雾中月季，雨中看花，风中看花，朝霞晚霞看花，可大发挥。总之要精神，不同的环境，不同的情绪、心境，表达出喜怒哀乐来。不久前，画家罗国士和夫人肖亮华、儿子罗良碧应邀在英国伦敦等地举办了父子书画联展，又轰动英伦。那里的中、英文报纸做了大量报道，热情赞扬罗氏父子是“艺坛之光”。的确，罗国士和他的艺术作品释放着中国艺术家对民族文化、民族艺术的呼唤；奔流着画家对民族风格、民族精神的情感，因而引起海内外爱好者的共鸣。

罗国士之所以取得今天的成就，最重要的原因是他从艺 40 余年来始终扎根在生活中。他当过兵，在战火纷飞的岁月里刷过标语，画过宣传画，制作过布景。后来他先后进过两所高等艺术院校深造。他从神农架下的大山走来，又在黄土高原、三秦沃土上磨炼成长。故乡的山水在他心中埋下了艺术的种子，祖国的江河哺育他结出艺术的硕果。他刻苦钻研，努力实践。几十年来，他几乎踏遍了祖国的山山水水。每每是一路走一路画，风餐露宿，废寝忘食。广袤的大地、壮美的山河给予他无尽的创作力量和源泉。他立志用手中的彩笔，描绘祖国的美好景色，表现神州大地改革开放的时代风貌。这期间，他也有过失败，有过困惑，有过思考。但是他决心毕生毕力为之。艰难地跋涉，勇敢地登攀，终于，他成功了！他那展现在宣纸上的神采奕奕、风姿幽雅的月季花，不仅时时展现在我小小的书房，同时在他艺术生命之征途上，必将继续飞扬在天地广阔的海内外……

1992 年仲秋

犁青，友谊之桥

提起中国香港，我很自然地首先想到一位朋友，那就是诗人犁青先生。我认识他，是在20世纪80年代初，当时我在《人民文学》杂志社工作。犁青是长期生活在海外的游子，20世纪50年代《人民文学》就已经注意到了这位年轻的诗人，发表过他的诗，因此他同《人民文学》缘分很深。我们也一见如故，很快成为挚友。过密的交往，使我逐渐对他有了进一步的了解，我发现，犁青不但诗写得好，为人也非常好！同他交往的人都会留下良好的印象，因为他待人忠厚、诚挚、率真，完全是一个迷恋于诗、生活在诗的王国里的书生，尽管他长期生活在海外商业社会，尽管他是有着几十家企业的大老板。简直使人无法把这两者联结起来。

从20世纪80年代起，为了促进祖国的统一，增进海峡两岸的文化交流，他不遗余力地呼号、奔波，做了许多鲜为人知的工作。他想为海峡两岸搭诗桥，用诗为两岸的同胞、诗人进行交流尽心尽力。开始，他于1987年创办了《文学世界》《诗世界》刊物，从组稿、编辑、写稿、校对、出版、发行到馈赠文友、付送稿费和参加有关文学活动等的费用，全由自己包办。这是犁青和朋友们赤诚无私地对香港文学和华文文学的奉献。

《文学世界》当年在香港的成立仪式，我有幸出席。作为主编的犁青，发布了办刊的方针、宗旨。他说："《文学世界》面向海峡两岸和四面八方的华人作家、艺术家，旨在继承中华民族的优秀传统文化，吸收世界各国有益的创作经验，为香港作家及各地华人作家提供园地，创作无愧于伟大时代的作品，为中国文学攀登世界文学高峰尽一份力量。”他说：“特别欢迎海峡两岸的文学家通过香港，通过香港出版的《文学世界》，作为‘传呼机’和‘对讲机’，交流文学信息，沟通文学技艺，共同为中华文学的繁荣和进步努力。”

犁青说到做到。作为“诗桥”的犁青，他的“对讲机”“传呼机”也常常波及北京的我，以及其他朋友。有时我会突然接到他的电话，他会告诉我台湾将有某某某作家某月某日到北京，或者香港某诗人某日抵达。有时还告诉我美国、日本、韩国某作家要到北京。他热情地希望我和北京的文友能同他们见见面，让客人多了解中国的新面貌，多结识中国的诗人、作家。不少次，一些外国作家来中国，在香港停留，都是他承担在港的食宿费用，还帮人家办理各种繁杂的出入境手续。有时，他还亲自陪同某些作家朋友到广州、上海、北京。他自己一路自费，“舍命陪君子”。我印象中，1988 年他曾陪同台湾诗人洛夫等创世纪诗人团巡回访问祖国一个月。又陪台湾作家柏杨和张香华夫妇做北京—西安文学之旅。后来他又扩大到常去东南亚诸国，联络那些国家的华人中从事华文写作的文朋诗友，还飞到世界各地参加世界诗人大会或作家会议。当然，他最大的精力是用在沟通海峡两岸的文化交流上，因而朋友们常常戏称犁青是一位“无任所大使”，专做友好联络、促进团结的好事，而且是标准的无私奉献。

他视诗为生命。他其实在诗歌创作上已有可观的成就。

他主办的刊物和出版社，在海内外都产生了广泛的影响。如今，他又担任了香港作家联会的副会长，社会活动比以往更多更频繁，然而他依然坚持写诗，写散文，写评论。他依然做着“诗桥”的工作，沟通和联络更多的作家、诗人。他做这些事业时，在他的背后有着一个强有力的支持者和合作者，这就是他贤淑的散文家妻子卡桑。我们赞美犁青，可不能忘了她。卡桑正是犁青实实在在的那一半呢！

1997 年 6 月，京郊

在水一方

几天不在，办公桌上堆满了信稿和报纸杂志。我正在翻拣，突然发现一件厚重的印刷品，寄自海外，拆开一看，是一本近500页的大32开本的小说、散文集——《茉莉花串》。该书在中国台湾出版，张香华主编。扉页上有香华女士的签字题赠。赠书的日子是1988年6月15日。该书在台北出版的日期也是1988年6月。

收到寄自台湾的书，看见香华女士的笔迹，使我想起那次难忘的聚会。

1987年12月23日，我和诗人刘湛秋、晓钢应邀出席中国香港举办的一个文学作家、诗人座谈会。匆匆办好签证后，我于当日下午由北京起飞，黄昏抵达香港。我们连同行李一起，进入当晚6时刚刚开幕的会场，使得会议的主持人、香港诗人犁青和几十名来自亚洲、太平洋国家和地区的与会者惊呼起来。

座谈会开得轻松、愉快。犁青先生特意将我们三人介绍给台湾女诗人张香华认识。香华女士当场赠送了她的著作。回到酒店，我熬夜一一拜读了。她的诗和散文写得很美，大都表现了诗人对人生的严肃思考和追求，富有强烈的感染力。我曾反复自问：是不是因为她是一位台湾作家？海峡两岸隔断将近40年了，她会不会使人有一种好奇心和新鲜感？这些自然不能排除，但更重要的还是作品本身的艺术力量。

大河由无数支流汇合而成，中华民族的文学大河不也是如此！

在众多的支流之中，台湾文学自有其特殊性，但它始终反映了中国人的生活，滋润着它的始终是悠久的华夏文化。台湾文学的成长过程无疑是艰难的，从幼稚到成熟，从找寻模式到形成自我风格，这期间得到无数有志之士的悉心培育、奋力耕耘。张香华女士应是其中一个。她对人生怀着真挚与热烈的爱，追求艺术心灵呈现的美善。身为女性诗人，她不囿于闺阁之情，也不逃避具有浓重女性色彩的题材。她认为，人生的一切，只要深刻，都可以入诗。因此她的作品总以朴素、真挚见长。

人如其文。香华女士待人十分诚挚。我们住同一个酒店，出席同一个会，可说是朝夕相处。海峡两岸毕竟隔绝太久了，彼此间起初难免有点陌生。然而由于她的风度和为人，这种陌生感很快变为亲切感。由于都是女性，晓钢和她一见如故，形同姊妹。有天夜里，她们俩你送我，我送你，送来送去，竟聊到天亮！清晨起来稍加梳妆，便又同我们一起由九龙乘地铁赶往香岛会场。如若不是她们说出，我们谁也没有注意到二位女士竟是睡眼惺忪呢。晓钢曾劝她："第二天上午的会是不是别去了？"她说："我要争取去，这次《文学世界》亚太地区诗人、作家座谈会实在很重要。"

她在会上做了精彩的发言，还朗诵了晓钢的诗，博得了热烈的掌声。

她说："中国的诗文要有民族特色。文坛也好，诗坛也罢，无不建筑于社会之上。有什么样的心态写什么样的诗歌，总体来讲，我们都不尚朦胧，力求在自我与非我之间透视现实，把握现实，与历史、时代、未来紧密相连……"

她给我们留下了美好的印象。她在《茉莉花串》的序言中赞美茉莉花"晶莹洁白的花瓣，和她散发出来独特淡雅的幽香"。依我看，这其实也是她自己的写照。

香华女士 1939 年出生于香港，成长于台湾，祖籍福建。她早年毕业于台湾师范大学国文系，既是台湾当代知名诗人，又是台湾《文星》杂志诗页主编。她的丈夫——作家柏杨先生，是大陆读者早已熟悉的。因此我们也向她介绍了柏杨先生作品在大陆出版的情况。香华女士告诉我们，柏杨是河南人，他的女儿和一些亲属在河南和陕西西安，他很挂念故乡和亲人。也许在适当的时候，她会陪柏杨回大陆探亲访友。我们很高兴，相约北京见面。

分手时我们依依惜别。该送她什么做纪念呢？我身边带有几幅家乡文物的拓片，就请她观赏挑选。她选留一幅带走了。

过了几天是除夕，犁青夫妇邀我们在他家过年。午夜的钟声敲响，全岛汽笛齐鸣，时光跨进新的一年。我们和犁青、卡桑夫妇不约而同地提议给台湾拨个电话。

真巧，接电话的正是张香华。我们在场的几个人都在电话中向他们祝贺新年！她在电话中突然问我，送她的那幅拓片是哪个朝代的？何地出土？她说，柏杨很珍爱，想知道，还准备把它装裱挂起来。我告诉她，那枚瓦当是汉代的，全国仅此一枚，出土于陕西凤翔县（古称雍城）。

话筒里听得出，柏杨先生就在身边。她顺便转告了他。因为听说他们打算九、十月间回大陆探亲，我说，秋天，是大陆最美的季节，我们将在那秋高气爽的日子里迎候你们。她接连说："谢谢！谢谢！"

现在，北京最美好的季节到来了。

1988 年夏

生命的追问

张海迪又有一部新著奉献读者，书名叫《生命的追问》，散文随笔集。

托尔斯泰说："作家每蘸一次墨水，都要溶进自己的血滴。"可以说，海迪的创作正是付出了血和泪的。它是海迪人生的感悟与体验，是歌与泪的激动人心的文字。在这部新著中，张海迪通过坦诚真挚而又充满激情的文字，深刻地表达了一个残疾人对生命与疾病、生命与死亡、生命与时间等问题的思考，从而展现了一个身残志不残的青年人的美好的憧憬、美好的回忆、美好的追求、美好的心灵与情感。

在《芭蕾仙子》一文中，当她观看了古巴国家芭蕾舞团的演出后，激动地说："我心中充满了希望和欢乐，我拼命地活动着，活动腿、活动脚，我想，用不了多久，我就能站起来了！"

在《亲爱的纺织姑娘》中，阿姨们接她去工厂里住，帮助她收拾东西时，海迪觉得"又突然又高兴，一下忘记了自己的病，恨不得立刻跳下床跟阿姨跑出家门"。

尚楼村三年的农村生活，是海迪生命中最鲜活的岁月，也是她人生最丰富最难忘的日子。她在那里经历了艰难，感受过困苦，她写了那片苍凉的土地给她的成熟，写了那里纯朴善良的父老乡亲给予她的真情，写了小小学屋（谈不上是教室）里孩子们给她的欢迎。这段生活成了她创作的源泉。她的作品受到读者的喜爱和欢迎。海迪并没有忘记尚楼村，她说，树高千尺，忘不了根哪。

在漫漫37年与病魔做斗争的岁月中，海迪选择了文学作为人生的武器。她由一个随时可能被病魔夺去生命的残疾人而成为一名在中国文坛上独树一帜的出色的青年作家。至今，她已经先后出版了长篇小说《轮椅上的梦》，散文集《鸿雁快快飞》《向天空敞开的窗口》《生命的追问》，以及翻译作品《海边诊所》《丽贝卡在新学校》等。其中有些作品被外国翻译出版。

而《生命的追问》，正是海迪癌症手术之后，在多次化疗、放疗的百般痛苦折磨之后，凭着顽强的意志与坚强的毅力，和着血与泪一字一句铸成的长达25万字的一本厚重的书！

这是何等感人的力量！

海迪说得好："苦痛的土壤也能盛开鲜花！时间给予每个人七八十年甚至更长时间，唉声叹气是一生，快快乐乐也是一生。我已经有太多的苦痛，为什么不选择快快乐乐去积极地生活呢？……当你到达痛苦的极点，坚持住，就能爆发另一种力量，一种超越的力量。"

有意志，有毅力，有追求，又有乐观主义精神，所以海迪常常忘记了自己是一个病人，是一个高位截瘫的残疾人。她有同任何一个健康人一样的心情，一样的感觉，因此也和健康人一样地投入生活、投入事业。而且她的事业更辉煌，成就更显著。

认识海迪已多年，每每同她接触，或是谈天说地，或是互通电话，以及拜读她的作品，实在说，在我的心目中，"残疾"二字是和她怎么也联系不到一起的。诚然，她一年365天总是坐在滚动的轮椅上，她的身躯没有站起来，但她的思想精神却一直是站着的，而且是顶天立地地站着的。

一个人可能躯体是正常的、站着的，然而思想是贫乏的，精神是萎靡的，他站着也等于趴着。相反，一个身躯由于疾病站立不起来的人，思想是闪光的，精神是昂扬的，他（她）实际上是站着的，是挺立的，是一个高大的人，一个真正的人。

张海迪正是这样一个真正的人，大写的人。

1997 年国庆之夜，北京

山河永恋

今年的春节，我照例收到了崔蓉芝女士寄自美国的漂亮的贺年片。我十分感动，蓉芝女士真是重情义，不忘新朋老友。应该说我是她的新朋友。我们认识是在三年前——1989 年 5 月，我在美国旧金山出席一个会议时，她听说来了一批中国大陆和中国台湾的作家，热情地邀请我们聚餐、聊天。那天欢聚一堂者除了我们几人外，还有中国香港诗人犁青、卡桑，中国台湾作家柏杨、张香华，美籍华人作家聂华苓等。后来她又和陆铿先生一起陪同大家去芝加哥游览，给我们留下难忘的印象。之后，我们经常通信，她来北京时我们总要聊聊天，大多是谈文学，叙友情，相见甚欢。所以如此，究其因，大概是两方面缘故：一是她为人热诚友好；二来也因为她是作家江南（刘宜良）的夫人。江南这个名字我想大家是熟悉的，就是在大陆颇有影响的那本书《蒋经国传》的作者（最近他的遗著《龙云传》也由中国友谊出版公司出版发行了）。正是由于这本书，江南在美国惨遭暗害——这是 1984 年 10 月间发生的事。当时大陆作家纷纷致电声援，表示愤慨和同情。崔蓉芝女士深为感动。

江南的被害，使崔蓉芝十分悲痛。因为事情发生得离奇、突然。然而毕竟人是离去了。她想唯一可以安慰死者的办法，就是让他叶落归根，能将江南的骨灰归葬于故土。

那么葬在何处好呢？她接受了故乡安徽父老和朋友们的建议与安排，决定将江南的骨灰安葬于风景秀丽的胜地——黄山龙裔公墓。

它位于黄山夫子峰下风景湖北岸，依山傍水，景色绮丽。

1991年4月，我收到崔蓉芝一封信。同时国内一些朋友也收到同样内容的信，就是她通报朋友们，她将和子女于5月回国，预定于5月27日在黄山龙裔公墓为江南举行葬仪。我知道她为此事曾不辞劳苦地奔波于大洋两岸，总算落实了。

她希望朋友们能去。我因当时北京有会，不能前往，感到遗憾，便发了一封信去，以表示对江南先生深深的悼念。

葬礼完毕后，我收到崔蓉芝一封信。信中她除了客气地表示感谢外，还简单地介绍了葬仪的情况。她说，当日的葬仪按中国礼仪进行：安放灵骨、封穴、献花、上香烧纸、默哀、燃放礼炮，然后全体出席人士绕墓一周，瞻视江南的汉白玉雕像，并欣赏嵌刻在灵前大理石碑上吴祖光先生的题字：山河永恋。

是日，阴云密布，细雨霏霏，乃“天哭江南”矣。参加葬仪者计70余人，还先后收到发自北京、上海、昆明、大连、海口、怀宁和中国台湾、香港，以及日本、美国各方友人的悼词、挽联、唁电、花圈近两百件。

办完这件事，崔蓉芝了却了一桩心愿。因为江南先生是江苏人，他生前心怀家园，死后能长眠于黄山之麓，这不仅满足了他山河永恋的情怀，也表彰了他为人间正义献身的精神。

我想，这一切对死者是永久的安慰，对生者将是永远的激励。

1992年春追记于北京

他心里装的是朋友

听说柳萌兄病情严重，26 日下午，我还和红孩在电话中商定，第二天去医院看望。谁知 27 日一早，红孩来电话说，柳萌老师清晨走了。这个突如其来的噩耗，如雷轰顶。我为我们失去了一位好朋友，文坛失去了一位正直的作家而深感悲恸与惋惜。此时，往事历历在目，涌上心头。

20 世纪 80 年代，中国作协下属的中外文化出版公司筹备期间，上级提名柳萌和我合作：他牵头，任总经理，我任总编辑，他很高兴我们有机会合作。他说："咱俩共事，一定能把事情干成。"酝酿期间，我们还筹划在公司再办一个真正杂志型的刊物，刊名都起好了，叫《笔汇》。我请书法家沈鹏先生题写了刊名。不料，这个出版公司由于经费问题没有延续下去，但我们由此建立起宝贵的友谊。后来我到了中国作协创联部任职，此后虽然不在一个单位，却同是中国作协的部门，依然有来有往，如兄如弟。过了若干年，我们都上了年纪，都成了退休干部。退休了，干些什么好呢？这些人大多又不会钓鱼，也不会打麻将，只会爬格子、敲电脑。柳萌是较早玩电脑的。他曾在敏感度较高的《新观察》杂志，参与过领导小组的工作，思想敏锐，反应快，所以电脑他玩得顺溜，写文章的效率也高，我们都羡慕他。

他的家在亚运村。这个首都的北部地域，住着许多互相熟悉的作家与艺术家。这些年，柳萌很是辛苦，他时常找些机会，把亚运村一带的作家朋友召集起来，见面、聚餐、聊天、交流创作的思考……为此，他常常煞费苦心地找地方、约人、约时间，为大家营造一个俱乐部式的交流平台。近年来，在这些无数次的友情聚会中，大家也聊出不少好文章。大家退休了，有时间回忆，有时间思考，有时间动笔，有时间专心致志地写文章。

这个平台搭建后，此类活动不定期举行，都是柳萌一手操办。现在他走了，留给我们的是无尽的思念！

柳萌虽是退休，却是退而不休。这些年来，他每年都有不少出色的散文作品出手和散文集子出版，在散文界颇有影响。他写了自己一生坎坷的经历，写了新时期以来喷发的潜力。他为新时期文坛涌现的新人新作而欢欣鼓舞，也为十年风雨过后，前辈作家"老树发新枝"的新成就而击掌。他在主持《小说选刊》工作的岗位上，全身心地投入工作，注重发现和培养新人。那些年，从《小说选刊》走上文坛的新人，不少已是今天文坛的主力军，这其中就有柳萌付出的辛劳和心血。他从《小说选刊》退下来后，除了自己写东西，就是"为人民服务"。

怎么个"为人民服务"？服什么务？生活中，柳萌是个广交朋友的热心人、善良人，他人缘好，关系多。他见周围文学界退下来的朋友一时难以适应退休生活，可这些人手中都有一支大笔啊！柳萌便利用自己在各地的一些人际关系，依靠朋友们的支持，策划、组织这些作家朋友下去采风。他年年都时不时地领些作家深入实际生活，让大家有机会出去走走看看。比如，走走内蒙古大草原，看看农村的新面貌，走走美丽乡村小镇，看看各地的经济开发区，呼吸点儿新鲜空气，感受点儿新事物。他说，咱们年纪大了，不可能长期深入生活，但可以通过采风、访问，感受到时代的气息。他说，退休了，更有东西可写。

几年来，他还为一批作家朋友张罗安排了出书。出书，本来是一件难办的事，他却不辞劳苦地同出版社联系、交涉，向出版社积极推荐书稿与人选，从选题到选作者，从封面设计到版式规划，从印刷出版到发行，都是他一手统筹和经办。他当过作家出版社副社长和《小说选刊》的社长，对于书刊编辑、出版发行是内行，大家也都放心和依仗他。这些事办起来很复杂，很琐碎，他却都承担了。他心里装的多是朋友，直至近年他突患癌症，依然坚持不懈地为大家办事，为朋友们营造良好的氛围，使大家有条件深入生活和写作。

对于病，他采取的态度是“既来之，则安之，然后战胜它”！他始终坚强面对、乐观处世。就在病情恶化的情况下，他想的还是阎纲那本书下厂付印了没有？什么时候能出书？这说的是他最后为高等教育出版社策划的那套散文丛书中，阎纲同志的那本集子。他自己病了，还惦念着朋友的事，因而大家说他的晚年，是“为人民服务”的光彩年华。写到此，我写不下去了，这些年，柳萌所做的桩桩好事、善事，一时涌上心头，难忘哪！感动人啊！我泪眼蒙眬地祝愿正直而善良的好人柳萌兄，远行走好！

2017 年

后 记

万万没有料到，今生做编辑工作竟将近四十年，而且是在人们称为“国刊”的《人民文学》。

《人民文学》所经历的文坛风风雨雨，也正是我走过的道路。在刊物几十年的编辑工作中，我始终感念和不敢忘记两种人：作者和读者。他们是刊物和编辑的朋友和知音，是刊物最宝贵的支持者。

四十年，这样的名单，在《人民文学》的史册里可以罗列出长长的一串。正是由于他们的关爱和有力支持，刊物才得以生存，创作才得以繁荣与发展。当我眼见几十年来一个个崭露头角的青年作者从《人民文学》走向文坛，走向成熟，走向世界文学之林，作为编辑，我感到莫大的欣慰和自豪。几年前作家出版社出版的我的散文集《文坛记忆》中，便是这类内容的具体讲述。现在又有近年所写新的篇章增补和调整，于是就有了这本《文坛记忆》的增订本《文坛往事》。

此书的出版，我深深感谢中国大百科全书出版社刘国辉社长、知识出版社总编辑李默耘及责编程园的支持和辛勤付出。

请读者朋友多多指教。

周明 2021 年 5 月，北京